Nora R........ est le plus grand auteur de littérature féminine contemporaine. Ses romans ont reçu de nombreuses récompenses et sont régulièrement classés parmi les meilleures ventes du *New York Times*. Des personnages forts, des intrigues originales, une plume vive et légère... Nora Roberts explore à merveille le champ des passions humaines et ravit le cœur de plus de quatre cents millions de lectrices à travers le monde. Du thriller psychologique à la romance, en passant par le roman fantastique, ses livres renouvellent chaque fois des histoires où, toujours, se mêlent suspense et émotions.

Féeries

NORA ROBERTS

Féeries

Traduit de l'anglais (États-Unis)
par Sylvie Del Cotto

Titre original
A LITTLE MAGIC

Éditeur original
The Berkley Publishing Group, published by
the Penguin Group (USA), Inc., New York

© Nora Roberts, 2002

SPELLBOUND © Nora Roberts, 1998
EVER AFTER © Nora Roberts, 1999
IN DREAMS © Nora Roberts, 2000

Pour la traduction française
© Éditions J'ai lu, 2017

Le Château des Secrets[1]

---
1. *Spellbound*.

*À tous mes merveilleux amis
dans cette vie et toutes les autres.*

Prologue

L'amour. *Mon amour. Laisse-moi entrer dans tes rêves. Ouvre-moi de nouveau ton cœur et entends-moi. Calin, j'ai besoin que tu fasses ça pour moi. Ne te détourne pas de moi maintenant, ou tout est perdu. Je suis perdue. Amour. Mon amour.*

Le visage enfoui dans l'oreiller, Calin remuait nerveusement dans son sommeil. Il sentait sa présence, d'une certaine manière. Sa peau douce et humide. Ses mains tendres et apaisantes. Puis il dériva vers des rêves de brumes fraîches et silencieuses, de collines à la végétation dense et trempée qui s'étendaient à perte de vue. Et l'odeur ensorcelante d'une femme.

Le château se dressait au sommet d'une falaise, ses flèches en pierres argentées s'élançant dans le ciel orageux, sa base enracinée dans de fines couches de brouillard qui serpentaient comme une rivière. La bride de sa monture claquait dans le vent tandis qu'il chevauchait, quittant les collines verdoyantes pour escalader la roche. Le tonnerre gronda à l'ouest, au-dessus de la mer et résonna dans son cœur de guerrier.

L'avait-elle attendu ?

Ses yeux, du même gris que la pierre du château, scrutaient la falaise et le brouillard à la recherche d'une cavité dans laquelle un ennemi se serait caché.

Tandis qu'il pressait sa monture le long du chemin escarpé creusé dans la falaise, il savait qu'il portait l'odeur pestilentielle de la guerre et de la mort, qu'elle avait pénétré ses pores comme ses souvenirs imprégnaient son esprit.

Ni son corps ni sa tête n'en seraient jamais entièrement purifiés.

La main qui maniait l'épée était à peine posée sur la garde de son arme, prête à agir. Dans un tel environnement, un homme devait rester aux aguets. Ici, l'air chargé de magie pouvait étreindre ou menacer. Ici, les fées complotaient ou dansaient et les sorcières jetaient des sorts tant bénéfiques que maléfiques.

À la cime de la falaise isolée, le château aux lourds secrets surplombait les flots déchaînés. Quiconque empruntait ce chemin entendait les vieux fantômes et les jeunes esprits murmurer.

L'avait-elle attendu ?

L'écho musical des sabots du cheval se poursuivit jusqu'à une plaine. Il mit pied à terre devant le donjon au moment où un éclair d'un blanc aveuglant hachura le ciel noir.

Elle apparut devant lui, surgissant dans les rafales de vent. Ses cheveux retombaient comme une cascade de flammes sur sa cape gris perle, sa peau d'albâtre légèrement rosée, sa bouche pulpeuse esquissant un sourire complice. Et ses yeux aussi bleus qu'une étoile étaient remplis de la même puissance.

Son cœur bondit et l'amour, le désir et la nostalgie lui fouettèrent le sang.

D'une beauté saisissante, elle marchait vers lui, fendant les volutes de brouillard qui montaient jusqu'à ses genoux. D'un mouvement preste, il descendit de cheval en la regardant fixement, impatient de rejoindre la femme qui était à la fois sorcière et amante.

— Caelan de Farrell, tu as fait un long voyage dans la nuit noire. Que viens-tu chercher auprès de moi ?

— Bryna la Sage. J'attends tout de toi.

Ses lèvres fermes lui répondirent du même sourire familier.

Elle eut un petit rire complice.

— Seulement tout ? Eh bien, cela me suffit. Je t'ai attendu.

Subitement, ses bras l'enveloppèrent et elle tendit la bouche vers lui. Il la serra dans ses bras, impatient de sentir son corps, de prendre tout ce qu'elle lui offrirait et plus encore.

— Je t'ai attendu, répéta-t-elle d'une voix émue, le visage sur son épaule. C'était presque trop long cette fois. Son pouvoir se renforce pendant que le mien faiblit. Je ne peux pas lutter seule contre lui. Alasdair est trop fort, sa puissance maléfique est trop dévorante. Oh, mon amour. Mon amour, pourquoi m'as-tu interdit l'accès à ton esprit, à ton cœur ?

Il la repoussa. Le château avait disparu. Seules les ruines demeuraient, vides et marquées par les combats. Ils se tenaient dans l'ombre des murs anciens, devant une petite maison égayée par des fleurs. Leur parfum entêtant et enivrant les enveloppait. Elle était toujours dans ses bras. Et la tempête était sur le point d'éclater.

— Le temps presse. Tu dois venir, Calin, tu dois venir vers moi. On ne peut pas nier le destin, sinon le sortilège ne sera pas rompu. Sans toi à mes côtés, il vaincra.

Il secoua la tête, s'apprêtant à répondre, mais elle posa la main sur son visage. Elle le traversa comme s'il n'était qu'un fantôme.

— Je t'ai aimé à travers les âges. Je suis liée à toi à travers le temps, dit-elle en reculant, la brume s'enroulant autour de ses jambes.

Elle leva les bras, les paumes tendues vers la voûte céleste, et ferma les yeux. Le vent qui rugissait comme un lion libéré de sa cage souleva ses cheveux rouge feu et fouetta sa cape autour d'elle.

— Il ne me reste que peu de force, cria-t-elle pour couvrir la violente tempête. Mais je peux encore conjurer le vent. Je peux encore appeler ton cœur. Ne m'en prive pas, Calin. Reviens bientôt me voir. Trouve-moi. Sinon je suis perdue.

Soudain elle disparut. La terre trembla sous ses pieds et le ciel hurla. Puis tout devint silencieux et se figea.

Il se réveilla en haletant. En manque d'oxygène, il tendait les mains dans le vide.

1

— Calin Farrell, tu as besoin de vacances.

Cal haussa une épaule, but une gorgée de café et continua à ruminer en regardant par la fenêtre de la cuisine. Il se demandait pourquoi il était venu écouter sa mère l'asticoter et s'inquiéter pour lui, son père siffler pendant qu'il attachait méticuleusement ses mouches à son fil de pêche sur la table. Mais il avait été pris de l'envie irrépressible de se rendre dans la maison de son enfance, de s'accorder une heure ou deux dans le foyer impeccable de Brooklyn Heights. De voir ses parents.

— Peut-être. J'y pense.

— Tu travailles trop, dit son père en considérant son ouvrage d'un air critique. Viens passer quinze jours dans le Montana avec nous. Le meilleur endroit du monde pour la pêche à la mouche. Apporte ton appareil photo. Prends ça comme un congé sabbatique, ajouta John Farrell en levant les yeux vers lui avec un sourire.

C'était tentant. Il n'avait jamais été aussi féru de pêche que son père mais le Montana était une belle région. Vaste aussi. Cal se dit qu'il pourrait s'y perdre. Et apaiser son agitation. Chasser les rêves.

— Deux semaines au grand air, ça te ferait du bien, insista Sylvia Farrell en observant attentivement son fils. Tu es tout pâle, tu as l'air fatigué, Calin. Tu as besoin de quitter cette ville un moment.

Bien qu'elle eût toujours vécu à Brooklyn, Sylvia se bornait à appeler Manhattan « cette ville » avec une pointe de mépris et d'agacement.

— J'avais dans l'idée de partir en voyage.

— Bien.

Sa mère nettoyait le plan de travail. Ils partaient le lendemain matin et Sylvia ne s'en irait pas sans avoir éliminé la moindre miette, la moindre particule de poussière.

— Tu travailles beaucoup trop dur, Calin. Tu sais que nous sommes fiers de toi. Après ton exposition, le mois dernier, ton père se vantait tellement que les voisins se cachaient dès qu'ils le voyaient.

— Ce n'est pas tous les jours qu'un homme voit les photographies de son fils dans un musée. J'aime particulièrement les nus, ajouta-t-il avec un clin d'œil.

— Vieux fou, marmonna Sylvia malgré son léger sourire. Qui aurait cru, lorsque nous t'avons offert ce petit appareil photo pour Noël quand tu avais huit ans, que vingt-deux ans plus tard, tu serais riche et célèbre ? Mais la fortune et la célébrité ont un prix.

Elle secoua le visage de son fils entre ses mains et l'examina de son regard maternel aiguisé. Ses yeux étaient cernés, son visage creusé, nota-t-elle. Elle se faisait du souci pour l'homme qu'elle avait élevé et le garçon qu'il avait été et qui avait toujours semblé avoir... quelque chose de peu ordinaire.

— Tu le paies en ce moment.

Il perçut l'anxiété dans les yeux de sa mère et sourit.

— Je vais très bien. Je dors mal, c'est tout.

Sylvia se souvenait d'autres périodes pendant lesquelles le manque de sommeil avait rendu son fils pâle et cerné. Elle échangea un bref regard avec son mari par-dessus l'épaule de Cal.

— As-tu consulté un médecin ?

— Maman, tout va bien.

Conscient d'avoir répondu d'un ton sec, sur la défensive, il reprit avec davantage de légèreté.

— Je vais parfaitement bien.

— Arrête de l'embêter, Sylvia.

Mais John examinait attentivement son fils lui aussi, se souvenant comme sa femme du jeune garçon qui parlait aux ombres, marchait dans son sommeil, rêvait de sorcières, de sang et de batailles.

— Je ne l'embête pas. Je suis sa mère.

Sa propre réflexion la fit sourire.

— Je ne veux pas que tu t'inquiètes. Je suis un peu stressé, rien de plus.

C'était tout, se dit-il, déterminé à y croire. Il n'était pas différent, ni bizarre. Le bataillon de médecins que ses parents lui avaient fait rencontrer durant toute son enfance n'avait-il pas diagnostiqué une imagination trop développée ? Et ne l'avait-il pas canalisée dans la photographie ?

Il ne voyait plus des choses qui n'étaient pas là.

Sylvia hocha la tête, se sommant de l'accepter.

— Pas étonnant. Tu t'imposes de travailler jour et nuit depuis cinq ans. Tu as besoin de repos, de calme. Et qu'on s'occupe de toi.

— Le Montana, répéta John. Deux semaines de pêche, de l'air pur et aucun souci.

— Je vais en Irlande.

La réponse sortit de la bouche de Cal avant même qu'il soit conscient d'avoir cette idée en tête.

— En Irlande ? Pas pour travailler, Calin, objecta Sylvia en faisant la moue.

— Non, pour... visiter, finit-il par répondre. Juste pour voir.

Satisfaite, elle hocha la tête. Après tout, des vacances étaient toujours des vacances.

— Bonne idée. On dit que c'est un pays reposant. Nous avons toujours voulu y aller, n'est-ce pas, John ?

Son mari grommela un oui.

— Tu pars à la recherche de tes ancêtres, Cal ?

— Peut-être.

Sa décision était visiblement prise et Cal termina son café. Il se rendit compte qu'il allait chercher quelque chose. Ou quelqu'un.

Il pleuvait lorsqu'il atterrit à l'aéroport de Shannon. La pluie froide de la fin du printemps était en accord avec son état d'esprit. Il avait dormi pendant toute la traversée de l'Atlantique. Et les rêves l'avaient poursuivi. Il passa la douane, loua une voiture et changea de l'argent. Il effectua toutes ces tâches avec l'efficacité du voyageur chevronné. Ce faisant, il essaya de ne pas s'inquiéter, de ne pas s'appesantir sur la possibilité d'être en dépression.

Il monta dans le véhicule de location, puis resta assis dans l'obscurité en se demandant quoi faire, où aller. À trente ans, il menait si bien sa carrière de photographe qu'il dictait ses prix et prenait seul ses décisions. Il continuait de considérer que c'était un merveilleux coup du sort de pouvoir vivre de sa passion. De traduire en images ce qu'il voyait dans un paysage, un visage, une lumière, une ombre ou une texture.

Il est vrai que les dernières années avaient été trépidantes et qu'il avait travaillé sans relâche. Même en cet instant, le coffre de sa Volvo de location était rempli de matériel et son Nikon de prédilection se trouvait dans son étui sur le siège passager. Il ne pouvait pas s'en séparer, incapable qu'il était de s'éloigner de ce qu'il aimait.

Soudain, un étrange frisson le parcourut et très brièvement, il fut certain d'entendre une femme sangloter.

C'est seulement la pluie, se dit-il en frottant son beau visage. Long, étroit avec des pommettes saillantes héritées de ses aïeux celtes. Il avait le nez droit, les lèvres fermes et bien dessinées. Il souriait souvent – tout du moins jusqu'à récemment.

Ses yeux étaient gris – d'un gris foncé et pur sans nuance de vert ni de bleu. Ses sourcils fortement arqués avaient tendance à se réunir quand il se concentrait. Ses cheveux noirs et épais retombaient sur son col. Ils lui donnaient un style artistique que de nombreuses femmes appréciaient.

Jusqu'à récemment, ça aussi.

Une chose l'obnubilait : il n'avait pas fréquenté de femme depuis des mois – depuis qu'il l'avait décidé. Trop de travail ? Trop de stress ? Pourquoi était-il angoissé alors que sa carrière avançait à pas de géant ? Il était en bonne santé. Il avait fait un check-up quelques semaines plus tôt.

Mais il n'avait pas vraiment tout dit au docteur, il n'avait pas parlé de ces rêves dont il se souvenait mal au réveil. *Ces rêves,* admit-il, *qui m'ont poussé à traverser l'océan.*

Bien sûr que non il n'en avait pas parlé au médecin. Et il n'était pas près de le faire. Dans sa jeunesse, suffisamment de psychiatres avaient fouillé ses pensées, lui donnant l'impression d'être idiot, exposé et impuissant. Il était adulte à présent et il pouvait gérer ses propres rêves.

Si dépression il y avait, elle était parfaitement normale et pouvait être traitée par le repos, la relaxation et un changement de décor.

C'est pour cela qu'il était venu en Irlande. Uniquement pour ça.

Il démarra et roula sans but.

Il avait déjà fait des rêves dans son enfance. Des rêves très clairs, trop réalistes. Des châteaux et des sorcières et une femme à la longue chevelure rousse. Elle lui parlait avec cette intonation typique de l'Irlande. Et parfois elle communiquait dans une langue qu'il ne connaissait pas mais qu'il comprenait néanmoins.

Il y avait eu une jeune fille – avec la même chevelure en cascade, les mêmes yeux bleus. Ils avaient ri ensemble dans ses rêves. Joué ensemble – des jeux innocents d'enfants. Il se souvenait que ses parents étaient amusés lorsqu'il évoquait son amie. Ils avaient mis cela sur le compte de l'imagination naturelle d'un fils unique sociable.

Mais ils s'étaient montrés soucieux lorsqu'il avait semblé savoir des choses, puis les voir en songe, évoquer des lieux et des gens qu'il ne pouvait pas connaître. Ils s'étaient alarmés quand ses nuits étaient devenues agitées – quand il s'était mis à marcher et à parler en rêvant, le regard vitreux.

Après avoir consulté les médecins et les psys, après ces interminables séances et ces brefs regards scrutateurs – les adultes pensaient que les enfants étaient incapables de les interpréter –, il avait cessé d'en parler.

Et à mesure qu'il grandissait, la jeune fille devenait une femme. Grande, mince et ravissante – une poitrine ferme, la taille fine, de longues jambes. Elle avait commencé à éprouver des sentiments et des besoins bien moins innocents.

Cela l'avait effrayé et mis en colère. Jusqu'à ce qu'il se ferme à sa douce voix qui résonnait dans la nuit. Jusqu'à ce qu'il se détourne de l'image qui hantait ses rêves. Enfin, tout avait cessé. Les songes avaient pris fin. Les éclats de lumière lui indiquant où se trouvaient les clés égarées ou le poussant à répondre au téléphone juste avant qu'il ne sonne n'étaient plus.

Il était à l'aise avec la réalité. Il l'avait choisie. Et il la choisirait de nouveau sans hésiter. Il n'était là que pour se prouver qu'il était un homme ordinaire souffrant d'une surcharge de travail. Il allait s'imprégner de l'ambiance irlandaise, photographier pour le plaisir. Et, au besoin, prendre les somnifères que le médecin lui avait prescrits.

Il roula le long de la côte battue par la tempête, où le vent rugissait sur la mer et tenait l'été à distance par son souffle glacial.

La pluie martelait le pare-brise et le brouillard se faufilait sur la chaussée. Ce n'était peut-être pas un accueil chaleureux mais il se sentait chez lui. Comme si quelque chose, ou quelqu'un, attendait de le sauver de l'orage. Cette idée l'amusa. Non, c'était simplement le plaisir d'être ailleurs. L'impatience de trouver de nouvelles images à capturer avec son appareil.

Il ressentait le manque de caféine, de nourriture aussi, mais il le repoussa sans mal, préférant s'imprégner du paysage. *Plus tard*, se dit-il. Plus tard, il s'arrêterait dans un pub ou une auberge quelconque, mais pour l'instant, il devait poursuivre la découverte de ce pays envoûtant. Cette terre était d'une beauté sauvage et intemporelle.

Et son sentiment de familiarité, il pouvait le mettre sur le compte de l'héritage familial. Après tout, ses ancêtres avaient arpenté ces hautes falaises, ces collines verdoyantes. Ils étaient des guerriers. Un jour lointain, ils s'étaient peints en bleu et avaient surgi des forêts pour terroriser l'ennemi. Ils avaient revêtu l'armure, brandi l'épée et la lance pour défendre leurs territoires et leur liberté.

La scène qui lui vint à l'esprit était d'une clarté déconcertante. L'image fugace de la lame qui s'abat, les cris au cœur de la bataille. La chute des chevaux qui roulent sur eux-mêmes, le regard affolé, le sang qui gicle d'un bras tranché et le hurlement d'effroi d'un combattant qui s'effondre. La souffrance au moment où l'acier transperce la chair.

Il ressentit une vive douleur, baissa les yeux et vit du sang s'accumuler sur sa cuisse.

Sans bruit, des corneilles noires volaient patiemment en cercle. La puanteur de la chair calcinée qui émanait des corps qui brûlaient sur un bûcher et les cris déchirants et faibles des mourants attendant la libération.

Lorsque Cal retrouva ses esprits, il était garé au bord de la route. Dehors sous la pluie battante, il aspirait de grandes bouffées d'air. Avait-il perdu connaissance ? Devenait-il fou ? Tremblant, il passa la main sur son jean. Il n'y avait pas de plaie et pourtant il ressentait l'étrange douleur d'une ancienne cicatrice.

Ça recommençait. La peur qui l'envahissait le paralysait et lui gelait les sangs. Il se força à se calmer, à rester rationnel. *Décalage horaire*, décréta-t-il. *Décalage horaire ajouté au stress, rien d'autre.* Combien de temps avait-il roulé ? Deux heures ? Trois ? Il devait trouver un hébergement. Il avait besoin de manger. Il allait trouver un bed and breakfast dans un coin tranquille et reculé si possible. Il pourrait s'y reposer et éclaircir ses pensées. Et une fois la tempête passée, il prendrait son appareil photo et irait faire une longue promenade. Il pouvait rester plusieurs semaines ou partir dès le lendemain matin. Il était libre. Voilà qui était sensé.

Il remonta en voiture, se ressaisit et repartit sur la route tortueuse qui longeait la côte.

Les ruines du château apparurent devant ses yeux au sortir d'un virage. Ce qui devait être le donjon était presque intact mais les parties arrachées des murs évoquaient un guerrier marqué par les cicatrices de ses nombreuses batailles. Perché sur une falaise escarpée, il affirmait sa puissance au mépris de ses pierres effondrées.

Un unique éclair, lumière éclatante, cisailla le ciel troublé, et l'air se chargea de l'odeur de l'ozone.

Il avait le cœur battant, et un tiraillement purement sexuel se répandit dans son ventre. Ses doigts se resserrèrent autour du volant. Il obliqua brusquement vers l'étroit sentier défoncé qui grimpait vers les ruines. Il devait les photographier. Les étudier sous différents angles. Un rapide détour – quinze à vingt minutes – puis il partirait de nouveau en quête d'un gîte.

L'Irlande avait beau être parsemée de ruines et de vieux châteaux, c'était celui-là qu'il lui fallait.

Le brouillard s'enroulait autour de ses fondations comme une rivière. Il était tellement concentré sur les jeux de lumière et les ombres sur la pierre, sur la texture des mauvaises herbes et des fleurs sauvages qui imposaient leur vitalité entre les fissures qu'il ne vit la chaumière qu'en arrivant devant.

Il sourit presque inconsciemment. Elle était absolument charmante, totalement inattendue à cet endroit. Accueillante, chaleureuse, elle semblait avoir éclos comme les fleurs qui l'entouraient, avoir poussé sur une corniche comme si une main aimante l'avait plantée là.

Peinte en blanc, aux volets bleu vif. La fumée s'élevait de la cheminée et une chatte noire sommeillait près d'un fauteuil en bois sous la petite avancée du toit.

Quelqu'un s'était installé ici et prenait soin de ce lieu.

La lumière n'était pas bonne mais il devait capturer ce lieu, cette impression. Il allait demander à la personne qui l'habitait s'il pouvait revenir plus tard.

Tandis qu'il marchait sous la pluie, le félin s'étira paresseusement avant de s'asseoir. Il le considéra de ses yeux d'un bleu saisissant.

Puis il la vit. Elle se tenait sous la pluie torrentielle, le brouillard tournoyant autour d'elle. Sans qu'il l'ait entendue approcher, elle se retrouva à mi-chemin entre la maisonnette et les ruines du château. La main sur le cœur, elle respirait rapidement, comme si elle avait couru.

Ses cheveux mouillés formaient de longues mèches rousses sur ses épaules et encadraient un visage qui semblait sculpté dans l'ivoire par un grand maître. Ses lèvres lisses et pleines tremblaient lorsqu'elle esquissa un sourire de bienvenue. Ses yeux bleu vif étaient animés par des émotions aussi puissantes que la tempête.

— Je savais que tu viendrais. (Sa cape fut rabattue en arrière lorsqu'elle s'élança vers lui.) Je t'ai attendu, dit-elle avec un accent chantant irlandais.

Puis elle pressa ses lèvres sur les siennes.

2

Après un moment d'une joie aveuglante, un désir bestial s'imposa à lui.

Sa saveur puissante l'imprégnait profondément tandis que la pluie le trempait jusqu'aux os. Il ne pouvait rien faire d'autre que l'absorber. Elle gardait les bras noués autour de son cou, sa fine silhouette pressée intimement contre lui, sa chaleur transperçant sa chemise détrempée et sa peau.

Sa bouche était aussi fougueuse et implacable que le ciel qui grondait.

Tout était d'une familiarité terrifiante.

Il posa les mains sur ses épaules, partagé, le temps d'un instant, entre le besoin de la serrer dans ses bras et celui de la repousser. Il finit par s'écarter et la tenir à bout de bras.

L'inconnue était belle, excitée. Déterminé à clarifier la situation, il inclina la tête sur le côté.

— Eh bien, c'est sans doute un pays accueillant.

Il vit une lueur de déception dans ses yeux, un éclair de mécontentement. Mais il ne pouvait deviner la profondeur de sa désillusion, de la frustration qui lui entaillait le cœur.

Il est là, se dit-elle. *Il est venu. Pour l'instant, c'est l'essentiel.*

— En effet.

Elle lui sourit, laissa ses doigts s'attarder dans ses cheveux rien qu'une seconde de plus puis ses bras retombèrent.

— Bienvenue en Irlande et au Château des Secrets.

Il tourna le regard vers les ruines.

— C'est son nom ?
— C'est celui qu'il porte désormais.

Elle devait lutter pour ne pas le dévorer des yeux, le savourer tout entier. Elle lui tendit plutôt la main, comme s'il s'agissait de n'importe quel touriste de passage.

— Vous avez fait un long voyage. Venez vous asseoir près du feu. Prendre un thé agrémenté de whisky, proposa-t-elle gentiment.

— Vous ne me connaissez pas.

Son ton était volontairement ferme. Il s'agissait d'une affirmation, pas d'une question.

En réponse, elle leva les yeux au ciel.

— Vous êtes trempé et le vent est froid aujourd'hui. C'est suffisant pour que je vous propose de vous réchauffer devant la cheminée.

Elle tourna les talons, monta les marches pour accéder au perron, où la chatte se leva pour se faufiler entre ses jambes.

— Vous êtes venu de loin. Allez-vous entrer chez moi, Calin Farrell, et vous réchauffer ?

Elle le regarda dans les yeux et soutint son regard.

Il écarta ses cheveux dégoulinant de pluie de son visage et sentit son corps trembler.

— Comment connaissez-vous mon nom ?
— De la même manière que vous avez su comment venir ici.

Elle prit l'animal dans ses bras et caressa sa tête soyeuse. Tous deux le regardaient patiemment de leurs yeux bleus.

— J'ai fait des scones ce matin. Vous devez avoir faim.

Sans rien ajouter, elle entra, le laissant libre de la suivre ou de s'en aller.

Une partie de lui souhaitait retourner à la voiture, faire comme s'il ne les avait jamais vus, elle et ce lieu. Pourtant, il lui emboîta le pas. Il avait besoin de réponses et elle semblait en détenir certaines.

La chaleur le saisit immédiatement. Une chaleur accueillante baignée de suaves odeurs, le pain à peine sorti du four, le feu de tourbe brûlant dans l'âtre, les fleurs fraîchement coupées.

— Mettez-vous à l'aise. Je vais servir le thé, dit-elle en posant la chatte sur le sol.

Cal pénétra dans le petit salon et se rapprocha de la cheminée. Il remarqua les fleurs aux pétales encore humides, disposées dans les vases sur le manteau de pierre et sur la table proche de la fenêtre.

Une chaise en paille se trouvait près de l'âtre mais il ne s'assit pas. Il préférait examiner la pièce de son œil aiguisé d'artiste.

Des couleurs douces. Apaisantes. Une sélection de rose foncé et de vert mousse. Des tapis tissés sur le parquet poli, des boiseries lustrées avec amour qui embaumaient légèrement la cire d'abeille. Des bougies partout, de diverses hauteurs, plantées dans des bougeoirs en verre, en argent et en pierre.

Là, près du feu, un rouet. *Probablement une antiquité*, conclut-il en s'approchant pour l'observer. Son bois foncé brillait et à côté était posé un panier en osier rempli de laines joliment teintées.

Sans les lampes électriques et leurs abat-jour aussi délicats que des bijoux, sans la petite stéréo nichée entre des piles de livres sur une étagère, il se serait cru dans un autre siècle.

Il s'agenouilla distraitement pour caresser la chatte qui se frottait lascivement contre ses jambes. Son pelage était chaud et humide. Réel sous sa main. Il n'était pas dans un autre siècle, se rassura Cal. Ni dans un rêve. Il allait poser des questions très précises à son hôtesse. Et il ne partirait pas avant d'avoir obtenu des réponses satisfaisantes.

Tandis qu'elle portait le plateau dans le petit couloir, elle se reprocha de s'être laissé emporter par les émotions, d'avoir agi trop vite, d'en avoir trop dit, bien que l'attente fût longue.

Il ne la connaissait pas. Un coup dur pour son cœur et son âme. Mais elle avait été sotte de s'attendre à autre chose alors qu'il l'avait exclue de ses pensées, ignorant son besoin de lui depuis plus de quinze ans.

Elle avait continué à s'immiscer dans ses rêves à son insu, à le regarder grandir, devenir un homme pendant qu'elle-même s'épanouissait en tant que femme. Mais par fierté, par chagrin et par amour, elle ne l'avait pas appelé.

Jusqu'à ce qu'elle n'ait plus le choix.

Elle l'avait senti dès qu'il avait posé le pied sur le sol de son pays. Et son cœur avait bondi. Était-ce mal ou insensé de sa part de se préparer pour lui ? De remplir sa maison de fleurs, la cuisine de pâtisseries ? De se baigner dans des huiles de sa création, d'en enduire sa peau comme une jeune mariée pour sa nuit de noces ?

Non. Sur le pas de la porte, elle inspira à fond. Elle avait eu besoin de se préparer pour lui. Et à présent, elle devait trouver le moyen de le préparer pour elle – et pour ce qu'ils allaient bientôt devoir affronter ensemble.

Il est si beau, se dit-elle en le regardant caresser la chatte bienheureuse. Combien de nuits avait-elle passé à se retourner dans son lit, impatiente de sentir ses longues mains fines sur elle ?

Sentir ne serait-ce qu'une seule fois ses mains sur moi.

Combien de nuits avait-elle été rongée par le besoin de voir ses yeux, du même gris que des nuages de tempête, braqués sur elle pendant qu'il la pénétrait et lui donnait sa semence ?

S'unir à lui, produire ces petits bruits secrets rien qu'une fois.

Ils étaient faits pour être amants. Cela, elle était convaincue qu'il l'accepterait. Car un homme avait des besoins, elle le savait et celui-ci était déjà lié à elle physiquement – même s'il refusait de s'en souvenir.

Mais sans amour, l'union physique serait dépourvue de joie et d'espoir.

Elle prit son courage à deux mains et entra dans la pièce.

— Je vois que vous avez sympathisé avec Hécate.

Quand il leva les yeux vers elle, elle sentit ses mains trembloter. Quelle que soit la force du pouvoir qu'elle détenait encore, elle était démunie face à ses longs regards.

— Elle n'a aucune réserve devant un homme attirant. Voulez-vous vous asseoir, prendre du thé, Calin ? demanda-t-elle en posant le plateau.

— Comment savez-vous qui je suis ?

— Je vais tenter de l'expliquer de mon mieux.

Son regard s'assombrit et, en proie aux émotions, elle scruta son visage.

— Vous n'avez donc aucun souvenir de moi ? Rien du tout ?

Une cascade de cheveux roux brillant comme des flammes, un corps bougeant en parfaite harmonie avec le sien, un rire comme le brouillard.

— Je ne vous connais pas, répondit-il sèchement, sur la défensive. Je ne connais pas votre nom.

Le regard sombre, elle redressa le menton. Sa fierté et son pouvoir reprenaient le dessus.

— Je suis Bryna Torrence, descendante de Bryna la Sage et gardienne de ce lieu. Vous êtes le bienvenu chez moi, Calin Farrell, tant que vous choisissez de rester.

Avec grâce, elle se pencha au-dessus du plateau. Elle portait une robe longue, de la couleur des brumes qui s'enroulaient dans la campagne. Elle enveloppait son corps, caressait ses chevilles. Des colonnes d'argent ciselé pendaient à ses oreilles.

— Pourquoi ?

Il posa la main sur son bras alors qu'elle soulevait une tasse.

— Pourquoi suis-je le bienvenu chez vous ?

Elle eut un sourire mélancolique.

— Peut-être que je me sens seule. Je suis seule et votre compagnie me réjouit.

Elle s'assit et l'invita à l'imiter d'un geste.

— Vous avez besoin de manger quelque chose, Calin, de vous reposer un instant. Je peux vous offrir cela.

— Ce que je veux, c'est une explication.

Mais il prit place dans un fauteuil et, comme le chaud breuvage sentait délicieusement bon, il but.

— Vous avez dit que vous saviez que je viendrais, vous connaissez mon nom. Je veux savoir comment tout cela est possible.

Lui mentir n'était pas autorisé. L'honnêteté faisait partie de l'engagement. Toutefois, elle pouvait esquiver.

— Il se peut que je vous aie déjà vu dans les journaux ou à la télévision. Vous avez du succès et vous êtes célèbre, Calin. Votre art est connu jusque dans mon petit monde. Vous avez tellement de talent, un visionnaire, murmura-t-elle.

Elle arrangea les scones dans la petite assiette et la lui tendit.

— Il y a tant de pouvoir en vous.

Il haussa un sourcil. Certaines femmes s'offraient à lui, prêtes à se donner à n'importe quel homme pourvu qu'il ait atteint les sphères de la célébrité. Il secoua la tête.

— Vous n'avez rien d'une groupie, Bryna. Vous ne m'avez pas ouvert votre porte pour coucher avec un artiste de renom.

— Mais d'autres l'ont fait.

Il y avait une pointe de jalousie dans sa voix. Il n'aurait pas su dire pourquoi mais dans ces circonstances, cela l'amusa.

— C'est pour cela que je sais que ce n'est pas le cas. Vous n'êtes pas comme ça. Quoi qu'il en soit, vous n'avez pas eu le temps de reconnaître mon visage que vous auriez soi-disant vu dans un magazine ou une émission télévisée. La lumière était mauvaise, il pleuvait à verse.

Il fronça les sourcils. Il ne pouvait être de nouveau en train de rêver, d'halluciner. La tasse de thé était chaude dans sa main, le goût était sucré et laissait un goût de whisky dans sa bouche.

— Bon sang, vous m'attendiez et je ne comprends pas comment c'est possible.

— Je vous attends depuis toujours, dit-elle tranquillement en délaissant la tasse sans avoir bu. Et mille ans avant ça. (Elle posa les mains sur le visage de Calin.) Votre visage est le premier dont je me souvienne, avant celui de ma propre mère. Votre fantôme m'a hantée chaque nuit de ma vie.

— Ça n'a pas de sens.

Il leva la main, enroula les doigts autour de son poignet.

— Je ne peux pas vous mentir. Ce n'est pas en mon pouvoir. Je ne vous dirai que la vérité et tout ce que vous verrez en moi sera réel.

Elle essayait de toucher la partie de son esprit, de son cœur qui lui était peut-être encore ouverte. Mais elle était verrouillée, férocement gardée. Elle inspira longuement et l'accepta. *Pour l'instant.*

— Vous n'êtes pas prêt à comprendre, à entendre, à croire.

Son regard s'adoucit un peu tandis qu'elle caressait ses tempes.

— Calin, vous êtes fatigué et confus. Dans l'immédiat, vous avez besoin de repos, d'avoir l'esprit tranquille. Je peux vous aider.

Sa vision s'assombrit et la pièce chancela. Il ne voyait plus rien d'autre que ses yeux, d'un bleu foncé, entièrement concentrés. Son parfum imprégnait ses sens comme une drogue.

— Arrêtez.

— Reposez-vous maintenant, mon amour.

Il eut l'impression que ses lèvres l'effleuraient avant qu'il ne dérivât paisiblement dans l'obscurité.

Cal se réveilla dans le silence. Son esprit s'emballa un instant, comme un oiseau cherchant un perchoir. *Quelque chose dans le thé*, se dit-il. *Mon Dieu, elle m'a droguée.* Pris de panique, il entendit le générique de *Misery*, l'adaptation du livre de Stephen King dans sa tête.

Une admiratrice obsédée. Un enlèvement.

Terrifié, il se redressa d'un bond et tendit la main vers son pied. Toujours là. Hécate, qui était lovée au bord du lit, s'étira paresseusement et sembla ricaner.

— Très amusant, marmonna Cal.

Il poussa un long soupir qui se termina en petit rire. *Tu laisses encore ton imagination s'emballer, Calin*, se reprocha-t-il. *Toujours cette vieille habitude.*

Il s'exhorta à se calmer, à évaluer rationnellement la situation. Et il s'aperçut qu'il était entièrement nu.

À la surprise s'ajouta l'embarras lorsqu'il imagina Bryna le déshabiller avec ses mains adorables qui avaient servi le thé. Et le mettre au lit. Comment diable avait-elle réussi à le porter dans la chambre ?

Car c'était là qu'il se trouvait. Dans une petite pièce charmante avec un minuscule foyer en pierre, un bureau lustré. De nouveau, des fleurs et des bougies, des livres rangés dans une niche. Une chaise sortie d'une maison de poupée devant la fenêtre encadrée de rideaux de dentelle blanche. Le soleil filtrait au travers et dessinait de jolis motifs sur le parquet sombre.

Au pied du lit, une vieille commode aux poignées de laiton. Ses vêtements, propres et secs, étaient pliés avec soin sur le dessus. Au moins, elle ne s'attendait pas qu'il réapparaisse nu. Avec un certain soulagement, il s'empara rapidement de son jean.

Il se sentit immédiatement mieux, puis se rendit compte qu'il se sentait même merveilleusement bien.

Alerte, reposé, revivifié. Son breuvage l'avait plongé dans un sommeil profond et relaxant comme il n'en avait pas connu depuis plusieurs semaines. Mais il n'allait pas l'en remercier, pensa-t-il sombrement en enfilant sa chemise. Elle dépassait les limites de l'excentricité. Un peu d'originalité ne le dérangeait pas, mais cette femme qui se berçait d'illusions pouvait être dangereuse.

Il allait tout faire pour obtenir des réponses satisfaisantes, puis il la laisserait dans sa maisonnette de contes de fées et son château en ruine et mettrait le plus de distance possible entre eux.

Il se regarda dans le miroir fixé au-dessus du bureau, s'attendant à moitié à découvrir une barbe si longue qu'elle retomberait sur son torse comme Rip Van Winkle[1]. Mais l'homme qui lui rendit son regard n'avait pas vieilli. Il semblait perplexe, ennuyé et reposé. Incroyable, se dit Cal en recoiffant ses cheveux vers l'arrière.

---

1. Personnage d'une nouvelle de Washington Irving qui part dans les montagnes, boit de la liqueur avec d'étranges créatures et s'endort pendant vingt ans. (*N.d.T.*)

Il trouva ses chaussures impeccablement rangées à côté de la commode. Tout en les enfilant, il se surprit à étudier les motifs dessinés par le soleil sur le sol.

La lumière. Subitement, la révélation le fit bondir sur ses pieds. Il ne pleuvait plus. Mais enfin, combien de temps avait-il dormi ?

En deux enjambées, il fut devant la fenêtre et rabattit les délicats rideaux. Comme envoûté, il contempla la vue.

Il pouvait voir le terrain accidenté de la côte menant au château en ruine, distinguer les scintillements du mica dans la pierre frappée par le soleil. La pente rejoignait la route et se prolongeait en champs formant des vagues vertes successives découpées par des murs de pierre, ponctuées de troupeaux qui paissaient. Les maisons étaient blotties dans les vallées et sur les sommets, les vêtements pendus aux fils à linge battaient gaiement dans le vent. Les arbres s'élevaient en s'entortillant, courbés par des années de résistance au vent marin, brillant de leurs couleurs vertes printanières.

Il vit assez clairement un jeune garçon qui pédalait sur un vélo bleu le long de l'étroit fossé de la route, un chien noir tacheté de blanc courant à côté de lui à travers d'épaisses haies.

En direction de chez lui, se dit Cal. *Il rentre pour dîner. Maman n'aime pas que tu sois en retard.*

Il se surprit à sourire et à remonter la fenêtre sans réfléchir pour faire entrer l'air frais et humide.

La lumière. Elle faisait gonfler son cœur d'artiste. Personne n'aurait pu décrire la lumière d'Irlande. Elle devait être vue, vécue. Comme l'éclat d'une perle raffinée qui faisait scintiller l'air, le rendait lumineux et satiné. Le soleil filtrait à travers les épaisseurs de nuages qui avaient une douceur, une majesté qu'il n'avait vues nulle part ailleurs.

Il fallait qu'il la capture. Sans perdre un instant. Une telle magie ne pouvait pas durer. Il sortit précipitamment de la chambre, dévala les quelques marches et surgit dans la douceur du soleil, Hécate sur ses talons.

Il s'empara de son Nikon sur le siège avant de sa voiture. D'un geste habile, il changea rapidement l'objectif, puis passa la bride de l'étui sur son épaule et ajusta sa position.

La maisonnette de conte de fées, l'abondance de fleurs. La lumière. *Ah, cette lumière !* Il cadra, calcula et recadra.

3

Bryna franchit l'entrée en arc de cercle de la ruine et l'observa. *Son énergie, sa concentration.* Elle esquissa un sourire. Il était heureux dans son travail, dans son art. Il avait autant besoin de ce moment qu'il avait eu besoin de ces heures d'un profond sommeil sans rêves.

Bientôt, il poserait de nouvelles questions et elle devrait répondre. Elle recula dans la ruine pour lui offrir de l'intimité. Seule avec ses pensées, elle marcha au centre du château, là où les fleurs sortaient de terre et formaient un cercle dense. Elle offrit son visage à la lumière, leva les mains vers le ciel et entonna son chant.

Le pouvoir lui picotait le bout des doigts, mais il était faible. Si faible que la frustration lui donnait envie de pleurer. Autrefois, elle avait connu sa pleine puissance. À présent, elle connaissait la douleur de son déclin.

Cela a été ordonné, je le sais. Mais ici sur la terre où les fleurs poussent, j'appelle le vent, j'appelle le soleil. Ce qui a été fait ne peut être défait. Aucun mal ne peut lui être fait à travers moi. Que ma volonté soit faite, qu'il en soit ainsi.

Le vent se leva, soulevant sa chevelure comme autant de doigts tendres. Le soleil réchauffait son visage.

J'appelle les fées, j'appelle la sagesse. Utilisez ce que le pouvoir peut concevoir. Entendez mes paroles, que mes enchantements soient faibles ou forts. Conjurez le cercle de mon véritable amour, protégez-le d'en bas et d'en haut. Qu'aucun mal ne lui soit fait, que mon vœu soit libre. Que ma volonté soit faite, qu'il en soit ainsi.

Le pouvoir luisait dans un regain de vivacité et de chaleur. Elle lutta pour le retenir, pour absorber le don qui lui était offert. Elle tendit la main. L'argent de sa bague explosa de lumière lorsqu'un unique rayon traversa les couches de nuages et la frappa. Sa chaleur inonda son bras, lui donnant de nouveau envie de sangloter. De gratitude, cette fois.

Il lui restait encore quelques défenses.

Cal appuya plusieurs fois sur le déclencheur. Il prit presque une douzaine de photos d'elle. Aussi immobile qu'une statue, elle se tenait dans le cercle parfait de fleurs. Comme par magie, le vent dégageait les cheveux de son visage épanoui. Comme par magie, la lumière l'illuminait en le baignant dans un unique rai diagonal.

Elle était d'une beauté surnaturelle. Son cœur s'emballa lorsque ses doigts semblèrent exploser en mille éclats lumineux, mais il continua à tourner autour d'elle pour la capturer.

Puis elle se mit à bouger. Son corps se balança à peine, de façon rythmée et sensuelle. Le vent fouetta le fin tissu de sa robe, puis épousa ses courbes élancées. Elle parlait une langue qu'il avait entendue dans ses rêves. Les mains tremblantes, il baissa son appareil photo, perturbé de comprendre cette langue ancienne. Mais il voyait au-delà des mots, devinant ses pensées aussi clairement que si elles avaient été écrites sur une page.

Protéger. Défendre. La bataille va bientôt s'abattre sur nous. Aidez-moi. Aidez-le.

Il y avait du désespoir dans ces mots. Et de la peur. La peur lui donna envie de tendre la main vers elle, de l'apaiser, de la protéger. Il s'avança vers elle.

Dès qu'il pénétra dans le cercle, elle sursauta. Les yeux écarquillés, elle le regarda fixement. Elle leva rapidement la main avant qu'il n'ait pu la toucher.

— Pas ici. Pas maintenant. Il attend la pleine lune, dit-elle d'une voix grave et émue.

Elle sortit du cercle, les fleurs lui frôlant les genoux. Le vent qui agitait ses cheveux retomba totalement.

— Vous êtes bien reposé ? demanda-t-elle.

Il plissa les yeux.

— Que se passe-t-il ici ? Qu'avez-vous mis dans mon thé ?

— Une goutte d'alcool irlandais. Rien d'autre. (Elle sourit en regardant l'appareil photo.) Vous avez travaillé. Je me demandais ce que vous verriez ici, ce que vous auriez besoin de montrer.

— Pourquoi m'avez-vous déshabillé ?

— Vos vêtements étaient trempés.

Elle cligna une fois des yeux en lisant dans ses pensées. Elle rit, d'un long rire rauque rehaussé d'une note féminine qui l'embrasa.

— Cal, vous avez un corps très séduisant. Je ne nierai pas que je l'ai regardé. Mais en vérité, je préfère un homme éveillé et actif dans les situations que vous avez en tête.

Malgré sa colère, il pencha la tête sur le côté.

— Trouveriez-vous amusant de vous réveiller nue dans un lit inconnu après avoir bu un thé avec un étranger ?

Elle retroussa les lèvres et lâcha dans un souffle :

— J'ai compris le message, bien compris. J'en suis désolée. Je vous promets que mon seul souci était de vous mettre à l'aise. (L'amusement fit de nouveau pétiller ses yeux.) Ou plutôt, mon souci principal.

(Elle écarta les bras.) Aimeriez-vous me déshabiller, me rendre la monnaie de ma pièce ?

Il pouvait l'imaginer et même très bien. *Lui retirer cette longue robe fine, dégager son corps nu.*

— Je veux des réponses. Et je les veux maintenant, ordonna-t-il sur un ton brusque.

— Je le sais, oui. Mais êtes-vous prêt ? Je n'en suis pas sûre.

Ses pas lents décrivaient un cercle.

— Ici, je pense que c'est le bon endroit pour ça. Je vais vous raconter une histoire, Calin Farrell. L'histoire d'un grand amour, d'une grande trahison. Un mélange de passion et de convoitise, de pouvoir et de désir. De pouvoir magique, gagné et perdu.

— Je ne veux pas de votre histoire. J'exige des réponses.

— Elles vont ensemble. L'une contient les autres.

Elle se tourna vers lui et sa voix devint musicale.

— Il y a très longtemps, ce château protégeait la côte et ses secrets. Il se dressait, brillant comme l'argent, au-dessus de la mer. Ses murs étaient épais, ses feux vifs. Les domestiques s'affairaient dans les escaliers, dans les chambres. Les allées et venues composaient un doux ballet. La magie imprégnait l'air.

Elle se dirigea vers les marches incurvées, souleva le bas de sa robe et monta l'escalier. Trop curieux pour protester, Cal la suivit.

Il pouvait voir l'emplacement du sol, les linteaux et les renforts en pierre. De petites ouvertures étaient creusées dans les murs. Pas assez profondes pour être des salles. Des rangements, peut-être. Il remarqua aussi que certaines pierres étaient noircies comme par un grand feu. Posant la main sur une pierre, il crut sentir sa chaleur.

— Ceux qui vivaient là pratiquaient leur art et ne faisaient de mal à personne. Quand un villageois venait ici avec ses maux et ses soucis, on lui proposait de l'aide. Les bébés y naissaient, reprit-elle en franchissant une ouverture pour ressortir sous le soleil. Les anciens y mouraient.

Elle traversa un large parapet jusqu'à une balustrade qui dominait les flots.

— Les années se sont écoulées de cette façon, une saison après l'autre, les naissances succédant aux morts. Peu à peu, certains des habitants du château sont partis, créant d'autres habitations ailleurs. Pardelà les collines, dans les forêts, en haut des montagnes, là où les fées ont toujours vécu.

La vue le stupéfiait, l'émerveillait, le faisait frémir. Pourtant, il se tourna vers elle, l'air intrigué.

— Les fées.

Elle sourit, se retourna et s'adossa à la balustrade.

— Une femme resta. Elle savait que son destin était ici, dans cet endroit. Elle cueillait ses herbes aromatiques, jetait ses charmes, filait sa laine. Et elle attendait. Un jour, il vint, traversant les collines sur un beau cheval noir. L'homme qu'elle attendait. C'était un guerrier, courageux, fort et loyal. Elle se tenait là, précisément là quand elle aperçut l'éclat de son armure. Elle se prépara à sa venue, alluma des bougies et des torches pour lui montrer le chemin si bien que le château brillait comme une flamme. Il était blessé.

Elle traça délicatement une ligne sur la cuisse de Cal. Il s'obligea à rester immobile, à ne pas penser à l'hallucination qu'il avait eue en roulant jusqu'à ce château, entre les collines.

— Il avait livré une dure bataille. Son corps, son cœur et son esprit étaient las. Elle lui donna à manger, l'installa confortablement et partagea la chaleur de son feu de tourbe. Et son amour. Il prit l'amour qu'elle lui donna, offrit le sien en retour. Ils étaient tout l'un pour l'autre. Il s'appelait Caelan,

Caelan de Farrell et elle Bryna. Leurs cœurs étaient liés l'un à l'autre.

Cette fois, il recula, les mains enfoncées dans ses poches.

— Vous espérez me faire croire ça ?

— Je n'ai rien à vendre. Mais l'histoire ne s'arrête pas là.

Son mouvement de recul déplut visiblement à Bryna.

— Voulez-vous entendre la suite ?

— D'accord, continuez, répondit-il en haussant une épaule.

Elle se retourna, agrippa la balustrade, laissa le grondement des flots résonner dans sa tête. Elle observa la lutte éternelle de l'eau et de la roche, au pied de la falaise.

— Ils s'aimaient et se faisaient des promesses. Mais c'était un guerrier et il y avait toujours de nouvelles batailles à mener. Lorsqu'il la quittait, elle le regardait dans le feu qu'elle allumait, le voyait lancer son cheval dans la fumée et la mort, brandir son épée au nom de la liberté. Et il revenait toujours vers elle, traversant de nouveau les collines sur son beau cheval noir. Elle lui tissa une cape en laine gris foncé, de la même couleur que ses yeux. Et elle y accrocha une amulette pour le protéger durant les guerres.

— Vous voulez dire que c'était une sorcière.

— C'était une sorcière, en effet, et son pouvoir lui était transmis de génération en génération. Elle avait formulé le vœu de ne jamais faire le mal et ce vœu lui était aussi cher que l'homme qu'elle aimait. Ses pouvoirs ne lui servaient qu'à aider et à soigner. Cependant, tout le monde n'est pas fidèle à son pouvoir. D'autres avaient choisi une voie différente. Quelqu'un se servait de son pouvoir pour son bénéfice personnel et prenait plaisir à le manier comme une épée tranchante.

Malgré le frisson qui la parcourut violemment, elle reprit.

— Cet homme, Alasdair, la désirait. Il désirait son corps, son cœur, son âme. Son pouvoir également, car elle était forte, Bryna la Sage. Il entrait dans ses rêves, rampant comme un voleur pour lui dérober ce qui appartenait à un autre. Pour essayer de prendre ce qu'elle refusait de donner. Il s'imposait chez elle, mais elle ne le laissait pas faire. Il avait le teint clair, les cheveux blond doré et ses yeux étaient aussi noirs que le chemin qu'il avait choisi. Il croyait la séduire mais elle le repoussait.

Ses doigts se resserrèrent autour de la pierre et son cœur s'emballa.

— Sa colère était immense, sa vanité profonde. Déterminé à tuer l'homme qu'elle aimait, il jeta des sorts, élabora des envoûtements dans les ténèbres. Mais la cape qu'elle avait tissée et l'amour qu'elle lui avait donné protégeaient son amant contre tous les maux. Malheureusement, il existe d'autres moyens plus sournois pour détruire un homme. Alasdair s'en servit. Il sema les graines du doute, des soupçons de trahison dans l'esprit endormi de Caelan. Alasdair lui envoyait des visions de Bryna avec un autre, peignait des images d'elle dans les bras d'un autre homme, emplie de la semence d'un autre. Et l'esprit torturé par ces images, Caelan prit son beau cheval noir et parcourut les collines jusqu'ici. Et lorsqu'il la trouva, il l'accusa.

» Elle était fière, reprit Bryna au bout d'un moment. Elle ne nia pas de tels mensonges. Ils se disputèrent amèrement, le cœur dominé par la colère. C'est à ce moment-là qu'Alasdair frappa. Il avait attendu ce moment, riant dans les ténèbres pendant que les amants hurlaient leur chagrin dans un terrible face-à-face. Lorsque Caelan arracha sa cape pour la jeter à ses pieds, Alasdair le frappa et son sang coula sur les pierres et sur le sol.

Les larmes brillaient dans ses yeux mais elle les retint en se tournant vers Calin.

— En dépit de la tristesse qui l'aveuglait, elle conjura rapidement le cercle dans sa lutte pour sauver l'homme qu'elle aimait. Sa plaie était fatale et la seule réponse était sa mort. Elle le savait mais elle refusait de l'accepter. Elle se prépara donc à rencontrer Alasdair.

Bryna haussa le ton pour couvrir le fracas des vagues. À travers sa voix, l'histoire gagnait en force.

— Alors les murs de cet endroit résonnèrent de fureur et de magie libérée. Elle protégea son amour et combattit aussi sauvagement qu'une guerrière. Le ciel tonnait, les nuages assombris et épais cachaient la pleine lune blanche et les étoiles. Les vagues frappaient les falaises comme des hommes au cœur d'une bataille, le sol tremblait et se soulevait.

» Dans le cercle, faible et mourant, Caelan tenta de se saisir de son épée. Mais ces armes sont impuissantes contre la magie et la sorcellerie, à moins d'être maniées avec force. Dans son cœur, il l'appelait, comprenant enfin qu'il l'avait trahie et combien sa fierté était absurde. Il mourut avec son nom sur les lèvres. Et lorsqu'il trépassa, le cœur de Bryna se brisa en deux moitiés et la laissa sans défense.

Bryna soupira, ferma brièvement les yeux.

— Elle était perdue sans lui. Le pouvoir d'Alasdair se déployait comme les ailes d'un vautour. Il allait la prendre, qu'elle le veuille ou non. Rassemblant ses dernières forces, elle tituba dans le cercle où le sang de son amour tachait le sol. Là, elle prononça un vœu et jeta un sort. Là, tandis que les murs résonnaient et que les torches brûlaient, elle promit son amour éternel à Caelan. Elle l'attendrait mille ans. Elle mit le feu à sa maison afin qu'Alasdair ne l'ait pas. Et, inspirant profondément sans le quitter des yeux, elle jeta le sort suivant :

» Mille ans après ce soir-là, ils reviendraient affronter ensemble Alasdair. Si leurs cœurs étaient forts, ils le vaincraient dans ce lieu. Toutefois, ces sortilèges ont un prix. En contrepartie, elle promit que si Caelan n'y croyait pas, s'il ne luttait pas avec elle comme un seul être, son pouvoir se dissiperait. Et elle appartiendrait alors à Alasdair. Elle fit ce vœu agenouillée auprès de son amour et l'étreignit. Et ils disparurent ensemble.

Cal patienta en l'observant un instant, surpris d'avoir été hypnotisé par son récit.

— Une jolie histoire, Bryna.

Le regard implorant, elle secoua la tête.

— Vous le voyez toujours de cette façon ? Pouvez-vous me regarder, m'écouter sans vous souvenir de rien du tout ?

— Vous voulez que je croie que je suis une sorte de réincarnation d'un guerrier celte et vous, celle d'une magicienne ? (Il eut un petit rire.) Nous avons attendu tout un millénaire et maintenant, nous allons livrer bataille contre le sorcier de l'Ouest ? Allons, ma jolie, ai-je l'air aussi naïf ?

Elle ferma les yeux. Relater cette histoire, la revivre, l'avait fatiguée. Elle avait besoin de toutes ses ressources à présent.

— Il faut qu'il me croie, murmura-t-elle en s'éloignant du mur. Je n'ai pas le temps de le persuader avec subtilité. (Elle pivota vers lui.) Enfant, vous aviez une imagination débordante, dit-elle avec colère. Quel dommage de l'avoir négligée. De m'avoir rejetée...

— Écoutez, trésor...

— N'utilisez pas ce genre de termes avec moi. Ne vous ai-je pas entendu les susurrer à d'autres femmes pour les emmener au lit ? Je ne m'attendais pas que vous soyez devenu un moine, mais fallait-il que vous en profitiez autant ?

— Quoi ?

— Rien. Aucune importance, fit-elle avec des gestes impatients. Une jolie histoire ! Une attente de mille ans n'aurait donc servi qu'à le rendre aussi entêté, aussi aveugle ? Eh bien, nous verrons ce que nous verrons, Calin Farrell.

Elle s'arrêta juste devant lui, le regard noir de colère, les joues empourprées.

— La réincarnation d'une sorcière ? C'est peut-être vrai. Et vous allez voir un simple fait de vos yeux. Je suis une magicienne et pas encore dépourvue de tout pouvoir.

— Folle, voilà ce que vous êtes, dit-il en tournant les talons.

— Ne bougez pas !

Elle prit une inspiration et le vent se leva de nouveau en hurlant. Les pieds de Calin étaient comme cimentés sur place.

— Voyez donc, ordonna-t-elle en tendant la main, la paume tournée vers le sol entre eux.

C'était le premier envoûtement appris, le dernier perdu. Sa main tremblait sous l'effort mais le feu jaillit et des flammes vives s'élevèrent.

S'il en avait été capable, il aurait reculé d'un bond. Il n'y avait pas de bois, pas d'allumettes, seulement une boule de feu doré luisant à ses pieds.

— Qu'est-ce que c'est ?

— Une preuve, si vous voulez bien la voir comme telle.

Elle tendit la main par-dessus les flammes.

— Je vous ai appelé dans la nuit, Calin, mais vous ne m'entendiez pas. Pourtant vous me connaissez. Vous connaissez mon visage, mon esprit, mon cœur. Pouvez-vous le nier en me regardant en face ?

— Non. Non, je ne peux pas. Mais je ne veux pas ça.

Sa gorge était sèche et râpeuse, ses tempes bourdonnaient. Elle laissa retomber son bras. Le feu disparut.

— Je ne peux pas vous contraindre. Je ne peux que vous montrer.

Elle chancela subitement, les prenant l'un et l'autre de court.

— Hé !

Il la rattrapa au moment où ses jambes flanchaient.

— Je suis seulement fatiguée.

Elle essayait de se raccrocher à sa fierté en s'écartant de lui.

— Juste fatiguée, c'est tout.

Elle était blanche comme un linge et sans force, comme si tous les os de son squelette avaient fondu.

— C'est de la folie. Toute cette histoire est insensée. Je dois avoir une nouvelle hallucination.

Il la souleva dans ses bras et la porta en bas des marches, loin du Château des Secrets.

4

— Du cognac. Du whisky. Quelque chose, marmonna-t-il en poussant la porte de la maison de l'épaule.

Hécate se faufila à l'intérieur avec la fluidité de la fumée et ouvrit la marche dans le petit couloir.

— Non. Ça va mieux, vraiment, dit Bryna en secouant la tête bien qu'elle fût toujours faible.

— J'en doute. Il y a un médecin dans le coin ?

Elle se sentait suffisamment fragile pour se dissoudre dans ses bras.

— Je n'ai pas besoin d'un médecin, gloussa-t-elle à cette idée. J'ai tout ce qu'il me faut dans la cuisine.

Il tourna la tête, la regarda dans les yeux.

— Des potions ? Des mixtures de magicienne ?

— Si vous voulez.

Incapable de résister, elle noua les bras autour de son cou.

— Voulez-vous bien me porter à l'intérieur, Calin ? Toutefois, je préférerais que vous me conduisiez à l'étage, au lit.

Leurs bouches proches, elle entrouvrait les lèvres comme pour l'inviter à l'embrasser. Il sentit ses muscles frémir. Si c'était un rêve, il sollicitait tous ses sens et était plus réel que tous ceux de son enfance.

— J'ignorais que les Irlandaises étaient aussi entreprenantes. Sinon je serais venu plus tôt.

— J'ai attendu longtemps. J'ai des besoins, comme tout le monde.

Il s'écarta volontairement de l'escalier et emprunta le couloir.

— Les magiciennes aiment donc le sexe.

Elle eut de nouveau un petit rire rauque.

— Ah oui, nous en raffolons. Je pourrais vous donner plus qu'une femme ordinaire. Plus que vous ne pourriez en rêver.

Il se souvint combien son premier baiser l'avait décontenancé. Il était certain que c'était vrai. Il s'appliqua à la lâcher juste au-dessus de l'une des deux chaises au dossier à barreaux qui encadraient la table en bois de la minuscule cuisine.

— Je fais de beaux rêves, dit-il en la faisant sourire délicieusement.

— Je le sais bien.

L'air vibrait entre eux. Elle s'adossa et croisa sagement les mains sur la table.

— Il y a une bouteille bleue dans le placard, au-dessus du réchaud. Auriez-vous la gentillesse de me l'apporter, ainsi qu'un verre ?

Il ouvrit la porte indiquée et découvrit des bouteilles de toutes les couleurs et de toutes les formes impeccablement alignées. Elles étaient toutes remplies de liquides et de poudres, sans aucune étiquette.

— Lequel de ces breuvages avez-vous versé dans mon thé ?

Elle soupira lourdement.

— Cal, je n'ai rien mis d'autre que du whisky dans votre thé. Je vous ai endormi avec un petit envoûtement tout à fait inoffensif parce que vous en aviez besoin. En deux petites heures, ne vous êtes-vous pas senti reposé, en forme ?

Il considéra les bouteilles d'un œil noir, refusant de l'admettre.

— Quelle bouteille bleue ?

— La bleu cobalt avec le long col.

Il la posa sur la table avec un verre.

— Les drogues sont dangereuses.

Elle versa soigneusement deux doigts d'un liquide aussi bleu que la bouteille.

— Ce sont des herbes aromatiques.

Elle leva les yeux vers lui et rit.

— Avec une petite pincée de magie. Pour l'énergie et la force. (Elle but avec un plaisir apparent.) Voulez-vous vous asseoir, Calin ? Un repas vous ferait du bien et il doit être prêt à présent.

Son estomac avait gargouillé lorsqu'il avait senti le fumet dans la cuisine, les vapeurs aromatisées qui s'échappaient d'une marmite sur le réchaud.

— Qu'est-ce que c'est ?

— Un *craibechan*.

Elle sourit en le voyant froncer les sourcils.

— Une sorte de soupe. C'est copieux et vous aviez perdu l'appétit. Vous avez perdu un ou deux kilos ces dernières semaines et je me sens responsable, expliqua-t-elle.

Curieux de voir en quoi consistait un *craibechan* et afin de vérifier qu'il n'y avait ni œil de triton ni langue de grenouille dans la mixture, il soulevait déjà le couvercle. Il s'écarta et se tourna vers elle. Il allait devoir clarifier un point essentiel.

— Je ne crois pas à la sorcellerie.

Une lueur amusée dans les yeux, elle s'écarta de la table.

— Nous n'allons pas tarder à y travailler.

— Mais je suis disposé à envisager une certaine... je ne sais pas... connexion psychique.

— C'est déjà un début.

Elle alla chercher une miche de pain noir et la mit à chauffer dans le four.

— Voulez-vous du vin avec le repas ? Il y a une bouteille, si vous voulez la déboucher. Je l'ai mise à refroidir.

Elle sortit la bouteille qui était rangée.

Il la prit et lut l'étiquette. C'était son bordeaux de prédilection – un vin qu'il préférait légèrement frais. Pensif, il lui prit le tire-bouchon des mains.

La théorie de l'admiratrice obsédée ne tient pas la route, décida-t-il en posant la bouteille ouverte sur le plan de travail en ardoise pour laisser s'aérer le vin. Quelles que soient les informations qu'elle ait pu rassembler à son sujet, elle n'aurait pas pu prédire son voyage en Irlande – et encore moins dans cet endroit.

Il devait accepter l'existence d'une connexion entre eux, si étrange fût-elle. Quel autre nom lui donner ? C'était sa voix qu'il avait entendue dans ses rêves, son visage qui flottait dans les brumes de sa mémoire. Et c'étaient ses mains à lui qui avaient tenu le volant pour le conduire jusqu'ici. *Chez elle.*

Il était grand temps d'en apprendre plus long sur elle.

— Bryna.

Elle cessa de servir la soupe dans de lourds bols blancs.

— Oui ?

— Depuis combien de temps vivez-vous ici, toute seule ?

— Je suis seule depuis cinq ans. Ça faisait partie du plan. Les verres à vin sont à votre droite.

— Quel âge avez-vous ?

Il prit deux verres en cristal et servit le vin rouge sang.

— Vingt-six ans. Quatre de moins que vous. (Elle posa les bols sur la table et prit son verre.) Je vous vois encore en train de gambader sur un cheval constitué d'un balai tout autour d'un salon à rideaux bleus. Un petit chien noir vous suit. Vous l'appeliez Hero. C'est mon premier souvenir de vous.

Elle but une gorgée, posa son verre et sortit le pain du four.

— Et quand il est mort, quinze ans plus tard par une chaude journée d'été, vous l'avez enterré dans le jardin, derrière la maison. Vos parents vous ont aidé à planter un rosier sur sa tombe. Vous avez tous pleuré car vous l'aimiez beaucoup. Ni vous ni vos parents n'avez eu d'autres animaux de compagnie. Vous craignez de ne pas avoir le courage d'en perdre un autre.

Mal à l'aise, il expira longuement et but une gorgée de vin. Aucune de ces informations, pas une seule, ne se trouvait dans sa biographie officielle. Et assurément, aucune de ses émotions n'était de notoriété publique.

— Où est votre famille ?

Elle se pencha pour caresser affectueusement Hécate entre les oreilles.

— À droite et à gauche. C'est difficile pour mes proches en ce moment. Ils ne peuvent rien faire pour moi. Mais je les sens présents et c'est un réconfort suffisant.

— Donc... vos parents sont également sorciers ?

Elle se hérissa en entendant l'amusement dans sa voix.

— Je suis magicienne par hérédité. Mon pouvoir et mon don coulent dans mon sang, de génération en génération. Ce n'est pas un métier, Calin, pas plus qu'un passe-temps ou un jeu. C'est mon destin, mon legs et ma fierté. Et ne m'insultez pas alors que vous allez partager ma nourriture.

Elle releva la tête et s'assit. Il se gratta le menton.

— Bien, madame. (Il prit place en face d'elle et huma le bol.) Ça sent merveilleusement bon.

Dès la première bouchée, il sentit la chaleur épicée se répandre dans son organisme.

— Et le goût est encore plus succulent.

— Inutile de me flatter. Vous avez tellement faim que vous pourriez manger de la viande de cheval crue.

— Ce n'est pas faux, convint-il en continuant à manger. Il y a des yeux de triton dans mon bol ?

Son regard se radoucit.

— Très drôle.

— Je trouve aussi.

Il pouvait prendre la situation avec humour ou bien s'enfuir en hurlant.

— Que faites-vous ici toute seule ?

À peine eut-il posé la question qu'il se demanda s'il voulait connaître la réponse.

— Comment gagnez-vous votre vie ? crut-il bon de préciser.

Elle se dit qu'il ne servait à rien de mal le prendre.

— Comment je gagne de l'argent, vous voulez dire ? Eh bien, c'est en effet nécessaire.

Elle lui passa le pain et le beurre salé.

— Je tisse et je vends mes articles. Des pulls, des tapis, des couvertures, des jetés de lit, ce genre de choses. C'est un art apaisant, solitaire aussi. Cela me permet d'être indépendante.

— Les tapis dans la chambre ? Ils sont de vous ?

— En effet, oui.

— Ils sont beaux. La couleur, la texture, les motifs.

Il cligna des yeux en se souvenant du rouet.

— Vous voulez dire que vous tissez vous-même la laine ?

— C'est un artisanat ancien et vénérable. Et je l'apprécie.

La plupart des femmes de sa connaissance savaient à peine coudre un bouton. S'il n'avait jamais reproché à une femme son manque de maîtrise des tâches domestiques, le savoir de Bryna l'intriguait.

— Je n'aurais pas imaginé qu'une magicienne... eh bien, j'aurais cru qu'elle se contenterait de... vous savez... *et hop* !

Elle haussa les sourcils.

— *Et hop* ? Vous pensez que si je veux un pot de pièces d'or, je n'ai qu'à siffler pour qu'il me tombe dans les mains ?

L'air agacé, elle se pencha en avant.

— Dites-moi pourquoi vous utilisez cet appareil photo avec tous ses boutons alors que l'on fabrique ces petits trucs pratiques qui réfléchissent quasiment à votre place et prennent seuls les photos ?

— Ça ne présente plus grand intérêt quand tout le processus est automatisé. Si tout mon travail est contrôlé, planifié, montré tout prêt...

Il s'interrompit devant son sourire suffisant.

— Très bien, j'ai compris. Ce ne serait plus un art si vous claquiez seulement des doigts.

— Exactement. De plus, c'est un engagement, vous comprenez. Ne pas abuser d'un don et ne pas le prendre pour acquis. Le plus important, ne pas faire le mal par le biais de son pouvoir. Vous me croyez presque, Calin.

Stupéfait, il se retourna brusquement.

— Je ne fais que bavarder, bredouilla-t-il avant d'aller remplir son bol vide, suivi par Hécate, une ombre pleine d'espoir. Quand êtes-vous allée aux États-Unis pour la dernière fois ?

Il remplit son verre et le lui tendit.

— Je ne suis jamais allée en Amérique. Je n'étais pas autorisée à vous contacter, face à face, avant que vous ne veniez ici. Vous n'étiez pas autorisé à venir avant le mois suivant les mille ans.

Cal tapota la table du bout des doigts. Elle était douée pour s'en tenir à sa version.

— Donc un mois après le jour anniversaire de... l'envoûtement.

— Non, le jour du solstice. Demain soir.

Elle reprit son verre de vin mais fit tournoyer le pied entre ses doigts sans boire.

— Vous êtes bornée, dites-moi.

— Vous n'avez pas voulu m'écouter. Et j'ai trop attendu. C'était de la fierté. Je voulais que vous me contactiez, rien qu'une fois. (Vaincue par son propre cœur, elle ferma les yeux.) Comme une stupide adolescente qui attend que son petit copain l'appelle. Vous m'avez fait du mal quand vous vous êtes détourné de moi.

Elle rouvrit les yeux et plongea un regard malheureux dans le sien.

— Pourquoi m'avez-vous tourné le dos, Calin ? Pourquoi avez-vous cessé de me répondre, de m'entendre ?

Il ne pouvait pas le nier. Il était là, et elle aussi. Il avait été attiré vers elle, et il avait beau lutter pour le refuser, il se souvenait d'elle. *De sa douce voix implorante. Et de ses yeux, d'un bleu incroyable, chargés du même chagrin intense.*

Il ne pouvait que l'accepter ou céder à la démence.

— Parce que je ne voulais pas répondre ni être ici. Je voulais être normal, dit-il d'une voix dure en repoussant son bol.

— Alors vous m'avez rejetée, moi et le don que vous avez reçu, pour vivre selon ce que vous considérez comme la normalité ?

— Savez-vous ce que c'est d'être différent, étrange ? rétorqua-t-il furieusement. Je suppose que vous le savez, siffla-t-il à voix basse. Je détestais ça. Je ne supportais pas l'inquiétude de mes parents.

— Ce n'était pas supposé être un fardeau mais une joie, Calin. Ce qui vous a été transmis, ce petit don de vision, faisait partie d'elle, de moi. Il est fait pour vous protéger, pas pour vous menacer.

— Je n'en voulais pas ! Que devient mon libre arbitre dans tout ça ? Quel choix me reste-t-il ?

Il repoussa sa chaise et se leva. Elle avait envie de pleurer pour lui, pour le petit garçon qui n'avait pas compris que son originalité était un don d'amour. Et pour l'homme qui continuait de le rejeter.

— Vous avez toujours eu le choix.
— Très bien. Je n'en veux pas.
— Et moi, Calin.

Elle se leva aussi, lentement, carrant fièrement les épaules et redressant la tête.

— Vous ne voulez pas de moi non plus ?
— Non. Je ne veux pas de vous.

Le mensonge lui brûla la langue.

Il entendit le rire, un sombre bourdonnement dans l'air. Hécate cracha, arqua le dos puis gronda comme pour repousser un ennemi. Cal vit la peur dans les yeux de Bryna tandis qu'elle pivotait et se jetait devant lui pour se placer en bouclier.

— Non ! rugit-elle d'une voix puissante et autoritaire. Tu n'es pas le bienvenu ici. Tu n'as aucun droit dans ma maison.

Dans l'embrasure de la porte, les ombres tournoyèrent et fusionnèrent pour former la silhouette d'un homme élancé qui arborait l'habit noir bordé d'argent d'un sorcier. Son visage avait la beauté d'un prince de conte de fées. Ses cheveux blond doré faisaient ressortir ses yeux d'un noir profond.

— Bryna, il te reste très peu de temps, susurra-t-il d'une voix suave teintée d'un amusement narquois. Cette guerre entre nous n'est pas nécessaire. Je t'offre un pouvoir considérable, tout un monde. Tu n'as qu'à prendre ma main et accepter.

— Tu crois que je vais la prendre ? Que mon cœur peut changer en mille ans, ou en dix mille ans ? Tu es maudit, Alasdair, et c'était ton choix.

— L'attente touche à sa fin.

Alasdair leva la main et le tonnerre éclata au-dessus de leurs têtes comme si des guerriers croisaient le fer.

— Renvoie-le et je le permettrai. Tu as ma parole, Bryna. Si tu l'envoies loin d'ici, je ne lui ferai aucun mal. S'il reste, sa fin sera celle que tu connais déjà et tu seras à moi, Bryna, libre ou enchaînée. Ce choix te revient.

Elle leva la main et la lumière jaillit de sa bague en argent sculpté.

— Entre dans mon cercle à présent, Alasdair.

Elle retroussa les lèvres en une invite sensuelle, le défiant malgré la terreur qui faisait tambouriner son cœur. Elle n'était pas encore prête à confronter son pouvoir au sien.

— Prends-tu ce risque ?

Ses lèvres prirent un pli railleur et ses yeux s'illuminèrent au souvenir d'une malveillante promesse.

— Le jour du solstice, Bryna. (L'air sombre, il tourna un regard amusé vers Cal.) Toi, guerrier, souviens-toi de la mort.

Une douleur vive et aiguë transperça le ventre de Cal. Brûlante comme de l'acide, elle lui coupa le souffle, affaiblissant ses genoux alors même qu'il agrippait les épaules de Bryna et la poussait derrière lui.

— Si tu la touches, tu es mort.

Il sentit les mots monter dans sa gorge, les entendit franchir ses lèvres. Une sueur froide perlant sur son front, il toisa l'apparition.

Qui s'évanouit, ne laissant derrière elle qu'une tache sombre et l'écho d'un rire moqueur.

5

Cal posa la main sur son ventre, mentalement préparé à y trouver du sang et même à le voir couler entre ses doigts. La douleur était sourde, mais il percevait encore l'écho d'une vive souffrance.

— Il ne peut pas te faire de mal.

La voix lointaine de Bryna lui fit prendre conscience qu'il lui agrippait encore le bras.

— Il ne peut que t'obliger à te souvenir, te duper par cette souffrance. Avec lui, tout n'est que ruses et mensonges.

— Je l'ai vu. Je l'ai vu.

Ahuri, Cal examinait ses doigts.

— Oui. Il est plus fort que je ne le croyais et plus téméraire puisqu'il a eu l'audace de surgir ici. (Elle posa doucement sa main sur celle de Cal qui la serrait douloureusement.) Alasdair est sournois et plein de mensonges. Tu ne dois pas l'oublier, Calin. Surtout, ne l'oublie jamais.

— Je l'ai vu, répéta Calin dans un effort pour concilier l'impossible et la réalité. Je voyais à travers lui, la table dans le couloir, les fleurs dans le vase.

— Il n'oserait pas prendre le risque d'apparaître dans sa forme pleine. Pas pour l'instant. Calin, tu me fais mal au bras.

Il desserra lentement les doigts et la lâcha.

— Excuse-moi. J'ai perdu la tête. Voir des fantômes me fait cet effet.

— Ce n'est pas un fantôme. C'est un sorcier, un magicien qui a embrassé les ténèbres et s'est fermé à toute lumière. Un sorcier qui a brisé tous les serments.

— Est-ce un homme ?

Il pivota si brusquement vers elle qu'elle en eut le souffle coupé, puis grimaça alors qu'il la prenait de nouveau par les bras.

— Il t'a regardée comme un homme, avec du désir.

— Nous ne sommes pas des esprits. Nous avons nos besoins, nos faiblesses. Il me désire, oui. Il a forcé l'entrée de mes rêves et m'a montré précisément ce qu'il veut de moi. Et un viol, même en rêve, reste un viol.

Tremblante, son regard s'affola. Le temps d'un instant, elle ne fut qu'une femme, avec les peurs d'une femme.

— Il m'effraie. Est-ce suffisant pour toi ? Est-ce assez de savoir que je préférerais mourir que de sentir ses mains sur moi ? Il m'effraie, répéta-t-elle en posant le visage sur l'épaule de Cal. Oh, Calin, ses mains sont froides, si froides.

— Il ne te touchera pas.

Son besoin de la protéger était trop fort pour qu'il le niât. Il l'étreignit, la serrant tout contre lui.

— Il ne te touchera pas, Bryna.

Ses lèvres effleurèrent ses cheveux et descendirent vers sa tempe. Elles rencontrèrent sa bouche.

— Bryna. Doux Jésus.

Elle s'abandonna entre ses bras enveloppants comme de la cire, dans un magnifique élan de générosité. Toute la confusion, les doutes, la peur le quittèrent. Elle était là, l'unique femme, celle de toujours. Il enfonça les mains dans ses cheveux, serra ses mèches rousses dans son poing et tira sa tête en arrière pour l'embrasser profondément.

Il allait affronter ce qui l'avait amené ici. S'il niait certaines choses, il acceptait ça. Le besoin pouvait être plus fort que la raison.

Des sons à la fois implorants et envoûtants s'échappaient de la gorge de Bryna. Son cœur tambourinait contre son torse et son corps frémissait. Elle mordilla sa lèvre pour l'inviter à continuer. Il l'entendit soupirer son nom, gémir, puis murmurer des mots chargés d'un violent désir.

Elle parlait en gaélique et c'est ce qui l'arrêta. Il la comprenait comme s'il avait toujours parlé cette langue.

« Amour, mon amour », avait-elle dit.

— C'est la réponse ? C'est ce que tu veux ?

Il la repoussa contre le mur dans un regain de colère.

À présent, son baiser avait le goût de la violence, du désespoir, presque de la punition.

Les peurs de Bryna lui brûlaient la gorge, la pressant de le repousser, de rejeter sa colère. Mais elle n'offrit aucune résistance, accepta sa ferveur et ses mains brutales jusqu'à ce qu'il s'écarte et la regarde fixement de ses yeux ténébreux.

Elle prit une inspiration pour se ressaisir et attendit de retrouver une voix forte et assurée.

— C'est une réponse possible. Oui, je te désire.

Lentement, elle déboutonna le devant de sa robe.

— Je veux que tu me touches, que tu me prennes.

Elle écarta le tissu, le laissa retomber sur le sol et se retrouva nue et sans défense devant lui.

— Où tu veux, quand tu veux, comme tu veux.

Il soutenait son regard.

— Tu m'as déjà dit ça, une fois.

Prise dans un tourbillon d'émotions, elle ferma les yeux et les rouvrit en souriant.

— C'est vrai. Il y a mille ans. Plus ou moins.

Il s'en souvenait. Elle se tenait face à lui, nue au milieu d'un parterre de fleurs. La lumière nacrée luisait sur sa peau. Elle s'était offerte sans retenue. Il s'était perdu en elle et leurs corps avides avaient roulé au milieu des fleurs dans un nuage de parfums.

Il secoua la tête et l'image disparut. Souvenir ou fantasme, cela n'avait plus d'importance. Une seule chose comptait désormais à ses yeux.

— Ceci est le présent. Toi et moi. Rien ne peut nous atteindre. Quoi qu'il soit arrivé par le passé, cet instant est à nous. (Il l'enlaça.) C'est comme ça que je veux que ça se passe, déclara-t-il.

Sous le charme, elle le contemplait. Elle avait cru qu'il la prendrait là où ils se trouvaient, avide d'apaiser son désir et peut-être de trouver l'oubli. Elle avait goûté l'aspect le plus brutal de sa passion, senti la violence qui rampait sous sa peau. Au lieu de quoi, il la portait tendrement comme s'il la chérissait.

Quand il l'allongea sur le lit et recula pour la contempler, elle sentit ses joues s'empourprer. Elle réussit à lui faire un petit sourire.

— Tu vas devoir te dévêtir, dit-elle, tandis qu'elle tentait de se redresser en riant.

Il posa la main sur son épaule.

— Laisse-moi faire. Allonge-toi, Bryna. Je veux contempler tes cheveux de feu étalés sur l'oreiller, je veux voir le soleil danser sur ta peau.

Il allait la photographier ainsi. Il était curieux de voir s'il pourrait en capturer la magie, sa magie – ses longs membres, sa silhouette allongée, ses yeux débordants de désir et de nervosité.

Il se déshabilla en la regardant et parla d'une voix calme et grave.

— As-tu peur de moi ?

— Je n'avais pas peur. Je ne m'attendais pas à avoir peur. (Mais son cœur palpitait comme les ailes d'un oiseau.) Je suppose que j'ai peur, oui. Un peu. Parce que ça veut dire... tout.

Il lança ses vêtements sur la petite chaise sans la quitter un seul instant des yeux.

— Je ne sais pas ce que je crois, ni ce que je suis capable d'accepter. Hormis une chose.

Il se baissa vers elle et sa bouche s'attarda au-dessus de la sienne.

— Ce moment est important. Ici. Maintenant. Toi. Ça compte pour moi.

— Aime-moi. Je me languis de toi depuis si longtemps.

Elle attira sa bouche et ils s'embrassèrent lentement, tendrement, en se savourant. Des soupirs et des secrets, des goûts et des textures. Il savait que leurs bouches s'emboîteraient à la perfection. Il connaissait les caresses érotiques de sa langue, la cambrure suggestive de son dos. Il déglutissait chaque fois que son souffle se bloquait. Très lentement, il posa les mains sur elle. Il parcourut ses courbes et réchauffa sa peau. Il prit ses seins à pleines mains, puis les aspira entre ses lèvres et en titilla les bouts avec sa langue et ses dents jusqu'à ce qu'elle gémisse son nom comme une prière.

Elle posa les mains sur lui et explora à son tour ses muscles, retraçant chacune de ses petites cicatrices. Ce n'était pas le corps d'un guerrier mais celui d'un homme. Le sien, pour l'instant. son cœur paisible cognait fermement tandis que, patiemment, il s'appliquait à exciter la moindre parcelle de son corps. Pourquoi ne s'y était-elle pas préparée ?

Son cœur s'emballait peu à peu et le soleil réchauffait ses paupières fermées à mesure que le plaisir l'inondait. L'amour, si longuement retenu, pouvait enfin s'épanouir comme une rose sauvage.

— Calin.

Son nom s'échappa de sa bouche en tremblotant au moment où il la saisit dans le creux de ses mains. Il vit ses yeux s'ouvrir subitement, leur iris d'un bleu intense s'embrumer. L'excitation fut telle qu'elle l'aveugla et la laissa sans voix. Il la poussait à bout. Il goûta un plaisir mauvais lorsqu'elle poussa un cri puis trembla, avant de laisser retomber ses mains faiblement.

Mienne. Le seul mot qu'il avait à l'esprit alors qu'il déposait un filet chaud sur sa cuisse. *Mienne. Mienne.*

Les tempes battantes, il s'insinua en elle tandis qu'elle gémissait de plaisir, arquant le dos pour le recevoir. Elle avait à présent les yeux grands ouverts. Ses bras enroulés autour de lui formaient un cercle possessif. Leurs corps se réunirent en une parfaite harmonie. L'harmonie de l'évidence, l'harmonie de toujours.

Il s'enfonçait toujours plus loin en elle, sa bouche écrasant la sienne dans un plaisir haletant et réciproque. Elle volait, comme quelqu'un qui aurait attendu toute une vie pour s'envoler, quand il jouit en elle.

Elle le tint serré contre elle tandis que les tensions quittaient son corps. La tête entre ses seins, il s'abandonna à ses tendres caresses.

— C'est nouveau. À nous. Je ne savais pas que c'était possible. Je croyais tout savoir mais j'ignorais cela, dit-elle paisiblement.

Il se décala et leva la tête afin de voir son visage. Sa peau était douce, légèrement moite, son regard lourd, sa bouche rosie et irritée.

— Rien de cela ne devrait être possible.

Il glissa la main sous son menton, la tourna légèrement de profil. Il cadrait son portrait, précisément avec cette lumière. En noir et blanc. Et il l'intitulerait *L'Après*.

— Je dois faire une dépression nerveuse.

Elle répondit d'un petit rire spontané. Insouciant, irréfléchi.

— Eh bien, ton moteur tourne à plein régime, Calin, si tu veux mon avis.

Il eut un sourire en coin.

— Nous sommes au XXIe siècle. J'ai le Wi-Fi dans ma voiture, un ordinateur au bureau qui s'occupe de tout sauf de faire mon lit et je suis censé croire que je viens de faire l'amour à une magicienne. Une magicienne qui fait jaillir des boules de feu de nulle part et qui déchaîne des bourrasques de vent quand c'est le calme plat.

Elle peigna ses cheveux avec ses doigts comme elle avait rêvé de le faire un nombre incalculable de fois.

— La magie et la technologie ne sont pas incompatibles. Seulement, la seconde prend très rarement la première en compte. Elle ne s'attache qu'à la normalité. (Elle vit son regard s'assombrir.) Tu as eu des visions, Calin. Enfant, tu en avais.

— Et j'ai rejeté tout ce qui était puéril.

— Les visions ? Puériles ?

Elle le regarda de travers et ferma les yeux en soupirant.

— D'où te vient cette idée ? L'esprit et le cœur d'un enfant sont peut-être plus ouverts à ces questions. Mais tu voyais, tu sentais, tu savais des choses que les autres ignoraient. C'est un don que tu as reçu.

— Je ne suis pas un sorcier.

— Non et cela rend ton don d'autant plus précieux, Calin.

Il se redressa en secouant la tête.

— C'est trop pour moi. N'en parlons plus pour l'instant. Je ne sais plus ce que je ressens. (Il se frotta le visage et se recoiffa.) Je sais seulement que je devais être ici, avec toi. N'allons pas plus loin pour le moment.

Ils avaient trop peu de temps. Elle faillit protester, puis se ravisa. Puisque le temps pressait, ce moment était précieux. Si elle devait être maudite pour profiter de ce moment partagé, elle l'acceptait.

— Alors n'en parlons plus. (Elle s'allongea, tendit la main vers la sienne.) Embrasse-moi. Étends-toi près de moi.

Sa main remonta le long de sa cuisse et tout en la regardant, son sourire s'élargit. *La lumière. Quelle lumière !*

— Ne bouge pas.

Il bondit du lit et s'empara de son jean au passage. Elle cligna des yeux.

— Qu'est-ce qu'il y a ? Où vas-tu ?

— Je reviens tout de suite. Reste là. Exactement comme ça.

Elle expira, le regard levé vers le plafond. Son visage se détendit et elle étira les bras derrière sa tête. Elle se sentait aimée. Comme un chat abondamment caressé. Avec un petit rire, elle tourna les yeux vers Hécate qui l'observait, roulée en boule devant le feu.

— Tu sais ce que je ressens, hein ? Eh bien, ça me plaît.

La chatte l'observait sans ciller. Dix secondes. Vingt. Bryna ferma les yeux.

— J'ai besoin de ce moment. Bon sang, nous en avons besoin. Quelques heures après tant d'années. Pourquoi nous en priver ? Pourquoi chaque joie doit-elle avoir un prix ? Bon, très bien. Si je dois régler la facture, je la paierai.

Hécate se leva et sortit de la chambre en balayant l'air de sa queue. Quelques secondes plus tard, Bryna entendit les pas de Calin. Alors qu'elle se préparait à sourire, elle écarquilla les yeux. Il avait pris deux photos avant qu'elle n'ait eu le temps de se redresser et de croiser les bras sur sa poitrine.

— Que fais-tu ? Tu te permets de me photographier nue ? Range ça. Tu ne m'accrocheras pas au mur d'une galerie d'art.

— Tu es belle.

Il contourna le lit pour varier les angles.

— Un chef-d'œuvre. Baisse un peu ton épaule gauche.

— Sûrement pas. C'est scandaleux.

Profondément choquée, elle tira sur le dessus-de-lit froissé et le remonta. Aux yeux de Cal, elle n'en était que plus séduisante et naturelle. Toutefois, il baissa l'appareil.

— Je croyais que les magiciennes aimaient danser nues sous la pleine lune.

— On ne se dénude pas pour s'exposer. Il y a un moment et un lieu pour ça. Personne ne photographie l'intimité ni les rituels.

— Bryna.

Usant de tout son charme, il se rapprocha et tira doucement sur le drap qui cachait ses seins.

— Tu as un beau corps, ce que tu dégages est exquis et la lumière est parfaite. Incroyable.

Il passa les doigts sur son mamelon et la sentit trembler.

— Je te les montrerai en premier.

Elle sentit à peine le drap glisser sur sa taille.

— Je sais à quoi je ressemble.

— Tu ne sais pas comment je te vois. Je vais te montrer. Allonge-toi. Détends-toi, murmura-t-il en étalant ses cheveux sur l'oreiller. Non, ne te cache pas. Regarde-moi. (Il la captura en plongée puis s'écarta.) Tourne la tête, juste un peu. Je te touche. Imagine mes mains sur toi, qui se promènent sur toi. Ici. Et là. (Il posa un genou sur le pied du lit et la photographia en rafales.) Si j'avais une chambre noire, je les développerais ce soir et tu verrais ce que je vois.

— J'en ai une, dit-elle, le souffle coupé par l'excitation.

— Quoi ?

— J'en ai fait installer une pour toi, à côté de la cuisine.

Elle sourit timidement lorsqu'il baissa à nouveau l'appareil.

— Je savais que tu viendrais et je voulais que tu aies ce qu'il te faut pour que tu te sentes à l'aise.

Pour que tu restes avec moi, pensa-t-elle.

— Tu as installé une chambre noire ? Ici ?

— Exact.

Il rit en secouant la tête.

— Incroyable. Absolument incroyable. (Il se leva et posa l'appareil sur le bureau.) Je crois que tu as besoin d'être un peu plus... décoiffée avant que je termine cette pellicule. (Il grimpa sur le lit.) Qu'est-ce que je ne ferais pas pour mon art ! murmura-t-il en coupant court à son éclat de rire par un baiser.

6

Plus tard, dans la douce soirée à peine rafraîchie par la brise, alors que le soleil dorait le ciel et adoucissait les couleurs, il l'accompagna jusqu'aux falaises. Il était détendu, paisible.

D'un point de vue logique, il savait qu'il aurait dû se rendre dans le service psychiatrique le plus proche pour demander un bilan complet. Mais une corniche isolée, un château en ruine, une belle femme qui se disait magicienne – des visions, du sexe et des légendes. C'était le bon moment, le bon endroit pour mettre la logique de côté, ne serait-ce que temporairement.

— C'est un beau pays. J'ai toujours du mal à croire que je ne suis arrivé que ce matin. Depuis douze petites heures.

— Ton cœur est ici depuis plus longtemps.

C'était si simple de se promener avec lui, main dans la main. Si simple. Si ordinaire. Si miraculeux.

— Parle-moi de New York. Tous les films, les images que j'ai vus piquent ma curiosité. C'est vraiment comme ça ? Aussi peuplé, agité et excitant ?

— Parfois, oui.

Cette ville lui semblait appartenir à un autre monde. À un autre millénaire.

— Et ta maison ?

— J'habite dans un appartement. Il donne sur le parc. Il me fallait de l'espace pour avoir mon atelier sur place. Il y a une bonne lumière.

— Tu aimes passer du temps sur le balcon. Il m'arrive de jeter un coup d'œil.

Elle leva les yeux au ciel face à son regard interloqué.

— Jeter un coup d'œil ? (Il la prit par le menton pour l'empêcher de détourner les yeux.) Que regardes-tu exactement ?

— Je voulais voir comment tu vivais, comment tu travaillais.

Elle se dégagea et longea la corniche, là où l'eau jaillissait, brillant comme une rivière de diamants sous le soleil. Elle tourna la tête et l'inclina d'un mouvement étonnamment félin.

— Tu as connu beaucoup de femmes, Calin Farrell. Elles vont et viennent à toute heure, dans toutes les tenues possibles. Et même dévêtues.

Il remua les épaules comme s'il avait une démangeaison inaccessible dans le dos.

— Tu m'as épié quand j'étais avec d'autres femmes ?

— Juste un coup d'œil, s'empressa-t-elle de corriger. Et jamais longtemps, quoi qu'il arrive. Cela étant, j'ai eu l'impression que tu choisissais rarement des femmes intelligentes.

Il passa la langue sur ses dents.

— Vraiment ?

— Eh bien... C'est l'impression que j'ai eue, répondit-elle en haussant les épaules.

Elle se baissa pour cueillir une fleur sauvage enracinée dans un rocher fendu et la fit tourner sous son nez.

— Ça t'inquiète que je connaisse leur existence ?

Il glissa ses pouces dans ses poches.

— Pas particulièrement.

— Très bien. Si j'étais revancharde, je te changerais en paire de fesses. Ne serait-ce qu'un court instant.
— En paire de fesses ?
— Pas longtemps.
— Tu peux faire ce genre de choses ?

Alors qu'il posait la question, il prit conscience qu'il était prêt à tout croire. Elle laissa échapper un rire musical que le vent emporta vers la mer.

— Si j'étais revancharde.

Elle se dirigea vers lui, lui tendit la fleur, puis sourit lorsqu'il la planta dans ses cheveux.

— Tiens, je crois que tu serais charmant avec de longues oreilles et une queue.
— J'aimerais autant garder mon apparence physique. Qu'as-tu... vu d'autre ?
— Oh, rien de particulier. (Elle entrelaça leurs doigts et reprit sa marche.) Je t'ai regardé travailler dans ta chambre noire – la petite, dans la maison de tes parents. Ils sont tellement fiers de toi. Stupéfaits par ton talent, mais très fiers. J'ai vu ta première exposition et cette étrange petite galerie où tout le monde s'habillait en noir, comme pour un enterrement.
— À SoHo, murmura-t-il. Mon Dieu, ça fait presque dix ans.
— Tu as brillamment réussi depuis. Je pouvais voir le monde à travers tes yeux quand je regardais tes photos. Et je me sentais si près de toi.

Une idée lui traversa l'esprit. Il la tourna vivement vers lui et planta ses yeux dans les siens.

— Tu n'as rien à voir avec... tu n'es pas à l'origine de ce que je fais ?

Elle posa les mains sur les siennes, sur ses épaules.

— Non, Calin. Non, je te le promets. Ton art t'appartient entièrement. Tout vient de toi. N'en doute jamais, ajouta-t-elle en sentant son inquiétude. J'ai fait le serment de ne jamais te mentir. Tous tes accomplissements te reviennent entièrement.

— Très bien. Tu frissonnes. As-tu froid ? s'enquit-il en frottant distraitement ses bras.

— J'ai eu froid, un court instant.

Elle sentit l'atroce présence d'Alasdair, la rejeta de toutes ses forces, agrippa fermement la main de Calin et l'entraîna sur la pente douce de la colline.

— Enfant, je venais déjà ici. Je montais pour regarder au loin.

De nouveau apaisée, elle posa la tête sur son épaule et contempla le paysage qui s'offrait à eux. Les collines et les vallées, l'éclat argenté de la rivière, les ombres noires des arbres tordus.

— Pour admirer l'Irlande qui s'étalait devant moi, verte et dorée. Un lieu sorti d'un songe.

— L'Irlande, ou ce lieu en particulier ?

— Les deux. Ici, nous sommes fiers de nos rêveurs. J'aimerais tant te faire découvrir mon pays, Calin. La rive où pousse l'ancolie, le pub où l'on a toujours une bonne histoire à raconter, le sentier étroit bordé de haies dans lesquelles poussent des fleurs fuchsia. L'Irlande, tout simplement.

Elle rejeta ses cheveux en arrière et se tourna vers lui.

— Et d'autres choses encore. Je pourrais t'en montrer mille autres. Le cercle de pierres où le pouvoir repose, la butte paisible sur laquelle les fées dansent le soir, la haute falaise où un sorcier régnait autrefois. Je te donnerais tout ça si tu le désirais.

— Et que prendrais-tu en échange, Bryna ?

— C'est à toi de le dire.

Elle frissonna de nouveau. Un avertissement.

— J'ai quelque chose à te montrer maintenant, Calin.

Elle lança un regard inquiet vers les ruines et frémit.

— Il n'est pas loin, murmura-t-elle. Il nous observe. Viens chez moi.

Il la retint. Il commençait à comprendre qu'il avait fui de nombreuses choses dans sa vie. Trop de choses.

— N'est-ce pas préférable de l'affronter tout de suite, qu'on en finisse ?

— Tu ne peux pas choisir le moment. Il est déjà fixé. S'il te plaît, allons chez moi, dit-elle en le tirant par la main.

Il la suivit à contrecœur.

— Écoute, Bryna, si tu veux mon avis, une brute est une brute, quoi qu'elle soit d'autre. Plus on l'évite, plus la situation s'envenime. Crois-moi, j'en ai croisé plus d'une.

— Ah oui et tu as même saigné du nez une fois, si ma mémoire est bonne. Tous les deux, vous vous êtes battus au coin de la rue. Comme deux voyous.

— C'est lui qui a commencé. Il m'a trop souvent malmené, alors je... (Cal s'interrompit et expira longuement.) C'est fou, je n'avais jamais repensé à Henry Belinski depuis vingt ans. Quoi qu'il en soit, j'ai peut-être saigné du nez mais je lui ai cassé le sien.

— Et tu t'en vantes ? Tu as cassé le nez d'un garçon de huit ans ?

— J'avais huit ans moi aussi.

Il prit conscience qu'elle l'avait habilement emmené dans la maison et obligé à changer de sujet.

— Très intelligent, Bryna. Je ne vois pas à quoi te sert la magie alors que tu parviens à orienter la conversation comme tu le veux.

Tout sourire, elle posa la main sur sa joue.

— Ce n'est qu'un petit talent. J'étais contente que tu lui casses le nez. J'étais tentée de le changer en crapaud. J'avais entamé le sortilège mais tu n'as pas eu besoin de moi pour lui régler son compte.

— En crapaud ? Vraiment ?

Il ne put réprimer un sourire.

— Ça n'aurait certainement pas été une bonne chose. Mais je n'avais que quatre ans et on pardonne ce genre d'actions à un enfant. (Son sourire s'évanouit et son regard s'assombrit.) Alasdair n'est pas un enfant, Calin. Il ne veut pas seulement porter atteinte à ta fierté, ni écorcher tes genoux. Ne le prends pas à la légère.

Elle recula, les deux mains levées vers le ciel. *J'en appelle au vent, qu'il enveloppe ma maison.* Elle fit tourner son poignet et les bourrasques secouèrent les vitres en hurlant. *Que des nœuds de brume s'enroulent contre mes fenêtres. Que le brouillard l'assourdisse et l'aveugle. Viens à mon aide sous cette forme. Aide-moi à protéger ce qui m'a été confié. Que ma volonté soit faite, qu'il en soit ainsi.*

Bouche bée, Cal s'éloigna d'elle. Le brouillard rampait sur les fenêtres et le vent se mit à mugir telle une meute de loups. Devant lui, elle irradiait comme une bougie, étincelant d'un pouvoir qui échappait à sa compréhension. Le feu qu'elle avait fait naître spontanément n'était rien comparé à cette scène.

— Je suis censé croire beaucoup d'autres choses dans ce genre-là ? Que dois-je accepter d'autre ?

Elle baissa lentement les mains.

— Seulement ce que tu décideras. Tu seras toujours le seul à en décider, Calin. Veux-tu me suivre et regarder ce que je vais te montrer ?

— D'accord. (Il exhala.) Et après, si ça ne te dérange pas, je prendrai volontiers un verre de ton breuvage irlandais. Cul sec.

Son visage s'éclaira d'un petit sourire.

— Tu l'auras. Viens.

Elle pesa prudemment ses mots tandis qu'elle montait les marches.

— Nous n'avons pas beaucoup de temps. Il va s'appliquer à rompre le charme. Sa fierté l'exige et mes pouvoirs sont plus… limités qu'auparavant.

— Pourquoi ?

— Ça fait partie du sortilège, se contenta-t-elle de répondre. Comme ce que j'ai à te montrer. Il ne veut pas que ma personne, tu sais. Il veut tout ce que je possède. Et il veut le trésor le plus précieux du Château des Secrets.

Elle s'arrêta devant une porte épaisse et gravée. Sans poignée ni verrou, c'était un simple pan de bois lustré orné de signes semblables à une écriture ancienne.

— Cette pièce lui est rendue inaccessible par un pouvoir supérieur au mien.

Elle passa la main sur le bois et la porte s'ouvrit lentement, sans bruit.

— Elle n'est pas fermée à clé, murmura Cal. N'importe qui peut entrer.

— Non, seulement moi. Et maintenant toi.

Elle pénétra à l'intérieur et après un bref moment d'hésitation, il franchit le seuil à son tour.

Cent bougies s'allumèrent instantanément. Leurs flammes bleues dressées éclairaient la petite salle aveugle. Comme la porte, les murs étaient en bois gravé et le plafond était si bas que sa tête le touchait presque.

— Un lieu modeste pour une telle chose, murmura Bryna.

Il ne voyait rien d'autre qu'un sobre piédestal en bois au milieu d'un cercle blanc, au centre de la salle. Un globe, transparent comme le verre, était posé sur une colonne.

— Une boule de cristal ?

Elle traversa la pièce sans répondre.

— Approche.

Les bras tendus, elle attendit qu'il se place de l'autre côté du globe.

— Alasdair me désire, il t'envie et il convoite ceci. Malgré tout son pouvoir, toutes ses ruses, il n'a jamais obtenu ce qu'il désire le plus. Cet objet est gardé par un membre de ma lignée depuis la nuit des temps. Crois-moi, Calin, les sorciers habitaient déjà cette terre à l'époque où des hommes se terraient dans des grottes, craignant la nuit. Et cette boule ancienne a été créée par l'un de mes ancêtres et transmise de génération en génération. Bryna la Sage l'a tenue dans ses mains il y a mille ans et l'a cachée à Alasdair par la force de son pouvoir et de son amour. C'est ainsi qu'elle est restée secrète. Depuis ce jour, personne n'a posé les yeux dessus, hormis ceux de ma famille.

Elle souleva lentement le globe et le brandit au-dessus de sa tête. La lueur des bougies qui dansait sur sa surface s'enferma à l'intérieur et l'illumina. Quand elle l'abaissa, il irradiait de mille couleurs animées.

— Regarde, mon amour.

Bryna ouvrit la main pour le faire rouler sur ses doigts. La sphère s'immobilisa, défiant la loi de la gravité.

— Regarde et vois.

Il ne put s'empêcher de la prendre entre ses mains. Elle était lisse, presque soyeuse et réchauffait ses mains comme de la peau. Ses vibrations, la vie qui en émanait remontaient le long de ses bras.

Les couleurs changèrent. Les nuages vifs qu'elles formaient s'écartèrent telle une mer magique. Il vit des dragons cracher du feu et une épée d'argent fendre l'air. Un homme allongeait une femme dans un pré couvert de fleurs sous un franc soleil. Un fermier labourait un champ rocailleux, derrière une charrue tirée par des chevaux. Un bébé tétait le sein de sa mère.

Les images se succédaient dans un tourbillon animé. Des océans sombres, des ciels étoilés, un village paisible aussi immobile qu'une photo. Le visage d'une vieille femme ravagé par les larmes. Un petit garçon endormi à l'ombre d'un châtaignier.

Et lorsque les images ne furent plus que des touches de couleurs et de lumière, le pouvoir vibrait encore. Il l'inondait comme une rivière de vin. Frais et clair. Il trépidait encore lorsque la boule s'éclaircit, projetant la lueur des bougies dans ses yeux.

— C'est le monde. Là, dans mes mains, murmura Cal d'une voix émue.

— Le cœur du monde. L'espoir. Le pouvoir brille dans le globe et dans tes mains à présent.

Il leva les yeux vers elle.

— Pourquoi ? Pourquoi dans mes mains, Bryna ?

— Je suis la gardienne de ce lieu. Mon cœur s'y trouve aussi. (Elle inspira lentement.) Je suis entre tes mains, Calin Farrell.

— Puis-je refuser ?

— Oui, tu as le choix.

— Et s'il… si Alasdair cherche à s'en emparer ?

Elle l'en empêcherait. Cela lui coûterait la vie mais elle l'arrêterait.

— Le pouvoir peut être manipulé, abusé. Mais la ruse se retournera contre l'usurpateur, dix fois plus fort.

— Et s'il veut te faire sienne ?

— Je serai son obligée, pour mille ans. Par un envoûtement irrévocable. (Que seule la mort pourrait annihiler.) Il est malfaisant, mais il a ses faiblesses. (Elle posa la main sur le globe pour qu'ils le tiennent ensemble.) Il ne l'aura pas, Calin. Pas plus qu'il ne te fera de mal. Je m'y engage.

Elle murmurait en le regardant intensément dans les yeux. Calin voyait flou et il avait des vertiges. Il leva la main comme pour repousser ce qu'il ne pouvait pas voir.

— Non.

— Je te protégerai. Mon amour.

La main sur sa joue, elle prononça le charme. Il cligna des yeux, secoua la tête. Le temps d'un instant, l'écho lointain de ses paroles résonna dans son esprit vide.

— Je suis désolé. Qu'as-tu dit ?

Un petit sourire se dessina sur ses lèvres. Il ne se souviendrait de rien, elle en était certaine. C'était ce qu'elle pouvait faire de mieux pour lui. Elle reposa le globe sur son socle.

— Nous devrions redescendre. Il ne faut pas parler de tout cela en dehors de cette pièce. (Elle marcha vers la porte et lui tendit la main.) Viens. Je vais te servir ton whisky.

7

Cette nuit-là, il eut des rêves apaisants et charmants. Bryna y avait veillé.

Il vit un homme monté sur un cheval à la robe noire luisante, qui galopait à bride abattue dans les collines. Il franchit une rivière en soulevant des éclaboussures, sa cape grise flottant dans les bourrasques glaciales.

Il trouva le sorcier qui l'attendait dans un château argenté au sommet d'une falaise, là où les bougies et les torches projetaient une lumière dorée.

Il y avait une boule de cristal, aussi transparente que l'eau, qui renfermait le monde depuis des décennies, siècle après siècle.

Son amour était aussi doux que le miel et son besoin aussi fougueux que celui d'un guerrier.

Et quand il se tourna vers elle dans la nuit, perdu dans ses rêves, elle lui ouvrit les bras et le reçut.

Bryna ne dormit pas, ne rêva pas. Elle resta étendue entre ses bras pendant que la lune blanche se levait et après que les frissons suscités par ses mains se furent apaisés.

Qui l'avait aimée ? se demandait-elle. Cal, ou Caelan ? Elle enfouit le visage dans son épaule à la recherche d'un peu de réconfort, de paix, à l'abri de la peur qui l'habitait durant cette dernière nuit avant qu'elle n'affronte son destin.

Il sera sain et sauf, se dit-elle, la main sur son cœur. Elle avait enduré de grandes souffrances et pris de grands risques pour s'en assurer. Sa propre sécurité dépendait du cœur qui battait lentement sous sa paume. S'il ne choisissait pas librement de le donner, de faire front avec elle en unissant leur amour, elle était perdue.

C'est ce qui avait été décrété par le feu et le sang, au cours de cette terrible nuit, un millénaire plus tôt.

Pendant mille ans nous dormirons, dix fois cent ans. Mais le sang ne mentira pas et les cœurs seront forts quand nous renaîtrons. Dans ce lieu nous nous retrouverons et l'amour lèvera notre bouclier. Durant la nuit la plus courte, la bataille fera rage et notre destinée sera révélée. Mon guerrier me fera don de son cœur et de son épée aussi éclatante que la lune. S'il apporte l'un et l'autre de sa propre volonté, nous réduirons Alasdair à néant. Quand l'aube se lèvera au matin de la plus longue journée et que son amour aura trouvé son chemin, nos vies seront libres à tout jamais. Que ma volonté soit faite, qu'il en soit ainsi.

Les mots de Bryna la Sage, prononcés le visage tendu vers le ciel entre les murs vibrants du château, résonnaient dans sa tête, battaient dans son cœur. Quand la lune se lèverait de nouveau, leur sort serait scellé.

Blottie entre les bras de Cal, Bryna écoutait les murmures du vent sans trouver le sommeil.

Quand Cal se réveilla, il était seul et le soleil dardait ses rayons éblouissants. Il crut brièvement que tout n'était qu'un rêve. La femme, la magicienne, les ruines du château et la maisonnette. Le globe qui contenait le monde. Une hallucination née de la fatigue, du stress et de la dépression qu'il redoutait secrètement de couver.

Puis il reconnut la chambre – les fleurs encore fraîches dans les vases, leur parfum et celui de Bryna qui flottaient dans l'air. C'était donc réel. Il pressa ses paupières pour chasser le sommeil de ses yeux. Tout était vrai et incroyable. Et d'une certaine manière, tout était merveilleux.

Il se leva, se rendit dans la charmante petite salle de bains, entra dans la baignoire à pattes de lion et tira le rideau circulaire autour de lui. Il alluma l'eau chaude de la douche et se glissa sous le jet.

Il ne s'était pas encore douché avec elle, songea-t-il en souriant largement, le visage tendu vers le jet d'eau. Il n'avait pas savonné son long corps séduisant, de façon à le rendre lisse et glissant, il n'avait pas vu l'eau s'immiscer dans sa superbe chevelure rouge comme une flamme. Il ne s'était pas encore insinué en elle sous l'eau chaude, entre des nuages de vapeur.

Son sourire fut chassé par l'étonnement. Ne s'était-il pas tourné vers elle pendant la nuit, dans ses rêves, cherchant à emmêler leurs langues, leurs membres, se frottant lentement le long de son corps satiné ?

Pourquoi n'arrivait-il pas à s'en souvenir ? Du moins pas assez clairement pour en être sûr.

Pourquoi était-ce si important ? Agacé, il ferma le robinet et attrapa une serviette sur le radiateur. Que ce fût réel ou imaginaire, elle tenait déjà une place dans sa vie qu'il n'avait jamais souhaité attribuer à quiconque avant elle.

Est-ce sous ton corps ou sous celui d'un autre qu'elle a bougé durant la nuit ?

Les yeux de Cal s'obscurcirent alors que la voix murmurait sournoisement dans sa tête. Il s'essuya longuement.

Elle se sert de toi. Elle profite de toi pour parvenir à ses fins. Elle t'a envoûté le temps d'obtenir ce qu'elle recherche.

La buée se fit plus épaisse jusqu'à obstruer ses poumons. À l'aveuglette, il tendit la main mais ne rencontra que des volutes humides.

Elle t'a fait venir ici, t'a attiré dans sa toile. Elle y a piégé d'autres hommes avant toi. Elle cherche à te posséder, corps et âme. Qui seras-tu quand elle en aura fini avec toi ?

Cal tomba sur la porte et, pris de panique, la trouva verrouillée. Mais ses mains glissantes réussirent à l'ouvrir et il trébucha dans la chambre fraîche baignée de soleil. Derrière lui, les volutes de vapeur tourbillonnantes scintillèrent avant de disparaître.

Que s'était-il passé ? Il tremblait de la tête aux pieds comme un gamin qui se serait enfui d'une maison hantée. Il avait cru sentir... quelque chose, une présence froide, poisseuse et à l'odeur de mort, tapie dans la vapeur.

Mais quand Cal se retourna et marcha vers la porte, il ne vit qu'une jolie salle de bains, un miroir recouvert de buée et la vapeur de la douche qui se dissipait.

Ton imagination te joue des tours, se dit-il avant de laisser échapper un petit rire. Dans ces circonstances, c'était compréhensible. Cependant, il referma prudemment la porte avant de s'habiller et de descendre la chercher.

Assise devant son ronet, elle fredonnait en rythme avec le claquement régulier de la roue. Ses mains étaient aussi gracieuses que celles d'une harpiste sur les cordes de son instrument et sur sa laine blanche comme l'innocence.

Elle portait une robe du même bleu profond que ses yeux. Une épaisse chaîne en argent retenait un lourd pendentif gravé entre ses seins. Ses cheveux relevés dégageaient son visage de porcelaine.

Les mains de Cal le picotèrent du désir de la photographier et de la toucher.

Elle leva les yeux sans quitter son ouvrage et sourit.

— Tiens, tu as décidé de rejoindre le monde des vivants ?

— Mon horloge interne est toujours réglée sur les États-Unis. Il est tard ?

— Presque dix heures et demie. Tu dois avoir faim. Viens prendre un café. Je vais te préparer un petit déjeuner.

Lorsqu'elle se leva, il lui prit la main.

— Tu n'es pas obligée de cuisiner pour moi.

Elle rit et l'embrassa légèrement.

— Si tu pensais le contraire, nous aurions un problème. Il se trouve que ça me fait plaisir de cuisiner pour toi ce matin.

Il mordilla ses phalanges, les yeux brillants.

— Un petit déjeuner irlandais complet ? Parfait.

— Si tu veux.

— Puisque tu en parles...

Il s'interrompit et examina longuement son visage. Ses yeux étaient cernés, sa peau plus blanche que jamais.

— Tu as l'air fatigué. Tu as mal dormi.

Elle se contenta de sourire et l'entraîna dans la cuisine.

— Tu ronfles, peut-être.

— Je ne ronfle pas. Retire ce que tu as dit.

Il la prit par la taille pour la tourner vers lui et l'embrasser.

— J'ai dit « peut-être ».

Elle haussa les sourcils lorsque ses mains la survolèrent et empaumèrent ses fesses.

— Es-tu toujours aussi alerte au réveil ?

— Peut-être. Je le serai encore plus après avoir bu mon café.

Il lui donna un petit baiser avant de se servir une tasse.

— Tu sais, j'ai remarqué certaines choses ce matin que j'étais trop... distrait pour noter hier. Tu n'as pas le téléphone.

Elle posa un poêlon en fonte sur le réchaud.

— J'ai d'autres moyens d'appeler ceux que j'ai besoin de contacter.

— Ah.

Il frotta son menton qu'il avait négligé de raser.

— Ta cuisine a des équipements très modernes.

— Puisque j'aime cuisiner, pourquoi me servirais-je d'un feu de camp ?

Elle trancha du bacon et le déposa dans le poêlon.

— Très juste. Tu n'as plus de sucre, dit-il distraitement en soulevant le couvercle du sucrier. Tu files ta laine, mais tu as une stéréo dernier cri.

— La musique est un luxe, murmura-t-elle en le regardant se diriger vers le bon placard d'où il sortit le pot sans étiquette qui contenait sa réserve de sucre.

— Tu fabriques tes potions mais tu achètes tes aliments de base au marché. (Il remplit efficacement le sucrier.) Le contraste est fascinant. Je me demande… (Il s'immobilisa, la scruta, la cuillère à la main.) Je savais où trouver le sucre. Je savais que le sucre était rangé sur la deuxième étagère, dans le bocal blanc. La farine est dans le bleu, à côté. Je le savais.

— C'est un don. Tu as seulement oublié d'effacer ce détail. Il n'y a pas de raison pour que ça te perturbe.

— Pas de raison pour que ça me perturbe.

Il but son café noir et amer, négligeant de le sucrer.

— C'est à toi de le contrôler, Cal. Ou d'y renoncer.

— Donc si je n'en veux pas, je peux le rejeter.

— C'est ce que tu as fait la moitié de ta vie.

Son ton, aussi amer que le café, l'intrigua.

— Cela t'ennuie.

Elle découpa rapidement les pommes de terre et les versa dans l'huile chaude.

— C'est ton choix.

— Mais tu n'apprécies pas.

— D'accord, c'est vrai. Tu tournes le dos à ce don parce qu'il te dérange. Il perturbe ta notion de la normalité. Comme moi.

Toujours dos à lui, elle sortit le bacon du feu, l'égoutta et se saisit des œufs.

— Tu rejettes ton don et moi par la même occasion parce que nous ne correspondons pas à ton monde. Un monde bien réglé, dans lequel la magie n'est qu'une illusion créée avec de la fumée et des miroirs, où les sorcières portent des chapeaux noirs, chevauchent des balais et font des farces le soir d'Halloween.

Pendant que les œufs cuisaient, elle remplit un bol de porridge, le posa sur la table et trancha du pain.

— Un monde où il n'y a pas de place pour moi.

— Je suis ici, non ? Bryna, ai-je choisi de venir ou suis-je venu par ta volonté ? demanda-t-il d'une voix blanche.

Elle se sert de toi. Elle t'a attiré dans sa toile.

Insultée, profondément choquée, elle pivota face à lui.

— Par ma volonté ? Est-ce ce que tu penses ? Après tout ce que je t'ai dit, après tout ce que nous avons partagé ?

— Si j'accepte ne serait-ce que la moitié de ce que tu m'as dit, si je mets de côté la logique et ma définition personnelle de la réalité et si j'admets que je me trouve dans la cuisine d'une magicienne, à un jet de pierre d'un château enchanté, sur le point de combattre un sorcier maléfique au nom d'une guerre vieille de mille ans, je trouve que c'est une question remarquablement raisonnable.

— Raisonnable ?

Les dents serrées, elle lui tourna le dos et disposa les œufs dans une assiette.

— C'est raisonnable, me dit-il. L'ai-je attiré comme une mouche, séduit par-delà l'océan pour l'inciter à venir dans mon repaire ? (Elle posa bruyamment l'assiette et lui lança un regard noir.) Dans quel but aurais-je fait ça, Calin Farrell ? Pour un peu de sexe, pour m'amuser avec un homme le temps d'une nuit ou deux ? Eh bien, je n'ai pas besoin de me donner autant de peine pour ça. Nous avons assez d'hommes en Irlande. Dépêche-toi de manger si tu ne veux pas porter ton petit déjeuner sur la tête comme un chapeau.

Dans d'autres circonstances, il aurait souri mais la voix sournoise murmurait toujours dans son oreille. Cependant il s'assit, prit sa fourchette et commença à tapoter l'assiette avec.

— Tu ne m'as pas répondu. Si je dois croire que tu ne peux pas me mentir, n'est-ce pas étrange que tu esquives ma question et évites de me donner une réponse directe ? Oui ou non, Bryna. M'as-tu fait venir ici ?

— Oui ou non ?

Malgré son cœur blessé, ses yeux lançaient des éclairs. Avait-il conscience du doute, de la suspicion, de la froideur dans ses yeux ? Il n'y avait pas de foi, aucune trace de l'amour dont elle avait tant besoin sur son visage.

Une seule nuit n'avait pas suffi, pensa-t-elle, terrassée par le désespoir.

— Non, Calin, je ne t'ai pas attiré ici. Si cela avait été mon but, ou en mon pouvoir, t'aurais-je attendu si longtemps en vivant dans la solitude ? Je t'ai appelé, je t'ai supplié en mettant mon orgueil de côté, car j'avais besoin de toi. Mais tu as choisi de venir.

Elle se détourna et agrippa le plan de travail en regardant par la fenêtre, en direction de la mer. Elle reprit calmement.

— Je vais t'en dire plus que je ne devrais parce que le temps presse. Tu as brisé mon cœur en mille morceaux quand tu as fermé la porte du tien. Il m'a fallu des années pour le soigner de mon mieux. C'était également ton choix, car cette information se trouvait en toi, tu aurais pu choisir de la voir. Toutes les réponses s'y trouvent, il te suffit de les chercher.

— Je veux les entendre de ta bouche.

Elle ferma les yeux et serra les paupières.

— Il y en a certaines que je ne peux pas te donner car tu dois les trouver par toi-même.

Elle rouvrit les yeux, redressa le menton et se tourna vers lui. Elle était toujours pâle et ses yeux étaient sombres. Des épingles s'échappaient de son chignon et ses épaules étaient tendues.

— Mais il y a quelque chose qu'il me revient de te dire et je vais le faire. Je t'aime depuis toujours. Il n'y a jamais eu d'autre homme dans mon cœur, même quand tu m'as rejetée. Tout ce que je suis, tout ce que j'étais ou serai est à toi. Je ne peux pas changer mon cœur. Je t'aime depuis que je suis née. Et je t'aimerai jusqu'à ma mort. Moi, je n'ai pas le choix.

Elle tourna les talons et quitta précipitamment la cuisine.

8

Elle avait disparu. Cal s'était empressé de la suivre mais elle restait introuvable. Après avoir parcouru hâtivement la maison, ouvrant les portes et l'appelant, il commençait à la maudire.

Quel mauvais caractère, tempêta-t-il, pris de colère. Elle lui avait dit qu'elle l'aimait, puis elle s'était enfuie sans lui laisser le temps de sonder son cœur !

Elle en attendait trop, maugréa-t-il furieusement. En voulait trop. Supposait trop.

Il se rua à l'extérieur, courut vers les falaises. Mais il ne la trouva pas sur la corniche, les cheveux agités par le vent, à scruter la mer. L'écho de sa voix qui lui revint sans apporter de réponse fit redoubler sa rage.

Lorsqu'il se tourna vers les murs en ruine du château, il comprit.

— Très bien, marmotta-t-il en marchant vers les ruines à grandes enjambées. Nous allons terminer cette conversation, rien de plus. Pas de magie, pas de légende, pas de baratin. Juste toi et moi.

Il se dirigea vers l'arche et buta contre un rempart d'air solidifié. Stupéfait, il tendit la main et sentit le bouclier sans le voir. Au travers, il voyait le sol rocailleux, les murs tachés par le feu, les éboulements, mais le mur invisible qui lui bloquait le passage était froid et dur.

— À quoi jouons-nous ?

Les yeux plissés, il donna un coup d'épaule sans obtenir plus de résultat. Grommelant, il contourna les murs d'enceinte. Toutes les ouvertures étaient bloquées.

— Bryna ! Laisse-moi entrer ! Bon Dieu, laisse-moi passer !

Il tapa violemment l'air durci du poing jusqu'à en avoir mal aux mains.

Dans la tourelle la plus élevée, Bryna se tenait face à la mer. Elle l'entendait l'appeler, s'emporter. Et elle voulait lui répondre. Mais sa fierté était blessée et son pouvoir vacillait.

Sa décision était prise.

Peut-être l'avait-elle prise durant sa nuit d'insomnie, blottie contre lui, tandis qu'elle l'écoutait rêver. Peut-être avait-elle été prise pour elle, depuis une éternité. Elle n'avait eu droit qu'à un seul jour avec lui, une unique nuit. Elle savait, et acceptait, qu'avec plus de temps elle aurait pu modifier son destin et remettre ses peurs et ses besoins entre ses mains.

Elle ne pouvait pas lui dire que sa vie et même son âme seraient perdues si, à minuit, il ne lui donnait pas son cœur. À moins qu'il ne fasse vœu de l'aimer, qu'il n'accepte leurs liens sans poser de question, il n'y avait pas d'espoir.

Elle avait fait tout son possible. Elle leva son visage dans le vent pour sécher les larmes qu'elle avait honte d'avoir versées. Sa charge serait protégée, son amant épargné et les secrets de ce lieu mourraient avec elle.

Car Alasdair ignorait la force de sa volonté. Il ne savait pas que l'amulette qu'elle portait autour du cou renfermait une poudre empoisonnée. Si elle devait échouer, si son amour ne triomphait pas, elle se donnerait la mort pour échapper à une vie d'esclavage.

Alors que la voix de Cal résonnait, elle ferma les yeux et leva les bras. Il ne lui restait plus que quelques heures pour rassembler ses forces.

Elle entama son chant.

Quelques centaines de mètres en contrebas, Cal battit en retraite en haletant. Mais que faisait-il ? Il donnait des coups de tête dans un mur magique pour rejoindre une sorcière.

Comment sa vie avait-elle pu devenir un conte de fées ?

Conte de fées ou réalité, un fait était certain. Les femmes contrariées faisaient toutes la tête.

— Très bien, boude, cria-t-il. Fais-moi signe quand tu seras prête à parler comme une adulte civilisée.

D'humeur noire, il repartit vers la maison. Il devait quitter ces ruines. Se perdre un instant dans le travail, le temps qu'ils retrouvent tous deux leur calme.

Un jour, fulminait-il. Au bout d'une seule journée, elle s'attendait qu'il bouleverse toute sa vie. Elle réclamait son amour éternel. Rien que ça ? Elle ne le forçait pas à faire quelque chose qu'il n'était pas prêt à faire mais elle pouvait aller au diable avec son sortilège vieux de mille ans. Il était un être humain normal et les êtres humains normaux ne s'élançaient pas dans le soleil couchant avec des sorcières en un claquement de doigts.

Il ouvrit la porte de la chambre pour récupérer son appareil photo. En dessous, plié avec soin, se trouvait un pull gris. Il l'observa.

— Il n'était pas là il y a une heure. Bon sang, il n'y avait rien, bougonna-t-il.

Il caressa prudemment le tissu. Doux comme un nuage, de la couleur de l'orage. Il se rappela vaguement une histoire de cape protectrice et se demanda si c'était là son équivalent moderne.

Dans un haussement d'épaules, il enleva sa chemise et enfila le pull. Il semblait avoir été tricoté pour lui. Ce qui était le cas, évidemment. Elle avait filé la laine, l'avait teinte et tricotée. Elle connaissait la longueur de ses bras, la largeur de sa poitrine.

Elle savait tout sur lui.

Las qu'elle ait accès à sa vie et à ses pensées alors qu'elle lui restait fermée, il s'apprêtait à l'enlever quand il crut entendre sa voix murmurer :

Un cadeau. Juste un cadeau.

Il releva la tête et regarda dans le miroir. Il n'était pas rasé, il avait les cheveux en bataille et ses yeux reflétaient la couleur sombre du pull.

— Et puis zut, bougonna-t-il en se saisissant de son appareil photo et de la sacoche.

Il sortit de la maison.

Il arpenta les collines pendant une heure, prit plusieurs pellicules de photos. Les oiseaux moqueurs gazouillaient pendant qu'il enjambait les murs de pierre et traversait des champs où les vaches broutaient une herbe aussi verte que des émeraudes. Il vit des fermiers sur des tracteurs, qui travaillaient leur terre sous un ciel chargé de nuages. Des vêtements accrochés à des fils à linge fouettant l'air, des chats somnolant dans des cours et des rayons de soleil.

Il descendit un étroit sentier bordé de haies hautes et denses. Entre deux touffes de feuillage, il aperçut des jardins somptueux, avec de magnifiques fleurs de toutes les couleurs de l'arc-en-ciel. Une femme avec un chapeau de paille enfoncé sur ses cheveux roux, agenouillée devant un parterre de fleurs, arrachait des mauvaises herbes et chantait une chanson sur un soldat parti à la guerre. Elle lui sourit et il la salua d'un geste de la main en passant devant elle.

Il poursuivit sa marche jusqu'à un petit bois. Les feuilles se développaient à l'approche de l'été et un ruisseau bouillonnait. Le soleil était au zénith, les ombres courtes. Après une matinée à vaquer à des occupations *normales*, il se sentait de meilleure humeur. Il était temps de rentrer, de voir si Bryna s'était calmée elle aussi. Peut-être d'essayer la chambre noire qu'elle avait installée.

Un éclat blanc attira son attention. Il se retourna et, émerveillé, il vit un grand cerf blanc à l'orée des feuillages. L'animal se tenait dans l'ombre et il le toisait de ses yeux bleus fiers et sages.

Avec des gestes lents et contrôlés, Cal leva son appareil photo et jura à voix basse lorsque le cerf releva sa tête massive, se retourna avec vivacité et grâce et s'enfonça d'un bond entre les arbres.

— Non, je ne vais pas rater ça.

Il jeta un bref regard vers les ruines – il avait veillé à les garder à portée de vue – et pénétra dans le bois.

Il avait déjà réalisé des reportages en pleine nature, si bien qu'il savait comment se déplacer promptement et sans bruit. Il se laissa guider par les bruits du cerf qui piétinait la végétation. Un oiseau surgit telle une flèche noire au col annelé au moment où Cal sauta par-dessus l'étroit ruisseau. Il glissa sur la rive humide et repartit tête baissée sous les branches.

Les taches de soleil qui dansaient sur les feuilles l'aveuglaient et la sueur coulait dans son dos. Dérangé, il remonta les manches de son pull jusqu'aux coudes et tendit l'oreille.

Le silence était absolu. Pas de vent, pas de chants d'oiseaux. Frustré, il écarta les cheveux de ses yeux et dans la soudaine chaleur, son souffle devint laborieux. Sa gorge était sèche et il rebroussa chemin en repensant à l'eau fraîche et claire du ruisseau.

À présent, le soleil brûlait à travers le toit de feuilles. Il était surpris qu'elles ne roussissent et ne se recroquevillent pas sous son assaut. En quête de fraîcheur, il enleva le pull et le posa sur le sol à côté de lui tandis qu'il s'agenouillait au bord du cours d'eau.

Il mit ses mains en coupe afin de se désaltérer et fut surpris de découvrir une tasse de café dans ses paumes.

— Ça te fait du bien de partir quelques jours, de changer de décor.

— Quoi ?

Il observa la tasse et leva les yeux vers le visage inquiet de sa mère.

— Mon chéri, est-ce que ça va ? Tu es blême. Viens t'asseoir.

— Je... maman ?

— Il a besoin d'eau, pas de caféine.

Cal vit alors son père poser ses mouches de pêche, se lever rapidement et emplir un verre d'eau au robinet de la cuisine.

— Trop de caféine, si tu veux mon avis. Trop de longues soirées dans la chambre noire. Tu t'épuises, Cal.

Il but une gorgée d'eau, la savoura. Et il frissonna.

— Je... j'ai fait un rêve.

— Tout va bien. (Sylvia lui massait les épaules.) Tout le monde rêve. Ne t'inquiète pas. N'y pense plus. Nous ne voulons pas que tu penses à ces rêves.

— Non, je croyais que c'était, ce n'était pas... (Pas comme avant ? Ça allait plus loin qu'avant.) Je suis allé en Irlande.

Il prit une inspiration pour clarifier ses pensées. Désespéré, il avait besoin de poser la tête sur la poitrine de sa mère comme un enfant.

— Suis-je allé en Irlande ?

— Tu n'as pas quitté New York depuis deux mois. Tu travailles dur pour préparer ton exposition. Tu as besoin de repos, fiston.

Son père fronçait les sourcils. Cal vit l'inquiétude dans ses yeux.

— Je ne suis pas en train de devenir fou.

— Bien sûr que non, murmura Sylvia mais Cal perçut une note d'incertitude dans sa voix. Tu imagines seulement des choses.

— Non, c'est trop réel.

Il prit la main de sa mère et la serra de toutes ses forces. Il fallait qu'elle le croie, qu'elle lui fasse confiance.

— Il y a une femme, Bryna.

Sylvia fit claquer sa langue.

— Tu as rencontré une fille et tu ne nous en as pas parlé ? C'est donc ça ?

Était-ce du soulagement, ou l'ombre d'un doute dans sa voix ?

— Bryna. C'est un nom étrange, tu ne trouves pas, John ? Joli, un peu vieillot.

— C'est une magicienne.

John rit de bon cœur.

— Elles le sont toutes, fiston. Toutes sans exception.

John prit ses appâts. La mouche noire se débattit entre ses doigts, ses ailes avides de liberté.

— Cesse de t'inquiéter maintenant.

— Je dois y retourner.

— Tu as besoin de dormir, dit John en jouant avec la mouche. Dors et ne pense plus à elle. Elles se valent toutes. Elle essaie seulement de te piéger. Tu te souviens ?

— Non.

La mouche, vivante entre les doigts de son père. Non, ce n'était pas la main de son père. Trop fine, trop longue. Son père avait des mains fortes d'ouvrier, calleuses, honnêtes.

— Non, répéta Cal, et tandis qu'il repoussait sa chaise, il vit une colère froide dans les yeux de son père.

— Assieds-toi.

— Fiche-moi la paix.

— Calin ! Ne parle pas à ton père sur ce ton.

La voix de sa mère résonna dans sa tête comme un cri aigu – un rapace appelant sa proie.

— Tu n'es pas réelle. Je te rejette, déclara-t-il avec un calme soudain.

Il courait sur une route étroite bordée de haies hautes et denses. Il était à bout de souffle, le cœur battant. Son regard était concentré sur les ruines du château qui se dressaient sur la falaise – *trop loin*.

— Bryna.

— Elle t'attend.

La femme rousse au chapeau de paille leva les yeux vers lui et sourit tristement.

— Elle t'attend depuis toujours et elle t'attendra toujours.

Des crampes lui brûlaient les côtes. Il pressa sa main sur la douleur en avalant des goulées d'air.

— Qui êtes-vous ?

— Elle a une mère qui l'aime, un père qui a peur pour elle. Croyez-vous que les magiciens ont moins besoin de leur famille que vous ? Que leur cœur est moins fragile ? Qu'ils ont des besoins moins pressants ?

Elle se leva dans un soupir de lassitude et traversa l'espace entre les haies pour le rejoindre. Elle avait les yeux verts, remplis d'inquiétude, mais son sourire grave était celui de Bryna.

— Vous vous interrogez sur ce qu'elle est. Et ce qu'elle est vous empêche de donner librement votre cœur. Comme elle le sait et qu'elle vous aime, elle vous a éloigné du danger et affronte seule les ténèbres.

— Elle m'a envoyé ici ? Comment ? Qui êtes-vous ?

— Elle est mon enfant et je suis impuissante, répondit-elle avec un plus grand sourire. Presque impuissante. Cherchez dans la clairière, Calin Farrell, et prenez ce qui vous est offert. Ma fille attend. Sans vous, elle mourra cette nuit.

— Mourir ? Est-ce trop tard ? demanda-t-il, la peur au ventre.

Elle secoua la tête et disparut.

Il se réveilla, trempé de sueur, allongé dans l'herbe fraîche et humide sur la rive. La lune se levait déjà dans le ciel noir.

— Non.

Il se leva en dérapant et trouva le pull serré dans sa main.

— Je n'arriverai pas trop tard. Je ne peux pas être en retard.

Il enfila le pull et partit au pas de course.

Les arbres le fouettaient, agités par le vent qui s'était soudain levé et mugissait comme un dément. Les branches entrelacées le frappaient et formaient un filet épineux qui lui bloquait la route. Il se démena pour se frayer un chemin, ignorant leurs morsures à travers son jean.

Un éclair transperça le ciel comme un glaive lumineux et atténua l'éclat blanc de la pleine lune.

Alasdair. La haine l'envahit, alimentant sa rage de se battre pour l'amour qu'il venait de découvrir. Alasdair ne vaincrait pas, même s'il devait mourir pour ça.

— Bryna. Attends-moi. Je t'aime.

Il leva la tête vers le ciel au moment où il se déchirait pour déverser des trombes d'eau.

Le cerf se tenait devant lui, blanc comme neige et le regardait avec un air d'impatience. Cal s'élança vers lui mais l'animal fit volte-face et disparut dans l'obscurité. Ne pouvant se raccrocher qu'à son instinct, il s'enfonça dans le noir et le suivit à la trace. Le sol tremblait sous ses pieds, les épines déchiraient ses vêtements tandis qu'il accélérait le pas afin de garder cette fugace tache blanche à portée de vue.

Mais elle échappa à son regard quand il tomba, en sang, dans une clairière. La lune força le barrage des nuages pour éclairer un cheval noir de jais.

Sans hésiter, Cal accepta l'impossible. Il s'empara des rênes, se hissa sur la selle, serra ses genoux sur les flancs de la monture et poussa un cri guerrier. Pendant qu'il galopait, il entendait les battements d'une cape dans son dos et il sentait la garde d'une épée dans sa main.

9

Le Château des Secrets scintillait de la lumière de cent torches. Ses murs argentés semblaient s'élancer vers la lune. Le sol en pierre du grand vestibule était aussi lisse que du marbre. Au centre du cercle envoûté par les anciens, Bryna se tenait dans une robe blanche, ses cheveux retombant en cascade de flammes, ses yeux du bleu de l'acier chauffé.

C'était ici qu'elle allait se battre.

— As-tu appelé le tonnerre et conjuré le vent, Alasdair ? Quel sens du spectacle !

Dans un tourbillon de fumée à l'odeur de soufre, il apparut devant ses yeux. Sa forme était pleine, aussi réelle qu'elle. Il portait un vêtement de la couleur cramoisie du sang et du pouvoir. Son teint doré était beau. Il avait un visage d'ange, mais ses yeux sombres étaient maléfiques.

— Une arrivée impressionnante, bien qu'un peu surfaite, lança Bryna.

Son ton était léger malgré son appréhension.

— Ton problème, ma chère, est de ne pas savoir apprécier les vrais plaisirs du pouvoir. Tu te contentes de tes charmes et de tes potions féminines alors que des mondes entiers sont à ta merci.

— Je prends mon serment et mes dons à cœur, Alasdair. Contrairement à toi.

— Le seul serment qui vaille est celui que je me suis fait. Tu m'appartiendras, Bryna, corps et âme. Et tu me donneras ce que je désire plus que tout. (Il leva la main et fit trembler les murs.) Où est le globe ?

— Derrière toi, Alasdair, là où il restera. Selon ma volonté.

Dans un geste vif, elle projeta un éclair de lumière blanche vers ses pieds où il se consuma. Un geste absurde, elle le savait mais elle devait l'impressionner. Il pencha la tête sur le côté avec un sourire indulgent.

— Mignon, ce tour. La lune monte au point de minuit, Bryna. L'attente s'achève. Ton guerrier t'a abandonnée une fois de plus.

Il se rapprocha, évitant prudemment le bord du cercle, et sa voix se fit enjôleuse.

— Pourquoi ne pas accepter, et même embrasser, ce que je t'offre ? Des vies de pouvoir et de plaisir. Des richesses qui dépassent l'imagination. Il te suffit d'accepter, de prendre ma main et nous régnerons ensemble.

— Je ne veux pas partager ton royaume et je préférerais partager la couche d'un serpent que de sentir tes mains sur moi.

Sa colère donna forme à des flammes d'un bleu trouble au bout de ses doigts.

— Tu les as senties sur toi dans tes rêves. Et tu les sentiras de nouveau. Je peux être doux, ou te punir mais mes mains seront les seules qui te toucheront. Tu l'as perdu, Bryna. Et tu m'appartiens.

— Tu ne peux pas l'atteindre. (Elle rejeta la tête en arrière.) Donc j'ai déjà gagné. (Levant les mains, elle lui lança un jet puissant qui le fouetta et le poussa en arrière.) Quitte ce lieu. Ou affronte la mort des mortels, déclara-t-elle d'une voix qui emplissait le grand vestibule et résonnait comme des cloches.

Il s'essuya la bouche, furieux qu'elle eût ouvert les hostilités.

— Tu veux te battre, cria-t-il d'une voix enragée.

Une ombre naquit à ses pieds et prit la forme d'un loup au pelage noir. Les yeux rouges, il montrait les crocs. Il grogna et sauta à la gorge de Bryna.

Cal grimpait la falaise en guidant furieusement sa monture. Le château était illuminé, ses murs de nouveau solidifiés, ses tourelles argentées tendues vers la lune malmenée par les nuages. Dans un éclat de conscience, il plongea la main sous sa cape et sortit le globe qui se trouvait là.

Il était rempli de nuages rouge sang percés par des étincelles lumineuses. Il les somma de s'écarter et s'obligea à le regarder tout en galopant vers la crête.

Les visions se succédaient si rapidement qu'elles se chevauchaient. Bryna pleurait en le regardant dormir. Dans la chambre noire, elle murmurait son envoûtement.

Tu seras sain et sauf, tu seras libre. Il n'y a rien que tu ne puisses me demander, mon amour. Suis le cerf au poitrail blanc et si ton cœur n'est pas ouvert, ne reviens pas la nuit venue. Je te confie ce don et ce devoir. Le globe d'espoirs et de visions est vérité. Vis et sois heureux, sans te souvenir de moi. Mieux vaut oublier ce qui ne peut être gardé. Ce que je fais, je le fais librement. Que ma volonté soit faite, qu'il en soit ainsi.

La terreur l'étouffait comme un serpent, ses crochets s'enfonçant profondément dans son cœur. Car il savait ce qu'elle était décidée à faire.

Elle était prête à mourir.

Elle voulait vivre et luttait férocement. D'un coup puissant renforcé par sa volonté, elle trancha le loup en deux, arrachant sa tête de son corps. Son sang était noir.

Puis elle lança ses lumières vives, une vague de froid brûlant qui roussirait sa chair et gèlerait son squelette.

Mais elle savait qu'elle perdrait quand minuit sonnerait.

La robe d'Alasdair fumait sous la violence de son pouvoir. Et pourtant il ne pouvait pas forcer l'entrée du cercle pour la posséder.

Il souleva le sol sous ses pieds, la regarda chanceler puis tomber à genoux. Et son sourire sombre éclata lorsque sa tête bascula et que le rideau roux de sa chevelure se déploya sur les pierres frémissantes.

— Vas-tu demander de souffrir, Bryna ?

Il se rapprocha et sentit la chaleur lécher ses bottes lorsqu'elles frôlèrent la limite du cercle. Pas encore, se dit-il en reculant. Bientôt. Son envoûtement flanchait.

— Prends ma main, épargne-toi. Nous oublierons cette bataille et nous régnerons. Donne-moi ta main et donne-moi le globe.

Elle avait le souffle court. Elle murmurait dans une langue ancienne, des secrets magiques, des incantations qui faiblissaient à mesure que son pouvoir la quittait et s'écoulait comme de l'eau entre ses doigts.

— Je ne céderai pas.

— Tu succomberas.

Il fit un pas vers elle et se félicita de ne rencontrer que peu de résistance.

— Tu n'as pas le choix. Le sort a été jeté, l'heure a sonné. Tu m'appartiens désormais.

Il se baissa et Bryna ressentit une brûlure sur son épaule, à l'endroit où il avait posé les doigts.

— J'appartiens à Calin.

Elle agrippa l'amulette, rassembla ses forces puis ouvrit le couvercle du pouce pour libérer le poison. Elle releva la tête et sourit en le défiant une dernière fois.

— Tu n'auras jamais ce qui lui appartient.

Prête à avaler la poudre, elle porta l'amulette à ses lèvres.

L'étalon et le cavalier surgirent à la lumière des torches dans un tourbillon noir, gris et argenté.

— Tu préfères mourir que de me faire confiance ? tonna Cal.

L'amulette glissa entre ses doigts et la poudre se répandit sur les pierres.

— Calin.

Il maîtrisait le cheval agité comme s'il montait depuis toujours.

— Si tu la touches, Alasdair, je te tranche les mains.

Malgré la méfiance et le choc, le sorcier se redressa lentement. Il n'allait pas perdre maintenant. Elle était déjà vaincue et son amant n'était qu'un mortel insensé.

— Tu étais peut-être un guerrier il y a mille ans, Caelan de Farrell. Mais ce soir, tu n'en es pas un.

Cal sauta de cheval et son épée tinta lorsqu'il la sortit de son fourreau.

— Ose m'affronter.

Malgré l'effroi qui le faisait frissonner, Alasdair contourna son adversaire. Il préparait sa riposte.

— Je vais faire pleuvoir tant de fureur sur ta tête...

Il croisa les bras avant de les écarter largement. Des boules noires dispersaient des éclairs et des étincelles dans un sifflement aigu.

Instinctivement, Cal brandit son épée. Touché par les puissantes charges, une vive douleur envahit son bras avant que les boules ne s'écrasent sur la pierre en produisant de la fumée.

— Tu crois que des armes aussi pitoyables peuvent rivaliser avec un pouvoir comme le mien ? le défia Alasdair d'une voix arrogante et colérique tout en lançant des flèches enflammées.

Son cri monstrueux résonna entre les murs du château tandis que les flèches touchaient la cape de Cal et fondaient en formant des flaques.

— Ton pouvoir ne vaut rien ici.

Bryna était de nouveau debout. Sa robe blanche flottait autour de ses jambes. Son visage irradiait d'une telle beauté que les deux hommes la fixèrent avec émerveillement.

— Je suis la gardienne de ce lieu, s'exclama-t-elle d'une voix profonde, comme si mille voix s'unissaient à la sienne. Je suis une magicienne au pouvoir pur. Je suis une femme au cœur épris. Je suis la protectrice de tout ce que tu ne posséderas jamais. Crains-moi, Alasdair. Et crains le guerrier qui combat à mes côtés.

— Il ne se battra pas longtemps à tes côtés. Et je détruirai ce que tu protèges.

Les poings serrés, il convoqua les flammes, fit tournoyer les torches dans le vide pour brûler l'air.

— Tu te plieras à ma volonté.

Les bras tendus, Bryna appela la pluie. Pure et fraîche, l'averse éteignit les flammes. Elle sentit l'humidité tourbillonner autour d'elle, le pouvoir se déverser en elle, émaner d'elle, plus riche et vigoureux que jamais.

— Sauve cet endroit, l'avertit Alasdair, et tu perds l'homme.

Il pivota vers Cal et ricana en le voyant brandir son épée.

— Souviens-toi de la mort, railla le sorcier.

Une douleur atroce saisit alors Calin, comme si une lame s'était plantée dans son ventre. Le sang coula entre ses doigts engourdis et l'épée s'écrasa sur la roche trempée. Il vit alors sa propre mort bondir comme une bête et il entendit le cri de peur et de colère de Bryna.

— Tu ne lui feras pas de mal. Ce n'est qu'une ruse, Calin. Entends-moi.

Pourtant, sa peur était si aveuglante qu'elle courut vers lui. À l'instant où elle franchit la limite du cercle protecteur, l'énergie la frappa comme un poing aux phalanges acérées et elle s'effondra. Paralysée, elle tenta de rassembler ses forces mais il ne restait de son pouvoir qu'une lueur vacillante.

— Calin.

Elle voulut tendre la main pour le secourir ; ses doigts refusaient de bouger. Elle ne pouvait que le regarder s'agenouiller, désarmé, en sang, hors d'atteinte.

— Tu dois croire. Aie confiance. Crois sinon tout est perdu, murmura-t-elle.

— S'il perd la foi, tu perds ton pouvoir.

Sa robe roussie et fumante, Alasdair la dominait de toute sa hauteur.

— Il est faible et aveugle et tu te révèles plus femme que sorcière puisque tu échanges ton pouvoir contre sa vie.

Il la prit par les cheveux et l'obligea à s'agenouiller.

— Il ne te reste plus rien. Donne-moi le globe, viens librement à moi et je t'épargnerai toute souffrance, lui dit-il.

— Tu n'auras ni l'un ni l'autre.

Elle tenait fermement l'amulette, regrettant qu'elle soit vide. Elle ravala un cri lorsque des doigts glacés lui broyèrent le cœur.

— À partir de cet instant, tu es liée à moi pendant dix fois cent ans. Et la douleur que tu ressens, tu la ressentiras jusqu'à ce que tu te plies à ma volonté. (Il regarda sa bouche.) Un baiser, pour sceller le sortilège.

Arrachée aux bras d'Alasdair, elle sentit la main de Cal saisir la sienne. Alors qu'elle murmurait son nom, il se plaça devant elle et leva son épée étincelante à deux mains.

Les yeux de Cal le brûlaient mais la douleur qui le traversait de part en part décuplait sa force.

— Tout est fini pour toi. Peux-tu saigner, sorcier ? demanda-t-il en abaissant la lame avec fureur.

Un cri résonna, un hululement inhumain. L'odeur nauséabonde du soufre, un éclat aveuglant. Le sol se souleva, les pierres tremblèrent, un éclair froid et bleu zébra le ciel et frappa le sol.

L'explosion le projeta dans le vide. Tandis qu'il essayait de rattraper Bryna, un souffle chaud et implacable l'aspira dans un tourbillon, vers l'obscurité.

10

Une multitude de visions se rejouaient dans sa tête. Des voix fredonnaient et murmuraient. Des femmes sanglotaient. Des envoûtements étaient prononcés. Chargés de menaces, ils le cernaient.

Quelqu'un lui disait de dormir, de rester tranquille, mais il rejeta ses conseils et les mains fantômes qui caressaient son front.

Il avait suffisamment dormi.

Quand il s'éveilla, il était sonné et il avait des courbatures dans tout le corps. La douce lumière qui précède l'aube entrait dans la pièce. Il crut entendre chuchoter, mais se dit que ce devait être le bruit des vagues, le bruissement de l'herbe dans le vent.

Il vit la dernière étoile clignoter avant de s'éteindre. Il gémit et tourna la tête pour chasser ce rêve.

Assise patiemment, Hécate l'observait fixement. Étourdi, il se mit en appui sur ses coudes, grimaça de douleur et constata qu'il était étendu sur le sol, à l'extérieur des ruines.

Les hautes flèches argentées avaient disparu, de même que les torches qui illuminaient auparavant le grand vestibule. Comme lors de sa première visite, il ne s'agissait plus que de simples ruines, un lieu rocailleux où le vent s'engouffrait et où l'herbe et les fleurs sauvages poussaient.

Mais l'odeur de fumée et de sang imprégnait encore l'air.

— Bryna.

Paniqué, il se remit lentement sur ses pieds. Et il faillit tomber sur elle.

Elle était allongée sur le sol, un bras tendu. Son visage était pâle, meurtri, sa robe blanche déchirée et brûlée par endroits. Il tomba à genoux, redoutant de la découvrir sans vie. Mais il perçut un battement dans sa gorge et, frémissant de soulagement, il rapprocha ses lèvres des siennes.

— Bryna. Bryna, répétait-il.

Elle remua, ses cils frémirent, ses lèvres bougèrent.

— Calin. Tu es revenu. Tu t'es battu pour moi.

— Tu aurais dû le savoir.

Il la souleva et la tint contre lui, le visage enfoui dans ses cheveux.

— Comment as-tu pu me tenir à l'écart ? Pourquoi m'as-tu envoyé dans les bois ?

— J'ai fait ce que je pensais être le mieux. Au moment de l'affronter, je n'ai pas pu me résoudre à te mettre en danger.

— Il t'a fait mal.

Les yeux fermés, il la revit bondir hors de la zone protégée et être frappée.

— De petites blessures qui vont rapidement guérir.

Elle se tourna et effleura son visage couvert d'entailles et de brûlures.

— Attends.

Elle passa délicatement les mains dessus pour les effacer. Les traits tendus par la concentration, elle s'agenouilla et ses doigts survolèrent son corps, s'attardant sur les parties que la cape n'avait pas protégées pour faire disparaître toutes les plaies.

— Voilà. Sans souffrance, c'est fini, murmura-t-elle.

— Tu es blessée.

Il se leva et la porta.

— Se soigner soi-même, c'est différent. J'ai ce qu'il me faut dans le placard de la cuisine.

— Nous n'étions pas seuls ici.

— La famille veille sur nous. La fiole blanche, lui indiqua-t-elle d'une voix lasse tandis qu'ils entraient dans la cuisine et qu'il l'asseyait à la table. La carrée et la petite bouteille verte au bouchon rond.

— J'attends des explications, Bryna. Quand tu auras repris des forces.

Il posa les bouteilles sur la table et alla chercher un verre.

— Oui, nous avons des choses à nous dire.

D'une main habile et d'un œil expérimenté, elle versa les potions dans le verre, les fit tournoyer et se mélanger jusqu'à obtenir un liquide aussi transparent que de l'eau pure.

— Mais si ça ne t'ennuie pas, Calin, j'aimerais d'abord prendre un bain et me changer.

— Fais-le par la magie. J'ai besoin de tout mettre au clair, rétorqua-t-il.

— Je pourrais mais je préfère te demander un peu d'indulgence. Accorde-moi une heure.

Elle se leva, son verre entre les mains.

— Ce n'est qu'une heure après tout, Calin.

Il posa la main sur son bras.

— Juste une chose. Tu m'as dit que tu ne pouvais pas me mentir, que c'était interdit.

— Et je ne t'ai jamais menti. Mais j'ai failli le faire, par omission. Une heure, s'il te plaît, implora-t-elle en poussant un soupir qui le dissuada d'insister.

En son absence, il essaya de maîtriser son impatience en préparant du thé. Sa cape avait disparu et le pull qu'elle lui avait tricoté empestait la fumée et le sang. Il l'enleva, le lança sur le dossier d'une chaise puis baissa les yeux vers Hécate qui entrait sans bruit dans la pièce. La tête penchée sur le côté, Cal examina ses grands yeux bleus.

— Alors, comment je m'y prends avec elle maintenant ? Des suggestions ? Tu la connais bien. À quel point êtes-vous proches ?

Content d'avoir de la compagnie, il se baissa pour caresser son doux pelage noir.

— Toi aussi tu changes d'apparence ? (Un doigt sous son menton, il releva la tête de l'animal.) Le cerf blanc m'a regardé avec les mêmes yeux.

Assis sur le sol, il expira profondément et laissa le félin s'installer sur ses genoux.

— Je vais te dire une chose, Hécate. Si un dragon à deux têtes venait frapper à la porte de la cuisine, ça ne m'étonnerait pas plus que ça. Plus rien ne peut me surprendre désormais.

Mais il se trompait. Lorsque Bryna redescendit, il resta interdit. Elle était d'une beauté à couper le souffle, comme la nuit précédente, quand son visage irradiait de pouvoir.

— Tu étais belle auparavant, mais à présent... est-ce réel ? parvint-il à dire.

— Tout est réel, sourit-elle en lui prenant la main. Tu veux bien venir dehors avec moi ? J'ai besoin d'air frais et de soleil.

— J'ai des questions, Bryna.

— Je le sais, répondit-elle en sortant.

Libérée de toutes douleurs, elle se sentait de nouveau légère. Elle avait l'esprit clair.

— Tu es en colère parce que tu te sens trahi, mais je ne t'ai pas trahi.

— Tu as envoyé le cerf blanc pour qu'il m'attire dans les bois, loin de toi.

— Exact. J'ai compris depuis qu'Alasdair le savait et qu'il s'en est servi contre moi. Je tenais à te protéger. Maintenant que je te connais, que je connais l'homme que tu es, c'était encore plus important que... (elle regarda le château) que le reste. Mais par la ruse, il a réussi à te faire ôter la protection que je t'avais donnée et il t'a envoyé des rêves pour embrouiller tes pensées et te faire douter de ta raison.

— Il y avait une femme... elle a dit qu'elle était ta mère.

Bryna cligna des yeux et sourit.

— Ma mère. Se trouvait-elle dans son jardin et portait-elle ce drôle de chapeau de paille ?

— Oui, et elle avait ta bouche et tes cheveux.

Bryna émit un son désapprobateur et se dirigea vers les ruines.

— Elle n'aurait pas dû interférer. Mais peut-être cela a-t-il été permis, puisque j'ai moi-même enfreint quelques règles. L'air se purifie de la présence d'Alasdair, ajouta-t-elle en passant sous l'arche. Les fleurs sont toujours là.

Le cercle fleuri était intact.

— Alors c'est fini ? Complètement ?

Complètement, songea-t-elle en s'appliquant à garder le sourire.

— Il est détruit. Même au moment de son anéantissement, il a tenté de nous entraîner avec lui. Il aurait réussi si tu n'avais pas été aussi rapide, si tu n'avais pas été disposé à prendre des risques.

— Où est le globe ?

— Tu sais où il est. Et il y restera. À l'abri.

— Tu m'as fait confiance pour le globe mais pas pour toi.

Elle baissa les yeux vers leurs mains entrelacées.

— C'était une erreur de ma part.

— Tu allais avaler le poison, l'accusa-t-il sans détour.

Elle se mordit la lèvre.

— Je ne pouvais pas accepter le sort qu'il me réservait. Je ne le supportais pas, même si ce refus m'affaiblissait. C'était intolérable.

— Si j'étais arrivé un peu plus tard, tu l'aurais fait. Tu te serais donné la mort. Donné la mort, répéta-t-il en l'obligeant à relever la tête. Tu ne pouvais pas me faire confiance pour te venir en aide ?

— J'avais trop peur. J'avais peur, j'étais blessée et désespérée. N'ai-je pas le droit d'avoir des sentiments ? Crois-tu que les magiciennes sont insensibles ?

Sa mère lui avait posé la même question.

— Non, répondit-il calmement. Je ne crois pas. Penses-tu que ce que je ne suis pas fait de moi quelqu'un d'inférieur ?

Ahurie, elle secoua la tête, la main sur sa bouche et se détourna. Il n'était pas le seul à s'interroger. Pas le seul à avoir manqué de foi.

— J'ai été injuste envers toi et j'en suis désolée. Tu es venu ici pour moi et tu as appris à accepter l'impossible en une seule journée.

— Une partie de moi l'a accepté dès le début. Ce qu'on enterre ne cesse pas d'exister. Nous sommes nés pour vivre ce qui s'est passé ici.

Il soupira impatiemment. Pourquoi avait-elle le dos voûté alors que le pire était derrière eux ?

— Nous avons fait ce que nous avions à faire et peut-être que tout s'est passé comme il le fallait.

— Tu as raison, bien sûr.

Elle redressa le dos et se retourna avec un grand sourire. Un sourire faux, pensa-t-il en scrutant son regard.

— Il ne peut plus revenir ni t'atteindre désormais.

Elle secoua la tête et posa brièvement la main sur la sienne.

— Non. Et toi non plus. Il a scellé son destin. Son espèce existe toujours, mais Alasdair n'est plus.

Avec un petit rire, elle posa la main de Cal sur sa joue.

— Oh, Cal, si je pouvais te donner une photo, aussi belle et nette que les tiennes. Ton visage quand tu as brandi l'épée au-dessus de ta tête, la lumière dans tes yeux, la force qui montait par vagues en toi. Je garde cette image avec moi pour toujours.

D'une démarche majestueuse, elle pénétra dans le cercle de fleurs. Une fois au centre, elle se tourna face à lui et tendit les mains.

— Calin Farrell, tu as accompli ton destin. Tu es venu vers moi quand j'en avais besoin, quand ma vie était en danger. Ici, tu t'es dressé entre moi et l'insupportable, tu as combattu la magie noire et tu as manié l'épée au prix de tous les dangers. Tu m'as sauvé la vie et dans le même temps, tu as sauvé cet endroit et tout ce dont je suis la gardienne.

— Beau discours, murmura-t-il en se rapprochant.

Elle sourit.

— Tu es courageux et sincère. Et à partir de cet instant, en ce lieu, tu es libre.

— Libre ? (Il pencha la tête en réfléchissant au sens de sa déclaration.) Libéré de toi, Bryna ?

— Libre de tout et pour toujours. L'envoûtement est rompu et tu ne dois rien à personne. Mais j'ai une dette envers toi. Tu peux me demander tout ce que tu veux, tant que c'est en mon pouvoir. Tu peux faire le vœu de ton choix.

— Un vœu ? Je pourrais demander l'immortalité, par exemple ? s'écria-t-il avec amusement.

Un voile de déception assombrit un instant le regard de Bryna.

— Ce genre d'attribution n'est pas en mon pouvoir.

— Trop difficile pour toi ? (Il hocha la tête et marcha autour d'elle en réfléchissant.) Mais si je choisissais par exemple la fortune illimitée ou des pouvoirs sexuels incroyables, tu pourrais me l'accorder ?

Elle redressa le menton et se raidit.

— Je pourrais, si c'est ce que tu désires. Mais je dois t'avertir. Sois conscient et sûr de ce que tu désires. Tout privilège, même accordé librement, a un prix.

— Oui, c'est ce qu'on dit. Laisse-moi réfléchir... De l'argent ? Du sexe ? Le pouvoir, peut-être. Le pouvoir, c'est bien. Posséder une belle île dans les Caraïbes, devenir un despote insouciant. Je pourrais m'y faire.

— Cette offre n'est pas censée être une source d'amusement, dit-elle sévèrement.

— Non ? Eh bien, ça me démange.

Les mains dans ses poches, il oscilla sur ses talons.

— Il m'a suffi de vaincre un sorcier et de sauver une jeune femme pour gagner le droit de demander ce que je veux. J'ai fait une bonne affaire, finalement. Mais qu'est-ce que je veux dans le fond ?

Pensif, il plissa les paupières puis entra dans le cercle.

— Toi.

Les yeux écarquillés, elle sursauta.

— Quoi ?

— Toi. Je te veux, toi.

— Pour... quoi faire ? dit-elle naïvement.

Comme il éclatait de rire, elle cligna des yeux.

— Inutile de gaspiller un souhait pour ça.

Elle s'apprêtait à dégrafer sa robe ; il lui prit les mains.

— Ça aussi, dit-il en la poussant hors du cercle, tout en maintenant ses bras en l'air, les mains derrière la tête. Oui, en fait, voilà ce dont j'ai ardemment envie.

Le guerrier reprenait le dessus, se dit-elle en remarquant l'étincelle de triomphe et de défi dans ses yeux.

— Que fais-tu ?

— Je t'oblige à honorer ta parole. Je te veux toi, Bryna, tout entière, sans restriction. Pour le meilleur et pour le pire, continua-t-il en la poussant contre le mur. Dans la richesse et dans la pauvreté. C'est notre marché.

Le souffle court, elle perdit l'équilibre.

— Tu me veux... moi ?

— Je ne vais pas mettre un genou en terre pour réclamer la faveur qui m'est due.

— Mais tu es libre. Il n'y a plus de sortilège. Je n'ai aucune prise sur toi.

Son baiser la paralysa.

— Vraiment ? Tu ne peux pas me mentir. (Il l'embrassa plus fort en la serrant contre lui.) Tu m'aimes depuis toujours. (Il ravala son gémissement.) Tu m'aimeras jusqu'à ta mort.

— Oui.

Impuissante, elle tendit les mains qu'il maintenait au-dessus de sa tête.

— Regarde-moi, murmura-t-il en s'écartant de son corps tremblant. Et vois. (Il la prit par les épaules.) Belle Bryna. Tu es à moi. À moi seul.

Son cœur s'emballa alors qu'il l'embrassait tendrement.

— Calin. Tu m'aimes. Maintenant que tout est terminé et qu'il n'y a plus que toi et moi. Tu m'aimes.

— Je t'aime depuis toujours. (Il l'embrassa profondément, doucement.) Je t'aimerai toujours.

Il buvait les larmes qui coulaient sur ses joues.

— C'est réel. C'est de la vraie magie, chuchota-t-elle dans un souffle.

— C'est réel. Quoi qu'il se soit passé avant ce jour, c'est la réalité. Je t'aime, Bryna. Toi. La femme qui met du whisky dans mon thé, la magicienne qui me tricote des pulls magiques. Crois-moi.

— Je te crois. Je te crois de tout mon cœur.

Elle relâcha son souffle dans un frémissement de joie. Elle le sentait. L'amour. La confiance. L'acceptation.

— Il est temps que nous construisions notre foyer, Bryna. Nous avons suffisamment attendu.

Elle enroula les bras autour de son cou et plaça sa joue contre la sienne.

— Calin Farrell. Ton vœu est exaucé.

L'étoile d'argent[1]

---
1. *Ever After*.

*À mes sœurs, dans la magie :
Ruth, Marianne et Jill*

1

— Celui-ci est pour vous, dit la vieille dame.
Allena observa le pendentif qui se balançait lentement au bout d'une chaîne argentée faite d'épais maillons entrelacés. Elle n'était entrée que pour regarder. Son budget ne lui permettait pas d'achats impulsifs – qui étaient, bien entendu, les plus amusants et les plus satisfaisants. Et son goût pour l'impulsivité en tout genre était précisément la raison pour laquelle elle ne pouvait pas s'offrir ces petits plaisirs.

Elle n'aurait jamais dû entrer dans cette boutique. Mais qui aurait pu résister à une minuscule échoppe en bord de mer, dans un charmant village irlandais ? En particulier quand elle s'appelait Charmes et Remèdes.

Sûrement pas Allena Kennedy.

— Il est beau mais je...
— Il n'y en a qu'un seul.

Les yeux de la vendeuse étaient d'un bleu délavé, comme la mer qui battait et éclaboussait la digue à un jet de pierre de la porte. Ses cheveux gris acier étaient coiffés en un lourd chignon ramassé sur sa nuque fine.

Elle portait un fascinant amas de chaînes et d'épingles, mais pour Allena, rien ne valait le pendentif qu'elle tenait entre ses doigts osseux.

— Un seul ?

— L'argent a été façonné dans le chaudron de Dagda, dans le feu de joie du solstice d'été et gravé par la main de Merlin. Celui de la légende d'Arthur.

— Merlin ?

Allena était férue de contes magiques et héroïques. Sa demi-sœur Margaret aurait ricané, mais c'était une rabat-joie.

— En ce temps, le sorcier du grand roi voyageait dans toute l'Irlande. C'est ici qu'il a trouvé la Danse des Géants et l'a convoitée pour Arthur. Il a fait voler les pierres et les a transportées à travers la mer d'Irlande jusqu'en Grande Bretagne. Mais s'il s'est emparé de la magie de cette terre, il en a laissé un peu. (Elle posa le pendentif en mouvement tout en regardant Allena.) C'en est une partie et elle vous appartient.

— Eh bien, vraiment, je ne peux pas...

Mais le regard fixé sur le pendentif, elle ne termina pas sa phrase. C'était un ovale allongé, légèrement terni, avec une étoile éclatée gravée en son centre. Il semblait capturer la lumière grise qui filtrait à travers les nuages et entrait par la petite vitrine, la retenir, la développer si bien que son éclat hypnotisait Allena. L'étoile donnait l'impression de scintiller.

— Je suis juste entrée pour jeter un coup d'œil.

— Bien sûr et si on ne regarde pas, on ne trouve pas, n'est-ce pas ? Vous êtes venue d'Amérique juste pour jeter un coup d'œil.

Elle était venue pour assister Margaret dans l'organisation d'un circuit touristique de groupe. La société de Margaret, *A Civilized Adventure*, avait beaucoup de succès et tout était réglé comme du papier à musique. Tout le monde disait qu'Allena avait besoin de rigueur. Et Margaret avait été d'une clarté brutale, cette opportunité était sa dernière chance.

— Sois organisée et prête, l'avait sermonnée Margaret, assise derrière le bureau verni de son agence new-yorkaise d'une perfection et d'une propreté terrifiantes. Si tu y arrives, tu auras peut-être ta chance. Sinon, je ne veux plus rien savoir, Lena.

Ce ne serait pas la première fois qu'elle serait remerciée. Au cours des trois dernières années, elle avait perdu trois emplois. Enfin, quatre, mais il n'était pas nécessaire de compter ces deux jours atroces où elle avait été l'assistante de la sœur de la belle-mère de son oncle.

Elle n'avait pas fait exprès de renverser de l'encre sur la robe blanche Valentino. Si le dragon mondain n'avait pas tenu à ce qu'elle utilise un stylo-plume pour rédiger toute sa correspondance, il n'y aurait pas eu de tache d'encre.

Mais ce n'était pas le problème, se rappela-t-elle en observant le pendentif. Elle avait perdu ce travail et tous les autres et maintenant Margaret lui offrait une occasion de prouver qu'elle n'était pas un cas désespéré.

Toutefois, Allena craignait de n'être bonne à rien.

— Vous devez trouver votre place.

Allena cligna des yeux et détacha son regard du bijou pour regarder la vieille dame dans les yeux. Ils semblaient si gentils et si sages.

— Peut-être que je n'en ai pas.

— Ah ça, nous en avons tous une, mais certaines de ces places ne correspondent pas à ce monde, ou pas de la manière dont on l'entend généralement. Nous ne voyons pas tous les choses de la même façon. Vous n'avez pas cherché au bon endroit. Jusqu'à aujourd'hui. Ça, ça vous appartient, répéta-t-elle.

— Je n'ai pas les moyens, vraiment.

L'air de s'excuser, elle tendit la main. Juste pour toucher le bijou. Elle sentit alors une chaleur émaner de l'argent et un désir absolu s'éveilla en elle. Un frisson lui remonta le long de l'échine et un poids pesa sur son cœur.

L'essayer ne l'engageait à rien après tout. Il n'y avait pas de mal à voir comment il lui allait, ce qu'elle ressentirait en le portant.

Comme dans un rêve, elle prit la chaîne des mains de la vieille dame et la passa autour de son cou. Son cœur s'allégea aussitôt. Le temps d'un instant, la lumière qui entrait par la vitrine devint plus vive et fit briller les babioles, les pots d'herbes et les étranges petites pierres entassées sur les étagères et en devanture.

Une scène lui vint à l'esprit, mêlant chevaliers et dragons, vent puissant et eau, cercle de pierres dans un lieu désert, ciel noir et tumultueux...

Puis l'ombre d'un homme, aussi immobile que les pierres, qui semblait attendre.

Dans son cœur, elle savait qu'il l'attendait, comme personne ne l'avait jamais attendue et ne l'attendrait jamais. Il l'attendrait éternellement.

Allena serra le pendentif dans sa main, caressa l'étoile du pouce. La joie éclata en elle, aussi claire qu'un rayon de soleil. *Évidemment, il m'appartient*, se dit-elle. *Tout comme je suis à lui, il est à moi*.

— Combien coûte-t-il ? s'entendit-elle demander, consciente que le prix serait trop élevé.

— Dix livres.

— Dix livres ? Il doit valoir plus que ça, dit-elle en fouillant déjà dans son sac à main.

La rançon d'un roi, le sortilège d'un magicien, le rêve d'un amoureux.

La vendeuse tendit simplement la main pour prendre l'unique billet.

— Oui, bien entendu. Et vous aussi. Poursuivez votre voyage, un *chuid* et vous verrez.

— Merci.

— Vous êtes une gentille fille, dit la femme alors qu'Allena sortait du magasin.

La porte refermée, elle eut un sourire rusé et lumineux.

— Il ne va pas être content mais vous le ranimerez avant le solstice d'été. Et si vous avez besoin d'un coup de main, eh bien, je serai là.

Sur le trottoir, Allena observa la digue, le quai, la rangée de maisonnettes qui semblaient sortir d'un rêve. *Bizarre.* Ce moment n'avait-il pas été merveilleusement étrange ? Elle toucha de nouveau le pendentif. Unique, né du chaudron de Dagda, gravé par Merlin.

Évidemment, Margaret se moquerait d'elle, prétendrait que la vieille dame en avait dix autres en réserve, prêts à être vendus à des touristes écervelés. Et Margaret, comme toujours, aurait probablement raison. Mais ça n'avait pas d'importance.

Elle avait le pendentif et une merveilleuse histoire en prime. *Et tout ça pour dix livres. Une bonne affaire.*

Elle leva les yeux en faisant la grimace. Le ciel était chargé de gros nuages gris. Margaret n'allait pas être contente que la météo contrariât ses projets. Le transfert en bateau jusqu'à l'île avait été méticuleusement organisé.

Le thé et les petits gâteaux seraient servis durant le voyage, pendant que Margaret donnerait une conférence à son groupe de vingt personnes sur l'histoire de leur destination. Allena avait eu la tâche de taper les notes de Margaret et d'imprimer les livrets.

Le premier arrêt se ferait à l'office de tourisme. Le programme comprenait la visite d'une abbaye et d'un cimetière en ruine, qu'Allena avait hâte de découvrir, puis un déjeuner, de type pique-nique, que l'hôtel avait fourni dans des paniers. Le déjeuner devait durer exactement soixante minutes.

Après cela, ils visiteraient le quartier des maisons à toit de chaume et Margaret présenterait leur histoire et leur utilisation. Le groupe disposerait ensuite d'une heure pour se promener librement dans le village ou sur la plage, acheter des souvenirs, avant de se réunir à seize heures trente précises pour prendre un thé au château restauré, avec, naturellement, une autre conférence sur ce site.

Le travail d'Allena consistait à garder les fiches de Margaret en ordre, à l'aider à orienter le groupe, à surveiller les effets personnels, à transporter les paquets au besoin et, de manière générale, à rester disponible afin d'effectuer toutes les tâches subalternes.

En échange, elle recevrait un salaire raisonnable, selon les critères de Margaret. Mais surtout, elle acquerrait une formation et une expérience qui, sa famille l'espérait, lui donneraient le sens des responsabilités et l'aideraient à mûrir. Toutes les qualités que l'on attend chez une jeune femme de vingt-cinq ans.

Il était vain d'expliquer qu'elle ne voulait pas être responsable et mûre si cela devait faire d'elle une copie de Margaret. Elle entamait son quatrième jour de voyage culturel et une petite voix lui criait déjà de s'enfuir.

Elle réprima sagement ce sursaut de rébellion et vérifia l'heure. Stupéfaite, elle regarda sa montre.

Impossible. Elle n'était entrée dans cette boutique que pour quelques minutes. Comment avait-elle pu y passer une heure ? Elle n'avait pas pu… Oh, non, elle avait certainement raté le bateau.

Margaret allait l'assassiner.

Agrippant la lanière de son sac, elle se mit à courir. Elle avait de longues jambes de danseuse et une silhouette élancée. Dans sa course vers l'embarcadère, les robustes chaussures de marche que Margaret l'avait obligée à acheter claquaient sur le trottoir. Son sac lui battait durement la hanche. Il contenait tous les documents du voyage organisé, parmi quantité d'autres choses.

Le vent marin agitait ses courts cheveux blonds et les dressait en épis autour de son visage émacié. Ses yeux inquiets étaient du même gris que les nuages. Lorsqu'elle atteignit le quai et vit le bateau s'éloigner, le désespoir l'envahit. Elle se détestait.

— La barbe !

Allena se tira les cheveux.

— C'est la cata. Autant sauter dans l'eau et me noyer.

Ce serait toujours plus agréable que la leçon de morale glaciale que Margaret allait lui infliger.

Elle allait la congédier. Même si elle était habituée aux aléas de son manque d'engagement professionnel, son renvoi allait être un moment de torture.

À moins que... Il devait y avoir un autre moyen de rejoindre l'île. Si elle y arrivait, elle supplierait Margaret de lui pardonner, accepterait ses piques, travaillerait corps et âme, renoncerait à son salaire. Encore fallait-il trouver une excuse, une explication à son retard.

Elle jeta des regards désespérés autour d'elle. Il y avait des bateaux et s'il y avait des bateaux, il y avait des gens pour les conduire. Elle allait louer un bateau, même si ça risquait de lui coûter cher.

— Vous êtes perdue ?

Surprise, elle leva la main avant de la refermer autour de son pendentif. Un jeune homme, presque un adolescent, se tenait près d'un petit bateau blanc. Il portait une casquette sur ses cheveux couleur paille et la regardait, une lueur amusée dans ses yeux verts.

— Pas perdue, en retard. Je devais prendre ce bac. (Elle le montra du doigt et ses bras retombèrent faiblement.) Je n'ai pas vu l'heure passer.

— Eh bien, l'heure n'est pas si importante dans le grand ordre de la nature.

— Elle l'est, pour ma sœur. Je travaille pour elle.

Elle marcha rapidement vers lui, là où la mer léchait le rivage.

— Est-ce votre bateau, ou celui de votre père ?

— Le mien.

L'embarcation était petite mais charmante, pour quelqu'un d'inexpérimenté comme elle. Elle ne pouvait qu'espérer qu'elle résisterait aux vagues.

— Pourriez-vous m'emmener ? Je dois la rattraper. Votre prix sera le mien.

Le genre de phrase, se dit Allena à l'instant où les mots franchirent ses lèvres, *qui aurait hérissé Margaret*. Mais dans l'immédiat, marchander n'était pas une priorité. La survie l'était.

— Je vous emmène là où vous devez aller. Pour dix livres, annonça-t-il en lui tendant la main, le regard pétillant.

— C'est la journée à dix livres.

Elle ouvrit son sac ; il secoua la tête.

— Je voulais vous aider à monter, pas prendre votre argent. Vous me paierez à l'arrivée.

— Oh, merci.

Elle lui prit la main et embarqua. Elle s'assit sur un petit banc à tribord pendant qu'il larguait les amarres. Fermant les yeux de soulagement, elle l'entendit siffler tout en s'affairant à la poupe avant de démarrer le moteur.

— J'apprécie votre gentillesse. Ma sœur va être furieuse. Je ne sais pas où j'avais la tête.

Il opéra un demi-tour habile.

— Elle n'aurait pas pu attendre un peu ?

L'idée la fit sourire.

— Margaret ? Ça ne lui serait pas venu à l'esprit.

La proue se souleva lorsque la petite embarcation prit de la vitesse.

— Vous y auriez pensé, dit-il alors qu'ils rasaient les flots.

Aux anges, elle offrit son visage au vent. C'était mieux, bien mieux que n'importe quelle traversée en ferry-boat, conférence comprise. Ça valait presque la note salée qu'elle paierait à son arrivée, sans compter l'argent.

— Vous pêchez ? cria-t-elle.

— Quand ça mord.

— Ça doit être formidable de faire ce qu'on veut, quand on veut. Et de vivre au bord de la mer. Ça vous plaît ?

— J'aime bien, oui. Les hommes s'imposent toutes sortes de restrictions. Pour moi, c'est une étrange façon de vivre.

— Je gère mal les restrictions. Je les oublie tout le temps. (Quand le bateau décolla et retomba lourdement, elle rit.) À ce rythme-là, nous allons arriver avant le bac.

Elle se vit alors attendre Margaret sur la berge et l'accueillir avec un air satisfait. Cette image l'amusait tant qu'elle ignora les éclairs et le soudain rugissement de la mer.

Quand la pluie se mit à tomber, elle regarda autour d'elle, surprise de ne rien voir d'autre que de l'eau, des crêtes et des creux, un rideau de grosses gouttes qui bloquait la lumière.

— Oh, ça, elle ne va pas aimer du tout. Nous arrivons bientôt ?

— Bientôt, oui, bientôt. Vous voyez l'île à travers la pluie ? Là, tout droit, c'est là que vous devez aller.

Sa voix apaisante l'empêchait de céder à l'angoisse.

Elle se retourna. Malgré les trombes d'eau et le vent, elle distingua l'ombre noire de la terre, le relief des collines, la forme plongeante de la vallée. Mais elle savait, elle savait déjà.

— C'est beau, murmura-t-elle.

Comme de la fumée, elle se rapprochait en flottant. Elle pouvait voir les vagues s'écraser à présent, les falaises qui se dressaient tout autour. Puis à la lumière d'un éclair, elle crut apercevoir un homme.

Avant qu'elle n'ait pu ouvrir la bouche, le bateau se balançait dans les vagues qui déferlaient sur la plage et le garçon sautait dans les flots agités pour les tirer au sec.

Trempée, euphorique, elle sauta sur le sable mouillé.

— Je ne sais pas comment vous remercier. Vous allez attendre que l'orage soit passé, je suppose ? demanda-t-elle en cherchant son portefeuille.

— J'attendrai le bon moment pour partir. Vous allez trouver votre chemin, malgré la pluie, mademoiselle. Suivez ce chemin.

— Merci.

Elle lui remit le billet. Elle allait s'abriter à l'office de tourisme, retrouver Margaret et faire pénitence.

— Si vous venez avec moi, je peux vous offrir un thé. Vous pourrez vous sécher.

— J'ai l'habitude d'être mouillé. On vous attend, dit-il en remontant dans le bateau.

— Oui, c'est vrai.

Elle s'éloigna en courant puis s'arrêta en prenant conscience qu'elle ne connaissait pas son nom.

— Je suis désolée mais...

Elle rebroussa chemin mais n'aperçut rien d'autre que les vagues s'écrasant sur le rivage.

Craignant qu'il ne se soit aventuré dans la tempête qui gagnait en force, elle l'appela et le chercha le long de la plage. Un éclair inquiétant zébra le ciel et le vent la frappa comme une main furieuse.

Courbant le dos pour se protéger, elle remonta la pente au petit trot et rejoignit le sentier. Pourquoi n'avait-elle pas insisté pour qu'il attende que la tempête se calme ?

Elle trébucha, tomba et, secouée par le choc, elle haleta. Les éléments se déchaînaient tant qu'elle n'était plus consciente que des hurlements du vent, des éclairs, du tonnerre. Elle se redressa péniblement et reprit sa marche.

Elle aurait dû être effrayée. Alors pourquoi était-elle portée par l'enthousiasme ? D'où venaient ces frissons d'anticipation, ce sentiment de *savoir* ?

Elle devait poursuivre. Quelque chose, quelqu'un l'attendait. Si seulement elle pouvait avancer plus vite.

Sur le sentier escarpé, la pluie l'aveuglait. En chemin, elle perdit son sac sans s'en rendre compte.

Puis dans un éclat de lumière, elle les vit. Des pierres en cercle, dressées sur le sol rocailleux comme des danseurs piégés dans le temps. Dans sa tête, ou peut-être dans son cœur, elle entendit la chanson qu'ils renfermaient.

Avec un sentiment proche de la joie, elle accéléra le pas en serrant le pendentif entre ses mains.

La chanson qui résonnait en crescendo l'emplissait, la submergeant comme une vague.

Lorsqu'elle arriva à la limite du cercle et posa le pied à l'intérieur, un éclair frappa le centre et émit une lumière aussi claire et précise qu'une flèche enflammée. Une flamme bleue s'éleva pour former une tour, plus haute, toujours plus haute, jusqu'à ce qu'elle perçât les nuages bas. Elle sentit sa brûlure glaciale sur sa peau, dans ses os. Son pouvoir martelait son cœur.

Et elle s'évanouit.

2

La tempête le rendait nerveux. Une partie de l'orage semblait faire rage en lui, tournant, s'écrasant, attendant de frapper. Déconcentré, il n'arrivait pas à travailler. Il n'avait aucune envie de lire, de passer le temps, d'être tout simplement. Autant de raisons qui l'avaient poussé à revenir sur l'île.

C'est du moins ce qu'il se disait.

Sa famille possédait cette terre, la travaillait, la préservait depuis plusieurs générations. Ici, les O'Neil de Dolman avaient planté des semences, sué sang et eau et fait couler le sang de leurs ennemis depuis les balbutiements de l'Histoire. Et même avant cela, à l'époque sombre qui n'était racontée qu'à travers les contes et les chansons.

Quitter cette île, partir étudier puis travailler à Dublin. Voilà en quoi avait consisté la rébellion de Conal, sa façon d'échapper à ce que les autres acceptaient allégrement comme leur destin. Comme il l'avait dit à son père, il refusait d'être le pion passif du jeu d'échecs de son propre avenir.

C'était à lui de créer sa destinée.

Et pourtant, il était là, de retour dans la maison où les O'Neil avaient vécu, où ils étaient morts, où son père avait passé le dernier jour de sa vie quelques petits mois plus tôt. Il n'était plus aussi certain de son libre arbitre en cette journée sombre balayée par le vent. La violence de la nature semblait s'être emparée de son cœur.

Son chien, Hugh, le fidèle compagnon de son père la dernière année de sa vie, allait d'une fenêtre à l'autre, les oreilles dressées et émettait un grognement sourd qui semblait relever davantage de la plainte que de la menace.

Il se passait quelque chose et le chien le sentait aussi, avec une telle acuité que sa masse grise hantait la maison comme un nuage de fumée. Conal l'appela en gaélique et l'animal vint caler sa tête sous sa large main.

Le gros chien gris et son maître, grand et charpenté, regardèrent la tempête ensemble, avec le même air méfiant. Conal sentit le chien frémir. *De nervosité ? D'anticipation ?* Conal n'avait qu'une idée en tête, il y avait quelque chose au-dehors, dans la tempête.

Et cette chose attendait.

— Ça suffit. Alors voir de quoi il s'agit.

À peine termina-t-il sa phrase que le chien bondit vers la porte, remuant la queue avec impatience pendant que Conal décrochait un long ciré noir du portemanteau. Il le passa, recouvrant ainsi ses bottes, son jean usé et son pull noir tout terne à force d'être lavé.

Quand il ouvrit la porte, le chien sortit en courant et fonça au cœur de la tempête.

— Hugh ! *Cuir uait !*

Le chien freina son allure et s'arrêta en dérapant dans la boue. Il ne vint pas se placer à côté de Conal cependant et, malgré la pluie battante, ses oreilles restaient dressées, comme pour le presser d'avancer.

Conal se remit à suivre le chien en marmonnant.

Ses cheveux noirs, qui lui arrivaient presque aux épaules, étaient alourdis par la pluie et rabattus en arrière par le vent, dégageant son visage sculpté. Il avait les pommettes saillantes des Celtes, un nez fin presque aristocratique et une bouche bien dessinée qui pouvait paraître aussi dure que le granite, comme en cet instant. Ses yeux étaient d'un bleu intense passionné.

D'après sa mère, ses yeux en voyaient trop et en cherchaient toujours davantage. À présent, ils scrutaient les environs malgré les rideaux de pluie et la mer agitée. Avec la tempête, il faisait presque nuit en plein jour. *Quel idiot de sortir par un temps pareil!* se reprocha-t-il.

Il perdit Hugh de vue au détour d'une falaise. Irrité, il appela le chien qui lui répondit d'un aboiement alarmé. *Magnifique*, se dit Conal. *Maintenant nous allons tous les deux glisser et nous écraser sur les rochers.*

Il songea à faire demi-tour, sachant que le chien prudent retrouverait son chemin sans difficulté. Mais il ne pouvait pas s'empêcher d'avancer, même si c'était insensé. Comme si quelque chose le tirait vers l'avant, toujours plus haut, là où les ombres des pierres dansaient et chantaient dans le vent.

Comme une partie de lui y croyait, une partie qu'il n'avait jamais réussi à faire taire, il fit volte-face. Il allait rentrer, faire un bon feu et prendre un whisky devant la cheminée le temps que la tempête s'épuise.

Puis il entendit un hurlement, un cri sauvage et primitif qui évoquait les loups et le clair de lune. Le frisson qui lui parcourut l'échine fut aussi bestial que l'appel. D'humeur morose, il reprit le sentier pour aller voir ce qui faisait aboyer Hugh.

La roche se dressait, luisante de pluie, sculptée par les éclairs qui la faisaient briller. Il distingua une odeur, celle de l'ozone mélangée à un parfum. Chaud, sucré et séduisant.

Le chien était assis, sa belle tête rejetée en arrière, sa gorge tremblant de son cri sauvage. Il y avait quelque chose de victorieux dans ce hurlement.

— Les pierres n'ont pas besoin d'être gardées, marmonna Conal.

Il avança, décidé à prendre le chien par le collier pour le ramener dans la chaleur de la maison.

Il s'aperçut alors que Hugh ne gardait pas les pierres mais une femme couchée à mi-chemin entre eux.

La moitié du corps dans le cercle, un bras tendu vers le milieu, elle était étendue sur le dos et semblait presque dormir. Il crut un instant que cette image n'était que le fruit de son imagination et il voulut y croire. Mais lorsqu'il fut près d'elle, il posa instinctivement les doigts sur sa gorge pour vérifier son pouls et sentit la vie battre.

À son contact, elle battit des cils et ouvrit les yeux. Ils étaient du même gris que les pierres. Ils croisèrent son regard avec une inexplicable expression de familiarité. Elle esquissa un sourire, entrouvrit les lèvres et posa la main sur la joue de Conal.

— Te voilà, dit-elle, et elle referma les yeux en soupirant.

Sa main retomba dans l'herbe détrempée.

Elle délirait, elle était probablement folle. Qui irait escalader les falaises sous la tempête ? Ignorant le fait qu'il était lui-même venu jusqu'ici, il la tourna sur le côté, se sentant obligé de la ramener chez lui.

Alors qu'il la prenait dans ses bras, il remarqua le pendentif et reconnut son motif à la lueur d'un éclair.

Son ventre se serra. Son cœur donna un coup brutal contre ses côtes comme un poing furieux.

— Bon sang.

Agenouillé, il ferma les yeux sous la pluie battante.

Elle se réveillait lentement, comme si elle flottait paresseusement entre plusieurs épaisseurs de fins nuages blancs. Elle baignait dans un sentiment de bien-être comme entre des oreillers de satin bordé de la plus douce des dentelles. Savourant l'instant, elle resta immobile, laissant le soleil réchauffer ses paupières, explorer son visage. Elle sentit la fumée, un parfum agréable et terreux, ainsi qu'une autre odeur, plus forte, celle d'un homme.

Elle apprécia le mélange et lorsqu'elle ouvrit les yeux, sa première pensée fut qu'elle n'avait jamais été aussi heureuse de toute sa vie.

Mais cette impression de joie, de sécurité et de satisfaction ne dura que quelques secondes. Elle se redressa brusquement dans le lit, confuse, alarmée et perdue.

Margaret ! Elle avait raté le bac. *Le bateau. Le garçon dans le bateau. Et la tempête.* Elle s'était retrouvée dans la tempête et s'était égarée. Le souvenir était flou, les images s'emmêlaient.

Des pierres, plus hautes qu'un homme, disposées en cercle. Le feu bleu qui brûlait au centre sans roussir l'herbe. Les hurlements du vent. Le fredonnement des pierres.

Un loup qui hurlait. Puis un homme. Grand, brun et féroce, avec des yeux aussi bleus que le feu irréel. Une forte expression de colère. Mais il ne l'avait pas effrayée. Il l'avait même amusée. *Très étrange.*

Des rêves, évidemment. Rien que des rêves. Elle avait dû avoir un accident.

À présent, elle se trouvait chez quelqu'un, dans un lit. *Une chambre simple,* se dit-elle en regardant autour d'elle en quête de repères. *Non, pas simple, spartiate.* Des murs blancs, un parquet nu, pas de rideaux aux fenêtres. Une commode, une table, une lampe et le lit. D'après ce qu'elle voyait, il n'y avait qu'elle dans cette pièce.

Elle tâta prudemment sa tête à la recherche de bosses ou d'entailles, mais elle ne trouva rien d'inquiétant. Avec la même précaution, elle rabattit la couverture et poussa un petit soupir de soulagement.

Quel que soit l'accident qu'elle ait eu, elle ne semblait pas avoir été blessée.

Puis, bouche bée, elle découvrit qu'elle ne portait rien d'autre qu'une chemise et qui n'était pas à elle. Une chemise d'homme, en coton bleu ciel, effilochée aux poignets. Et immense.

Bon, rien de grave. Elle s'était perdue dans la tempête. De toute évidence, elle avait été trempée. Elle ne pouvait qu'être reconnaissante que quelqu'un se soit occupé d'elle.

Lorsqu'elle se leva, la chemise retomba à mi-cuisse. Assez pudique. Au premier pas, le chien apparut à la porte. Son cœur fit un petit bond.

— Tu es réel, toi au moins. Qu'est-ce que tu es beau !

Elle tendit la main et, pour son plus grand plaisir, le chien vint chercher des caresses en se frottant contre ses jambes.

— Tu es amical aussi. C'est bon à savoir. Il y a qui d'autre ici ?

La main sur la tête du chien, elle marcha jusqu'à la porte de la chambre et déboucha dans un salon tout aussi spartiate. Un canapé et une chaise, un feu qui somnolait, deux tables. Elle vit avec soulagement ses vêtements qui séchaient sur un pare-feu. Comme ils étaient encore humides, elle en conclut qu'elle n'avait pas dormi – ou été inconsciente – pendant très longtemps. Le mieux qu'elle pût faire, après ces aventures improbables, était de chercher son sauveur, le remercier, attendre que ses vêtements soient secs puis localiser Margaret et implorer son pardon.

La dernière partie serait désagréable et probablement infructueuse mais c'était inévitable. Rassemblant son courage, Allena alla ouvrir la porte. Et elle poussa un petit cri émerveillé.

Sous le soleil, les collines humides scintillaient. Les reliefs verdoyants montaient dans une direction et plongeaient de l'autre vers le rivage nettement découpé. La mer s'écrasait sur les falaises, les hautes vagues se dressant avec majesté. Allena résista à l'impulsion de courir jusqu'au bord de la pente pour admirer les flots enragés.

Devant la maison, dans le jardin sauvage, les fleurs et les hautes herbes se mêlaient librement. Elle inspira leur parfum, mélangé à celui de l'air et de la mer, à pleins poumons et retint son souffle comme pour conserver à jamais en elle cette saveur unique.

Incapable de résister plus longtemps, elle sortit, le chien à son côté, et tendit le visage vers le ciel.

Quel endroit ! Existait-il un lieu aussi parfait ? Si elle vivait ici, elle viendrait là tous les matins et remercierait le Ciel qu'une telle merveille existât.

Le chien aboya doucement, une seule fois. Elle posa la main sur sa tête et remarqua un petit bâtiment annexe en pierre brute, au toit de chaume et aux fenêtres grandes ouvertes.

Elle sourit et la porte s'ouvrit. L'homme qui en sortit se figea en même temps qu'elle. Ils se toisèrent. Les lèvres pincées dans un pli dur, il se dirigea vers elle.

Son visage flottait devant elle. Les rugissements de la mer lui emplissaient la tête. Prise de vertige, elle tendit la main vers lui, comme elle l'avait fait avec le chien.

Elle vit ses lèvres remuer, crut l'entendre jurer, mais elle tanguait. Elle tomba en avant, engloutie par l'obscurité.

3

Elle ressemblait à une fée, debout dans le rayon de soleil vacillant. Grande et mince, ses cheveux blonds coupés court, ses grands yeux de chat.

Pas une beauté à proprement parler. Ses traits étaient trop anguleux et sa bouche trop charnue. Mais elle avait un visage mystérieux, qui intriguait même quand elle dormait.

Il avait repensé à ce visage après l'avoir mise au lit, de retour de la falaise. Il avait été contraint de vaincre sa gêne pour la débarrasser de ses vêtements, ce qu'il avait fait avec le détachement d'un médecin. Puis une fois qu'il l'avait séchée et installée, il l'avait quittée sans un dernier regard et avait tâché d'évacuer sa colère en travaillant.

Il travaillait très bien quand il était de mauvaise humeur.

Il ne voulait pas d'elle ici. Il ne voulait pas d'elle du tout. Et il était hors de question qu'elle reste chez lui, quoi qu'en eût décidé le destin.

Il était son propre maître.

Mais lorsqu'il sortit et la vit devant la porte, sous le soleil, des sentiments inattendus l'assaillirent – la nostalgie, la possessivité, la familiarité, une grande joie et du désespoir. Tout cela réuni en une unique vague qui grandit en lui et le terrassa.

Avant qu'il n'ait accusé le choc, elle se mit à tituber. Il ne parvint pas à la rattraper. Dans les contes, des ailes lui auraient poussé aux pieds et il aurait traversé le jardin en volant pour la recueillir habilement entre ses bras avant qu'elle ne tombe à la renverse. Mais dans les faits, elle s'effondra avec la fluidité de la cire d'une bougie avant qu'il n'ait couvert la moitié de la distance.

Lorsqu'il arriva auprès d'elle, elle rouvrait déjà ses grands yeux gris troublés par la perte de conscience. Pendant qu'elle l'observait, les coins de sa bouche remontèrent en tremblotant.

— Je crois que je ne tiens pas encore bien sur mes jambes. Je sais que c'est un cliché mais j'ai besoin de savoir. Où suis-je ? demanda-t-elle avec un charmant accent américain.

Elle était étrangement attirante, couchée de la sorte au milieu des fleurs, et il se rappela malgré lui qu'elle ne portait rien d'autre que sa chemise.

— Vous êtes sur la terre des O'Neil.

— Je me suis perdue, une mauvaise habitude. La tempête a été si soudaine.

— Pourquoi êtes-vous ici ?

— J'ai été séparée d'un groupe. Enfin, j'étais en retard – une autre de mes habitudes – et j'ai raté le bac. Mais un garçon m'a amenée avec son bateau. (Elle s'assit.) J'espère qu'il va bien. Il doit être en sûreté, il avait l'air de savoir ce qu'il faisait et le trajet est court. L'office de tourisme est loin d'ici ?

— L'office de tourisme ?

— Je devrais pouvoir les rattraper, même si ça ne va rien m'apporter de bon. Margaret va me renvoyer et je le mérite.

— Qui est Margaret ?

— Ma demi-sœur. Elle dirige l'agence *A Civilized Adventure*. Je travaille pour elle – du moins, depuis vingt-trois jours. (Elle relâcha son souffle, esquissa un sourire.) Je suis désolée. Je suis Allena Kennedy, la tête en l'air. Merci de m'avoir aidée.

Il baissa les yeux vers la main qu'elle lui tendait puis la prit à contrecœur. Au lieu de la serrer, il l'aida à se relever.

— J'ai l'impression que vous êtes encore plus perdue que vous ne le croyez, mademoiselle Kennedy. Il n'y a pas d'office de tourisme sur l'île de Dolman.

— Dolman ? Mais c'est impossible (Dans sa main, la sienne se crispa nerveusement.) Je ne suis pas censée être sur l'île de Dolman. Oh, zut ! C'est ma faute. Je n'ai pas été assez précise. Le garçon semblait savoir où j'allais, où j'étais supposée me rendre. Ou il s'est peut-être égaré dans la tempête, lui aussi. J'espère qu'il est sain et sauf.

Elle se tut, regarda autour d'elle et soupira.

— Pas seulement virée. Déshéritée, bannie et mortifiée en une matinée. J'imagine qu'il ne me reste plus qu'à rentrer à l'hôtel en attendant d'affronter la furie.

— Eh bien, ce ne sera pas pour aujourd'hui.

— Pardon ?

Conal jeta un regard vers la mer, scrutant les hautes vagues qui se brisaient sur les falaises.

— Vous ne pourrez pas rentrer aujourd'hui, ni demain probablement, car une autre tempête vient vers nous.

— Mais...

Conal lui tourna le dos et se dirigea vers la maison, comme pour lui signifier que la conversation était close. Il venait de signer son arrêt de mort.

— Je dois rentrer. Elle va s'inquiéter, dit-elle en le suivant.

— Il n'y aura pas de traversée, la mer est trop mauvaise et aucun batelier sensé ne s'aventurerait jusqu'au continent.

Elle s'assit sur le bras d'un fauteuil et ferma les yeux.

— Comme ça, c'est réglé. Vous avez le téléphone ? Pourrais-je appeler l'hôtel et laisser un message ?

— Les lignes sont coupées.

— Bien entendu.

Elle le regarda ajouter des briquettes de tourbe dans l'âtre. Ses vêtements qui séchaient sur la grille semblaient lui adresser des reproches.

— Monsieur O'Neil ?

Il se releva et se tourna vers elle.

— Conal. Toutes les femmes que je déshabille et mets au lit m'appellent Conal.

C'était un test, volontairement provocateur. Mais au lieu de rougir ou de s'emporter, Allena sentit ses yeux pétiller d'amusement.

— Tous les hommes qui me déshabillent et me mettent au lit m'appellent Lena.

— Je préfère Allena.

— Vraiment ? Moi aussi, mais pour la plupart des gens, c'est trop long. Quoi qu'il en soit, y a-t-il un hôtel ou un bed and breakfast où je pourrais prendre une chambre le temps que les bateaux soient de nouveau en service ?

— Il n'y a pas d'hôtel sur l'île de Dolman. Rares sont les touristes qui s'aventurent jusqu'ici. Et le village le plus proche, nous n'en avons que trois, se trouve à plus de huit kilomètres d'ici.

Elle le regarda franchement.

— Je vais rester ici ?

— Apparemment.

Elle hocha la tête, caressant distraitement le dos de Hugh tout en inspectant la pièce.

— C'est gentil à vous. Je vais essayer de ne pas vous déranger.

— C'est un peu tard pour ça, mais ça ira.

Pour toute réponse, elle haussa les sourcils et le regarda sans ciller. Il se sentit honteux.

— Savez-vous préparer le thé ?

— Oui.

Il indiqua la cuisine, séparée du salon par un petit bar américain.

— Le nécessaire est là. J'ai des choses à faire, mais quand j'aurai fini nous en parlerons en prenant le thé.

— Très bien, dit-elle avec une raideur courtoise.

Au moment où il sortait de la pièce, il entendit la porte du placard claquer. Allena était contrariée.

Elle allait lui préparer son satané thé, pesta-t-elle en remplissant la bouilloire. La tâche n'était pas simple tant l'évier en fonte débordait de vaisselle. Et allait se montrer reconnaissante envers Conal O'Neil pour son hospitalité, même s'il l'accordait avec réticence et même *grossièreté*.

Était-ce sa faute si elle avait débarqué sur la mauvaise île ? Était-ce sa faute si elle s'était égarée dans la tempête, si elle s'était évanouie et avait dû être portée chez lui ? Était-ce sa faute si elle n'avait nulle part où aller ?

Oui, en réalité. Elle leva les yeux au ciel et vida l'évier pour le remplir d'eau savonneuse et faire la vaisselle. Oui, d'un point de vue technique, elle était responsable. Et cela ne rendait la situation que plus énervante.

Quand elle rentrerait à New York, elle serait au chômage. *Une fois de plus*. Et une fois de plus, elle serait l'objet de pitié, d'embarras et de mécontentement. Et ça aussi, c'était sa faute. Sa famille s'attendait à la voir échouer désormais. Elle était Lena l'inconstante, l'écervelée.

Le pire était qu'elle s'y était attendue, elle aussi. Elle n'avait aucune aptitude particulière. Pas de réelle compétence, de talent ou d'ambition.

Elle n'était pas pour autant fainéante, même si Margaret ne partageait pas son avis. Le travail ne lui faisait pas peur ; c'est l'aspect commercial qui la bloquait.

Mais ce problème se poserait le lendemain, se rappela-t-elle tout en lavant la vaisselle. Pour l'heure, son souci était Conal O'Neil et la bonne manière d'aborder la situation dans laquelle elle les avait mis.

Une situation qui aurait dû être exaltante, se dit-elle tandis qu'elle rangeait la vaisselle, essuyait les surfaces et faisait chauffer la théière. *Une île fouettée par le vent. Un bel homme ténébreux. Une maison douillette, bien que rustique, isolée du monde. C'est une aventure*, décida-t-elle dans un regain d'optimisme. Elle allait trouver le moyen d'en profiter avant que le couperet ne tombe.

Quand Conal revint, la vieille théière était maintenue au chaud dans un couvre-théière effiloché et délavé. Les tasses et les soucoupes étaient posées sur la table propre. L'évier était vide, les surfaces étincelantes et des biscuits au chocolat qu'elle avait trouvés dans un bocal étaient joliment disposés dans une assiette.

— J'avais faim. J'espère que ça ne vous dérange pas, dit-elle en grignotant un biscuit.
— Non.

Il avait presque oublié ce que ça faisait de prendre le thé dans une pièce bien rangée. Elle semblait de meilleure humeur. Elle avait même l'air de se sentir chez elle, dans sa cuisine, dans sa chemise.

Elle s'assit et servit le thé. Si elle était douée pour quelque chose, c'était pour faire la conversation. On lui avait souvent fait des compliments dans ce domaine.

— Vous vivez seul ici ?
— Oui.
— Avec votre chien.
— Hugh. Il était à mon père. Mon père est mort il y a quelques mois.

Elle ne dit pas qu'elle était désolée, comme la plupart des gens l'auraient fait à sa place. Mais ses yeux l'exprimaient et c'était plus touchant.

— C'est un bel endroit. Parfait. C'est ce que je me disais avant de m'écrouler dans le jardin. Vous avez passé votre enfance ici ?

— En effet.

— J'ai grandi à New York. Je ne m'y suis jamais sentie chez moi, d'une certaine façon. (Elle l'observa par-dessus sa tasse.) Vous semblez chez vous sur cette île. C'est merveilleux d'être à sa place. Tout le monde dans ma famille a trouvé sa place, hormis moi. Mes parents, Margaret et James. Mon frère et ma sœur. Leur mère est décédée quand Margaret avait douze ans et James, dix. Leur père a rencontré ma mère deux ans plus tard, ils se sont mariés et m'ont eue.

— Et vous êtes Cendrillon ?

— Non, rien d'aussi romantique. (Elle soupira, songeant que ce serait féerique.) Seulement la marginale. Ils sont brillants, vous voyez. Chacun d'eux. Mon père est chirurgien. Ma mère est avocate. James est un chirurgien esthétique mondialement reconnu et Margaret a monté sa propre affaire, *A Civilized Adventure*.

— Qui a envie d'une aventure civilisée ?

Ravie, Allena tapa du plat de la main sur la table.

— Exactement ce que je pense. Où est la part d'aventure quand tout est organisé à la minute près ? Mais quand je l'ai suggéré à Margaret, elle m'a fait la morale pendant vingt minutes et depuis ses affaires se portent bien.

La lumière change déjà, se dit-il en remarquant les nuages qui arrivaient de la mer. Mais il restait encore suffisamment de soleil pour faire scintiller ses cheveux, ses yeux. Et lui donner envie d'attraper un crayon.

Il savait précisément ce qu'il ferait avec un tel modèle. Son regard s'attarda sur elle tandis qu'il planifiait ce moment. Et il faillit sursauter lorsqu'il vit le pendentif. Il l'avait quasiment oublié.

— Où l'avez-vous trouvé ?

Elle avait senti ses yeux bleus descendre vers son cou et avait frissonné en réaction. Elle fut soulagée qu'il ne s'intéressât qu'au bijou. *Probablement.*

— Ça ? C'est le cœur du problème, répondit-elle sur le ton de la plaisanterie.

— Où l'avez-vous trouvé ? répéta-t-il sur un ton tranchant qui la surprit.

Toutefois, elle haussa les épaules.

— Dans une petite boutique en bord de mer. La vitrine est remplie de babioles. Des choses merveilleuses. Magiques.

— Magiques.

— Des elfes et des dragons, des livres et des bijoux aussi charmants que fascinants. Un méli-mélo, mais habilement agencé. Irrésistible. Je n'avais l'intention que d'y rester une minute. J'avais du temps avant de rejoindre le groupe à l'embarcadère. Mais la vieille dame m'a montré ça et le temps s'est envolé pendant que nous bavardions. Je n'avais pas prévu de l'acheter. Mais je fais beaucoup de choses sans m'en rendre compte.

— Vous ne savez pas ce que c'est ?

— Non.

Elle le prit dans sa main, sentit une légère vibration inhabituelle et cligna des yeux alors qu'une forme tentait de s'immiscer à la périphérie de sa vision.

— On dirait qu'il est ancien, mais il ne peut pas l'être, ou alors il n'a pas de valeur puisque je ne l'ai payé que dix livres.

— La valeur est une notion relative.

Il tendit la main. C'était irrésistible. Le regard fixe, il referma la main sur la sienne, autour du pendentif.

Une secousse la traversa, aussi vive qu'un choc électrique. L'air sembla virer au bleu, de la teinte des éclairs. Elle se retrouva debout, la tête rejetée en arrière pour ne pas le quitter des yeux tandis qu'il s'écartait de la table assez brusquement pour renverser la chaise.

Animé de la même violence, il l'embrassa. Un besoin impérieux la submergea au moment où une bourrasque entrait subitement par la fenêtre, dans son dos. Elle serra le poing dans ses cheveux et son corps se souleva à sa rencontre.

Ils s'emboîtaient à la perfection.

Les battements de son cœur résonnaient comme une chanson, chaque note la faisant vibrer. Ici, avec lui, elle ne désirait plus rien d'autre, même si le monde devait s'écrouler autour d'eux.

Il ne pouvait pas s'arrêter. Sa saveur était fraîche et pure comme de l'eau qui étancherait une soif longtemps inassouvie. Des poches vides qu'il ignorait avoir en lui s'emplissaient, se gonflaient et débordaient. Son sang s'échauffait furieusement et le désir affaiblissait son corps. Il empoigna l'arrière de la chemise, prêt à la déchirer.

Ils lâchèrent le pendentif et leurs doigts se cherchèrent. Puis il revint à la réalité aussi subitement que s'il avait été frappé.

— Ce n'est pas ce que je veux.

Il la prit par les épaules pour la secouer, mais ne fit que la tenir. Elle semblait étourdie. Touchée par une fée.

— Je ne l'accepterai pas, ajouta-t-il.

— Vous voulez bien me lâcher ? murmura-t-elle avec fermeté.

Quand il s'écarta, elle poussa un petit soupir. Inutile d'être lâche, se dit-elle.

— Je vois deux explications possibles. La première, je me suis cogné la tête en tombant et je souffre d'une commotion. La seconde, je suis juste tombée amoureuse de vous. Je crois que je préfère la théorie du choc et j'imagine que vous aussi.

— Vous ne vous êtes pas cogné la tête.

Il enfonça les mains dans ses poches et prit ses distances. La pièce paraissait soudain trop petite.

— Et personne ne tombe amoureux en un instant, en un seul baiser.

— Les gens raisonnables, non. Mais je ne suis pas raisonnable. Demandez à qui vous voulez.

Mais s'il y avait un moment où elle devrait essayer de l'être, c'était bien en cet instant.

— Je devrais m'habiller, aller faire un tour, m'éclaircir les idées.

— Une nouvelle tempête se prépare

Allena récupéra ses vêtements sur la grille.

— C'est le moins qu'on puisse dire, marmonna-t-elle en se dirigeant vers sa chambre.

4

Quand elle ressortit, Conal ne se trouvait pas dans la maison, mais Hugh semblait l'attendre près du feu. Il se leva et la rejoignit à la porte, tournant ses grands yeux vers elle.

— Tu as envie d'aller te balader ? Moi aussi.

Tant pis pour le jardin, se dit-elle en le traversant. Elle aurait aimé s'y aventurer, arracher d'un coup sec les herbes étouffantes, couper les fleurs fanées. Après une heure ou deux à jardiner agréablement, ces fleurs auraient l'air sauvage plutôt que négligé. Exactement ce qu'il leur fallait.

Mais ce n'était pas son travail, pas sa maison, elle n'était pas chez elle. Elle jeta un œil à la petite bâtisse. Il devait être à l'intérieur à faire... ce que bon lui semblait. Quoi qu'il fasse, c'était probablement avec colère.

Pourquoi y avait-il autant de colère en lui ?

Pas son problème, pas ses affaires, pas son homme.

Même si, l'espace d'un instant, quand leurs mains et leurs bouches étaient unies, il avait semblé l'être.

Je ne veux pas de ça. Je ne veux pas de vous.

Il avait été très clair. Et elle était lasse de se retrouver dans des situations où elle n'était pas désirée.

Le vent qui soufflait de la mer poussait de gros nuages bordés de noir vers l'intérieur de l'île.

En débutant sa promenade, elle contempla le bleu pâle et plein d'espoir du ciel, progressivement, inévitablement consumé.

Conal avait raison. Une tempête se préparait. Elle n'allait pas escalader les collines, même si elle en avait envie. Elle allait se contenter de suivre le long rivage courbe et le sable et profiter des petits frissons d'excitation suscités par le spectacle des vagues qui s'y fracassaient avec férocité.

Hugh semblait content de marcher avec elle. Presque comme son gardien.

Huit kilomètres jusqu'au prochain village. Pas si loin que ça. Elle pourrait attendre que le mauvais temps se dissipe et s'y rendre à pied si Conal ne voulait pas la conduire en voiture. Elle avait remarqué le pick-up garé entre la maison et l'annexe, un véhicule élégant et moderne, anachronique mais certainement en état de marche.

Pourquoi l'avait-il embrassée de cette façon ?

Non, ça ne s'était pas passé comme ça. C'était simplement arrivé, à l'un comme à l'autre. Elle avait senti un rugissement dans sa tête, dans son sang, un rugissement qu'elle n'avait jamais connu auparavant. Plus que de la passion, plus que du désir sexuel, il s'agissait d'une forme de reconnaissance mutuelle et désespérée.

Te voilà enfin.

C'était ridicule, évidemment, mais elle n'avait pas d'autre manière d'expliquer l'élan de vie qui l'avait submergée. Ni cette chaleur qui ressemblait à de l'amour.

On ne pouvait pas aimer un inconnu. On ne pouvait pas aimer une personne avec laquelle il n'y avait pas de compréhension, pas de bases solides, pas d'histoire. Sa tête lui disait toutes ces choses sensées, rationnelles. Mais son cœur les ignorait.

Peu importe. Qu'elle fût confuse, perplexe, ennuyée, ou même disposée à s'abandonner, cela n'avait aucune importance puisqu'il ne voulait ni d'elle ni des flammes qui s'étaient allumées entre eux.

Elle s'arrêta, laissa les ailes frénétiques du vent la fouetter, l'écume des vagues l'asperger. Dans le ciel, une mouette blanche comme la lune poussa un cri victorieux et s'envola dans le courant électrisé.

Elle enviait sa liberté, car son cœur la portait à planer. Simplement voler, aller là où le vent la porterait. Et savoir que là où elle se poserait, ce serait sa place, son moment, sa victoire.

Mais il faut vivre dans le présent, tu ne crois pas, Lena ? La voix patiente et perplexe de sa mère lui murmurait à l'oreille. *Tu dois t'appliquer, rester attentive. Tu ne peux pas continuer à divaguer. Fais quelque chose de ta vie. Il est temps que tu te concentres sur ta carrière, que tu investisses ta belle énergie quelque part pour faire ton trou.*

Et ce non-dit, qu'elle devinait au ton de sa voix. *Tu me déçois.*

— Je le sais. Je suis désolée. C'est horrible. J'aimerais pouvoir te dire combien c'est difficile de savoir que je suis ton seul échec.

Elle allait faire mieux que ça. Elle allait convaincre Margaret de lui accorder une seconde chance. D'une manière ou d'une autre. Ensuite elle travaillerait plus dur, elle serait plus attentive, responsable, pratique.

Malheureuse.

Le chien donna un coup de tête sur sa jambe puis frotta son corps chaud contre elle. Ce petit geste la réconforta et se tournant dos à la mer, elle reprit sa marche le long du rivage.

Elle était sortie pour faire le tri dans ses pensées, pas pour y ajouter de nouveaux problèmes. C'était l'endroit idéal pour apaiser son cœur et son esprit. Sous ce ciel menaçant, les collines abruptes et les falaises mystérieuses luisaient. Les fleurs sauvages, des points et des taches colorés, se mêlaient aux nuances de vert et de gris et la bruyère formait un massif violet.

Elle eut envie d'en cueillir de pleines brassées, d'enfoncer le visage dans leur parfum. Ravie par cette idée, elle se faufila entre les rochers, sur les rares étendues de terre où ses tiges prospéraient et escaladaient les pierres en bosquets, leur parfum dominant l'odeur primitive de la mer.

Les bras remplis de fleurs, elle en voulut encore davantage. Le cœur joyeux, elle remonta précipitamment un étroit sentier. Puis elle s'arrêta en secouant la tête. Elle entendait un vrombissement des plus étranges. Elle voulut faire un pas, mais n'y parvint pas. Impossible, comme si une paroi vitrée se tenait entre elle et la pente rocailleuse semée de fleurs.

— Mon Dieu, qu'est-ce que c'est ?

Elle leva une main tremblante et lâcha involontairement quelques tiges de bruyère qui se dispersèrent dans le vent. Elle ne sentait pas une barrière à proprement parler mais une sorte de chaleur à l'endroit où sa main pressait l'air. Malgré ses efforts, elle ne pouvait pas le traverser.

Un éclair fulgura. Le tonnerre gronda. Malgré le bruit déchirant, elle entendit son nom. Lorsqu'elle baissa les yeux vers la plage, elle se serait presque attendue à trouver des dragons et des sorcières. Mais elle aperçut Conal, les cheveux en bataille, l'air agacé.

— Descendez ! Vous ne devriez pas gravir la colline avec ce vent.

Quelle beauté ! Il était venu la chercher parce qu'il se sentait responsable d'elle. Mais en la voyant monter la côte escarpée dans cette lumière irréelle, les bras chargés de fleurs, il était resté émerveillé. Il avait cédé au besoin de la suivre, animé par l'envie de la saisir, elle et ses fleurs, dans ses bras pour l'embrasser dans les bourrasques.

Rongé par le désir et aussi parce qu'il avait encore sa saveur sur les lèvres, il l'aborda sur un ton tranchant lorsqu'elle le rejoignit sur la plage.

— Vous avez perdu la tête ? Vous cueillez des fleurs par ce temps ?

— On dirait bien. Vous voulez bien marcher un peu ?

— Quoi ?

— Faites-moi plaisir, juste quelques mètres sur la plage.

— Finalement, vous avez dû recevoir un coup sur la tête.

Il voulut lui prendre la main, la tirer dans l'autre sens mais elle lui échappa habilement.

— S'il vous plaît. Ça ne prendra qu'une minute.

Il jura en sifflant, puis fit un pas, un deuxième puis un troisième. Lorsqu'il s'arrêta brusquement, Allena ferma les yeux et fut parcourue par un long frisson.

— Vous ne pouvez pas avancer, c'est ça ? Vous ne pouvez pas aller plus loin. Moi non plus, je n'ai pas pu. Qu'est-ce que ça veut dire ?

Elle rouvrit les yeux et croisa son regard furieux.

— Il faut faire avec. Rentrons. Je n'ai pas envie d'être trempé jusqu'aux os pour la deuxième fois de la journée.

Sur le chemin du retour, il ne dit rien et elle respecta son silence. Les premières grosses gouttes de pluie les martelèrent au moment où ils atteignirent la porte de la maison.

— Vous avez quelque chose pour mettre les fleurs ? Elles vont avoir besoin d'eau et j'aimerais m'occuper les mains pendant que vous me donnerez des explications, dit-elle.

Il haussa les épaules, fit un geste vague en direction de la cuisine et emplit la cheminée de tourbe.

Il tombait à présent des trombes d'eau. Le vent hurlait pendant qu'elle rassemblait des vases, des bouteilles et des saladiers. Comme il restait silencieux et contemplait l'âtre de son regard mauvais, elle prépara du thé.

Il jeta un coup d'œil par-dessus son épaule quand elle remplit les tasses. Il se rendit à la cuisine pour prendre une bouteille de whisky et versa une goutte généreuse dans sa tasse. Il la consulta du regard en avançant la bouteille au-dessus de l'autre tasse.

— Pourquoi pas ?

Une fois servie, elle négligea sa tasse, préférant disposer les fleurs dans les vases.

— Où suis-je ? Qui êtes-vous ?
— Je vous l'ai déjà dit.
— Vous m'avez donné des noms. Ce n'est pas ce que je demande.

Les tâches domestiques la calmaient, comme toujours. Elle le regarda patiemment dans les yeux.

Il l'observa, puis hocha la tête. Après tout, qu'elle le prenne bien ou mal, elle méritait de savoir.

— Savez-vous à quelle distance du continent vous vous trouvez ?
— Quelques kilomètres ?
— Plus de quinze.
— Quinze ? Mais le trajet n'a pas duré plus de vingt minutes et la mer était agitée.
— À quinze kilomètres de la côte sud-ouest de l'Irlande, c'est l'île de Dolman. Ici, nous sommes entre l'Atlantique et la mer celtique. On raconte que les selkies[1] viennent ici pour changer de peau et prendre le soleil sur les rochers sous une forme humaine. Et

---

1. Créatures du peuple phoque. Dans certaines traditions, elles sont les protectrices des sirènes et aiment danser nues au clair de lune. (*N.d.T.*)

les fées quittent leurs radeaux au pied des collines pour danser au clair de lune.

Allena arrangea les branches les plus courtes dans une fiole trapue.

— C'est ce que vous pensez vous-même ?

— On raconte, reprit-il sans répondre directement, que mon arrière-grand-mère a quitté son radeau, son palais sous la colline et s'est donnée à mon arrière-grand-père la nuit du solstice d'été, près de la pierre royale de la danse sur les falaises. Il y a cent ans. De la même manière, cent ans plus tôt, un autre être de mon sang s'est promis à une femme au même endroit. Et cent ans auparavant, la même chose et toujours la même nuit, au même endroit, quand l'étoile apparaît.

Elle toucha son pendentif.

— Cette étoile ?

— C'est ce qu'on raconte.

— Et dans deux jours, c'est le solstice et c'est votre tour ?

— Si je croyais que mon arrière-grand-mère n'était pas qu'une simple femme, que j'ai du sang elfique dans mes veines et que je peux m'engager dans une relation à cause de la manière dont une étoile brille à travers les pierres, je ne serais pas ici.

— Je vois.

Elle hocha la tête et posa les vases sur une table.

— Donc vous êtes ici pour prouver que tout ce que vous venez de me raconter est insensé.

— Croiriez-vous le contraire ?

Elle ignorait ce qu'elle croyait, mais elle avait le sentiment que c'était important et même essentiel qu'elle *puisse* croire.

— Pourquoi n'ai-je pas pu m'éloigner, Conal ? Et vous, pourquoi n'avez-vous pas pu ?

Sans attendre de réponse, elle retourna dans la cuisine. Elle but une gorgée de thé, savoura la chaleur du whisky dans sa gorge, puis sélectionna les autres arrangements avant de les disperser dans la pièce.

— Ce ne doit pas être facile pour vous. On vous raconte cette histoire depuis que vous êtes enfant et on s'attend que vous l'acceptiez.

— Pourriez-vous l'accepter ? Pourriez-vous mettre de côté l'éducation et la raison et accepter que vous devez m'appartenir parce qu'une légende l'impose ?

— Plutôt non.

Suivant son inspiration, elle disposa la bruyère sur l'étroit manteau en pierre de la cheminée.

— J'aurais été intriguée, amusée, peut-être un peu enthousiasmée. Mais j'aurais fini par en rire. J'aurais ri, dit-elle en se tournant vers lui. Jusqu'à ce que je vous embrasse et que je sente ce que j'ai ressenti et ce que vous avez ressenti.

— Le désir, c'est facile.

— C'est vrai et si ça n'avait été que du désir et rien de plus, nous y aurions l'un et l'autre succombé. S'il n'y avait rien eu de plus fort, vous ne seriez pas en colère, contre vous-même et contre moi.

— Vous en parlez avec un calme effroyable.

Elle ne put retenir un sourire.

— Je sais. N'est-ce pas étrange ? Mais il vrai que je suis étrange. Tout le monde le dit. Lena, le vilain petit canard, l'inadaptée, l'électron libre. Pourtant, ici, je ne me sens ni bizarre ni décalée. Alors c'est plus facile pour moi d'être calme.

Elle paraissait même tellement à sa place qu'elle décorait sa maison avec ses fleurs.

— Je ne crois pas à la magie.

— Moi, je la cherche depuis toujours. Alors je vais vous faire une promesse, dit-elle en lui offrant un brin de bruyère.

— Vous ne me devez rien. Ni promesse ni rien d'autre.

— C'est gratuit. Je ne vous retiendrai pas avec des légendes ou de la magie. Quand je pourrai partir, si c'est ce que vous voulez, je partirai.

— Pourquoi ?

— Je suis amoureuse de vous et l'amour n'est pas une prison.

Touché, il glissa la tige de bruyère dans ses cheveux.

— Allena, il faut beaucoup de clairvoyance pour reconnaître aussi facilement ce qu'on a dans le cœur. Je n'ai pas cette clairvoyance. Je vous ferais du mal. Et je préfère l'éviter, répondit-il en lui caressant la joue.

— Je suis plutôt robuste. Je n'ai jamais été amoureuse, Conal, et il se pourrait que je ne sois pas douée pour l'amour. Mais pour le moment, ça me convient et c'est suffisant.

Il refusait de croire que ça puisse être aussi simple.

— Vous m'attirez. J'ai envie de vous toucher. Je veux vous sentir sous moi. Mais si ça s'arrête là, ce ne sera peut-être pas assez pour vous, ni pour moi au bout du compte. Alors il vaut mieux se retenir.

Il décrocha son ciré.

— Je dois aller travailler, dit-il en sortant sous la pluie.

Ce serait plus que ce qu'elle avait jamais eu et au besoin, elle s'en contenterait.

Lorsqu'il revint, la tempête n'était plus qu'un grondement. Le soir tombait, brumeux et doux. Une odeur agréable assaillit immédiatement ses narines. Un parfum chaud et riche qui lui rappela qu'il avait le ventre vide.

Puis il nota deux ou trois changements dans le salon. Juste quelques touches subtiles. Une table déplacée, les coussins lissés. Il n'aurait pas remarqué la poussière, mais il vit qu'il n'y en avait plus et sentit le parfum léger de la cire.

Elle avait entretenu le feu dans la cheminée et la lumière, associée à celle des bougies éparpillées dans la pièce, était chaleureuse. Elle avait aussi mis de la musique et elle fredonnait tout en s'affairant dans la cuisine.

Pendant qu'il accrochait son ciré, la tension qu'il avait accumulée en travaillant quitta ses épaules.

— J'ai préparé de la soupe. J'ai trouvé des herbes aromatiques dans les pots et farfouillé dans les réserves. Il n'y a pas beaucoup d'ingrédients alors elle est assez simple, cria-t-elle.

— Ça sent très bon. Merci beaucoup.

— Il faut bien se nourrir.

— Vous ne diriez pas ça si j'avais fait la cuisine.

Elle avait déjà mis la table, arrangeant les assiettes et les bols dépareillés de manière conviviale et ingénieuse. Sur la table se trouvaient aussi des bougies et une bouteille de vin qu'il avait rapportée de Dublin était ouverte sur le plan de travail.

Elle préparait des biscuits.

— Allena, ce n'était pas la peine de vous donner tout ce mal.

Elle lui servit du vin.

— Oh, j'aime bien faire la popote. Cuisiner est une sorte de passe-temps. En réalité, j'ai pris des cours. Je pensais devenir chef ou ouvrir mon propre restaurant.

— Et ?

— Il ne suffit pas de savoir cuisiner pour tenir un restaurant. Je ne suis pas douée pour les affaires. Quant à l'aspect purement créatif, je me suis rendu compte qu'un chef cuisine à peu près la même chose tous les soirs et à la commande, en fonction du menu. Alors c'est seulement l'un de mes nombreux loisirs. (Elle mit une plaque de biscuits au four.) Mais au moins, celui-là est utile. (Elle s'essuya les mains sur un torchon glissé à sa taille.) J'espère que vous avez faim.

Son grand sourire fit bondir son cœur.

— Je suis littéralement affamé.

— Tant mieux. Vous serez moins difficile.

Elle sortit une assiette de fromage et d'olives du réfrigérateur.

Alors qu'il aurait englouti la soupe à même la casserole, elle la servit dans un gros bol blanc. Elle avait déjà mis la main sur le ramequin en verre que sa mère avait jadis converti en beurrier et qu'il n'avait pas vu depuis des années. Elle disposa les biscuits dans un panier recouvert d'un torchon à carreaux bleus et blancs. Quand elle commença à servir la soupe, il posa la main sur les siennes.

— Je vais le faire. Asseyez-vous.

Le fumet aurait suffi à lui arracher des larmes de reconnaissance. À la première cuillerée de soupe aromatisée et épaissie par les morceaux de légumes, il ferma les yeux de plaisir.

Quand il les rouvrit, elle l'observait avec amusement.

— J'aime votre passe-temps. J'espère que tant que vous serez ici, vous vous sentirez libre de le pratiquer.

Elle choisit un biscuit et l'examina. Le voir sourire était si gratifiant.

— Très généreux de votre part.

— Je survis grâce à mes maigres talents depuis plusieurs mois. (Il soutint son regard.) Vous m'aidez à me rendre compte de tout ce que j'ai raté. Je suis un homme d'humeur changeante, Allena.

— Vraiment ?

Sa voix était si douce qu'il ne se sentit pas insulté. Il rit et continua à déguster la soupe.

— Les deux jours qui viennent promettent d'être animés.

5

Il dormit dans son atelier. C'était sûrement la solution la plus sage.

Le problème majeur était qu'il avait envie d'elle. Elle aurait certainement volontiers partagé son lit et se serait donnée à lui. Et il aurait préféré cela au lit de camp mal installé dans son espace de travail froid et étriqué, mais profiter de ses propensions romantiques aurait été malhonnête.

Elle aimait se croire amoureuse de lui.

C'était déroutant qu'une femme puisse prendre une telle décision et l'annoncer de but en blanc en si peu de temps. Mais Allena Kennedy n'était pas comme les autres femmes qu'il avait croisées dans sa vie. Elle avait une personnalité complexe. Il l'aurait facilement rangée dans la catégorie des femmes simples, presque imprudentes s'il s'en était tenu à sa première impression.

Mais ce n'était pas dans la nature de Conal. Il avait vite découvert en elle une profondeur, plusieurs facettes. Elle était attentionnée, bouillonnante, passionnée et compatissante. N'était-ce pas étrange qu'elle fût si peu consciente de ses qualités ?

Cette ignorance ne la rendait que plus adorable.

Sans réfléchir et malgré ses yeux irrités par le manque de sommeil, il commença à dessiner. Allena Kennedy de New York, l'électron libre d'une famille conformiste. La femme qui ne s'était pas encore trouvée mais qui s'adaptait parfaitement bien à l'endroit dans lequel elle avait atterri. Une femme moderne mais qui acceptait les contes magiques.

Non, ça allait plus loin que ça. Elle les embrassait. Comme si elle avait attendu qu'on lui expliquât enfin ce vers quoi elle tendait depuis toujours.

Cela, il ne le ferait pas. Il s'y refusait. Toute sa vie durant, on lui avait annoncé que ce jour viendrait. Il n'allait pas céder lâchement et renoncer à sa propre volonté. Il était revenu sur l'île, précisément à cette période, pour le prouver.

Et il pouvait presque entendre le destin ricaner.

D'un air renfrogné, il observa son dessin. Il représentait Allena, ses yeux en amande et ses traits fins, ses cheveux courts en pétard qui mettaient en valeur son visage anguleux et son cou allongé. Et dans son dos, il avait esquissé l'ombre de ses ailes de fée.

Elles lui allaient très bien. Et cela l'embêtait profondément.

Conal repoussa son carnet. Il avait du travail et il s'y mettrait après le petit déjeuner.

Le vent soufflait toujours. Le soleil matinal se faufilait entre les nuages et dansait sur l'eau. Le seul fracas provenait désormais des vagues qui s'écrasaient sur le rivage. Il aimait beaucoup observer le ressac lorsque la mer était changeante et capricieuse. Pendant ses années à Dublin, ce besoin d'eau, de ciel, de brutalité et de simplicité naturelle était resté inassouvi.

Il avait beau partir fréquemment, où qu'il aille, cet endroit continuait de l'attirer. Et il en serait toujours ainsi car son cœur et son âme étaient ici.

Il détourna son regard de la mer et la vit.

Elle était agenouillée dans le jardin, parmi les fleurs. Le soleil doux se reflétait dans ses cheveux. Son visage était tourné de l'autre côté, mais le souvenir qu'il en avait était précis. Elle avait certainement son air un peu rêveur, satisfait, pendant qu'elle arrachait les mauvaises herbes qu'il avait négligées.

Les fleurs paraissaient déjà plus gaies, comme si elles appréciaient l'attention qu'on leur accordait enfin.

De la fumée s'échappait de la cheminée et un balai était posé contre le mur. Elle avait trouvé un panier qu'il ignorait posséder et dans ce panier, elle lançait les herbes. Elle avait les pieds nus.

Une vague de chaleur incontrôlable s'insinua en lui et murmura *bienvenue* dans son oreille.

— Vous n'êtes pas obligée de faire ça.

Lorsqu'elle leva les yeux, elle avait effectivement l'air heureux.

— Elles en avaient besoin. Et j'aime les fleurs. J'ai des plantes partout chez moi mais ce jardin, c'est cent fois mieux. Je n'avais jamais vu de gueules-de-loup aussi grosses. Elles me font toujours penser à Alice.

Elle caressa la tige d'une fleur jaune doré du bout du doigt.

— Alice ?

— D'*Alice au pays des merveilles*. J'ai préparé du thé.

Elle se leva et fit la grimace en découvrant les genoux souillés de son pantalon.

— J'aurais dû faire plus attention. Surtout que ma garde-robe est assez modeste. Bon. Comment prenez-vous vos œufs ?

Il allait assurer qu'elle n'était pas obligée de lui préparer son petit déjeuner mais il se souvint de sa soupe délicieuse.

— Brouillés, ce serait parfait, si ce n'est pas trop vous demander.

— Très bien et c'est le moins que je puisse faire pour m'excuser de vous avoir chassé de votre lit.

En chemin vers la maison, elle se retourna. Elle avait un regard expressif et bienveillant.

— Vous auriez pu rester.

— Je sais.

Elle soutint son regard puis hocha la tête.

— J'ai trouvé du bacon dans le congélateur. Je l'ai sorti hier soir pour qu'il décongèle. Au fait, votre douche fuyait. Il fallait juste changer le joint.

Il s'arrêta sur le seuil et s'essuya les pieds, ce qu'il n'avait pas fait depuis des années.

— Vous avez réparé la douche ?

— Eh bien, ça fuyait, dit-elle en regagnant déjà la cuisine. Vous avez sûrement envie de prendre une douche. Je vais préparer le petit déjeuner.

Il se gratta la nuque.

— Je vous suis reconnaissant.

Elle coula un regard dans sa direction.

— Moi aussi.

Une fois seule, elle effectua une petite danse et serra ses bras autour d'elle. Elle adorait cette maison. C'était comme dans les livres d'histoires pour enfants et elle était en plein dedans. Elle s'était réveillée à moitié convaincue que tout n'était qu'un rêve. Mais ensuite elle avait ouvert les yeux dans la pièce baignée d'une lumière douce, senti l'odeur discrète de la fumée émanant des braises et de la bruyère à côté du lit.

C'était un rêve. Le rêve le plus merveilleux, le plus réel qu'elle ait jamais fait. Et elle allait le faire durer.

Il ne voulait ni de ce rêve ni d'elle. Mais ça pouvait changer. Il lui restait deux jours pour ouvrir son cœur. Comment celui de Conal pouvait-il rester fermé alors que le sien était si plein ? L'amour ne ressemblait pas à l'image qu'elle en avait.

C'était beaucoup plus brillant.

Elle avait besoin d'espérer, de croire qu'au cours des jours suivants il se réveillerait en éprouvant la même chose qu'elle.

L'amour était tellement immense qu'il emplissait de lumière chaque espace intérieur. Il n'y avait plus de place pour les ombres et les doutes.

Elle était amoureuse, de l'homme, de l'endroit, de l'avenir qui les attendait. Il ne s'agissait pas d'un élan passager, même si ça en avait le côté exaltant. Mais ce sentiment allait de pair avec l'apaisement charmant et stable, celui que l'on éprouve quand on se sent bien et que l'on sait pourquoi. Et elle voulait qu'il ressente la même chose.

Pour une fois dans sa vie, elle se promit de réussir. Les yeux fermés, elle toucha l'étoile qui pendait entre ses seins.

— Je vais tout faire pour que ça marche, murmura-t-elle.

Heureuse, elle soupira et prépara le petit déjeuner.

Il se sentait désarçonné. Il n'aurait pas su dire dans quel état la salle de bains était auparavant, mais elle n'était certainement pas rutilante. Il y avait peut-être déjà des serviettes propres la dernière fois. Mais rien n'était moins sûr. Il n'y avait pas de fleurs disposées dans des bouteilles sur le rebord de la fenêtre.

La douche gouttait, il s'en souvenait. Il avait prévu de la réparer.

Il était conscient que c'était merveilleux de se doucher et de se raser dans une pièce où la porcelaine brillait et où l'air embaumait discrètement le citron et les fleurs.

Pour toutes ces raisons, il céda à la culpabilité et essuya tout derrière lui. Il mit sa serviette à sécher au lieu de la jeter sur le sol.

Dans la chambre, elle avait également laissé son empreinte. Le lit était fait, les oreillers tapotés. Elle avait ouvert la fenêtre en grand pour faire entrer le soleil et l'air frais. Cela l'aida à prendre conscience qu'il avait trop longtemps vécu dans la poussière et l'obscurité.

Quand il ressortit de la chambre, elle chantait dans la cuisine. Une jolie voix. Et les odeurs qui lui chatouillaient les narines étaient celles de son enfance. Le pain grillé, le bacon frit.

Il reconnut le bourdonnement typique de la machine à laver en plein essorage.

— Depuis combien de temps êtes-vous debout ? demanda-t-il, stupéfait.

Elle lui tendit une tasse de thé par-dessus le plan de travail.

— Je me suis réveillée à l'aube. C'était tellement magnifique que je n'ai pas réussi à me rendormir. Je me suis occupée.

— Vous avez un don particulier pour rester active.

— Mon père appelle ça de l'énergie nerveuse. Oh, j'ai laissé sortir Hugh. Il a bondi vers la porte dès que j'ai posé le pied par terre. Je me suis dit que c'était son habitude.

— Il aime se balader dans le coin le matin. C'est comme ça que les chiens s'occupent, j'imagine.

Elle rit en déposant ses œufs dans une assiette.

— Il est de merveilleuse compagnie. Je me sentais très en sécurité et à l'aise avec lui couché au pied du lit, la nuit dernière.

— Il m'a abandonné pour une jolie fille. (Il s'assit et lui prit la main.) Où est votre assiette ?

— J'ai déjà mangé. Je vais vous laisser déjeuner tranquillement. Mon père déteste discuter pendant le petit déjeuner. Je vais étendre le linge.

— Je ne suis pas votre père. Asseyez-vous, d'accord ? S'il vous plaît.

Il attendit qu'elle s'installât et pour la première fois, il remarqua qu'elle entrelaçait nerveusement ses doigts. Que lui arrivait-il ?

— Allena, pensez-vous que je m'attende que vous preniez soin de moi ? Que vous cuisiniez, me serviez et fassiez le ménage ?

— Non, bien sûr que non. (Sa voix et ses yeux retrouvèrent un peu de légèreté.) J'ai dépassé les bornes. Je fais toujours ça. Je n'ai pas réfléchi.

— Ce n'est pas ce que je voulais dire. Pas du tout.

Grâce à son sens de l'observation, utile à son talent artistique, il voyait combien ses épaules, son corps entier étaient tendus.

— Que faites-vous ? Vous attendez que je vous fasse la morale ? (Il secoua la tête et commença à manger.) Ils ont fait tout ce qu'ils ont pu pour vous brimer, on dirait. Pourquoi les gens sont-ils prêts à tout pour modeler les autres à leur image ? Je veux seulement dire que vous n'êtes pas obligée de cuisiner pour moi ni de récurer ma salle de bains. Tant que vous êtes ici, faites ce qui vous plaît.

— Je crois que c'est ce que je fais.

— Très bien. Vous ne m'entendrez plus me plaindre. Je ne sais pas ce que vous avez fait avec ces modestes œufs, si ce n'est un tour de magie.

Elle se détendit de nouveau.

— J'ai ajouté du thym et de l'aneth que j'ai cueillis dans votre coin potager très négligé. Si j'avais une maison, je planterais des herbes aromatiques et des fleurs. (Elle l'imagina, le menton calé sur son poing.) Un chemin en pierre au milieu du jardin et un petit banc pour s'asseoir et le contempler. Ce serait mieux qu'il soit au bord de la mer pour que je puisse entendre les vagues comme ici, hier soir. Leurs battements, comme un cœur accéléré.

Elle revint à la réalité en clignant des yeux et s'aperçut qu'il la regardait fixement.

— Quoi ? Je rêvais encore tout haut.

Elle voulut se lever mais il lui prit la main pour la seconde fois.

— Venez avec moi.

Il se leva et l'invita à le suivre.

— La vaisselle...

— ... peut attendre. Pas ce que j'ai à vous montrer.

Il avait commencé l'esquisse dès le réveil. Dans sa tête, son œuvre était achevée. Dans un élan d'énergie, il sortit rapidement de la maison et marcha vers son atelier. Elle dut courir pour le suivre.

— Conal, doucement. Je ne vais pas disparaître.

L'ignorant, il ouvrit la porte et la tira à sa suite.

— Restez près de la fenêtre.

Elle entrait déjà, les yeux écarquillés avec un plaisir évident.

— Vous êtes un artiste. C'est merveilleux. Vous sculptez.

La pièce unique était aussi vaste que la pièce de vie de la maison. Et beaucoup plus remplie. Au milieu, la table de travail débordait d'outils, de cailloux et de pots d'argile. Des carnets de croquis étaient éparpillés dans tout l'espace. Certaines œuvres s'entassaient sur les étagères et les guéridons. Des créatures mystiques et magiques qui dansaient et volaient.

Une sirène bleue se coiffait sur un rocher. Un dragon blanc crachait du feu. Des fées au visage malicieux, pas plus grandes que le pouce, formaient une ronde. Un sorcier presque aussi grand qu'elle tendait les bras vers le ciel et pleurait.

— Ils sont tous tellement vivants, réalistes.

Sans pouvoir s'en empêcher, elle passa le doigt sur la longue chevelure de la sirène.

— J'ai déjà vu ça, murmura-t-elle. Pas exactement comme ça, mais la même impression. En bronze. Dans une galerie new-yorkaise.

Elle se tourna vers lui. Il tournait impatiemment les feuilles d'un carnet de croquis.

— J'ai vu votre travail à New York. Vous devez être connu.

Il répondit d'un grognement.

— Je voulais l'acheter. La sirène. J'étais avec ma mère et je n'ai pas pu parce qu'elle m'aurait rappelé que je ne pouvais pas me le permettre. J'y suis retournée le lendemain parce que je n'arrêtais pas d'y penser mais elle était déjà vendue.

— Devant la fenêtre, face à moi.

— C'était il y a deux ans et j'ai pensé à elle des dizaines de fois depuis. C'est incroyable que ce soit votre œuvre, non ?

Jurant à voix basse, il alla vers elle et la plaça devant la fenêtre.

— Levez la tête, comme ça. Ne bougez plus. Et taisez-vous.

— Vous allez me dessiner ?

— Non, je vais construire un bateau. Évidemment, je vous dessine. Maintenant restez immobile pendant une minute.

Elle se tut, mais sans pouvoir contrôler le grand sourire qui faisait trembler ses lèvres. Et ça, c'était précisément ce qu'il voulait. Cette note d'humour, d'énergie, de ravissement personnel.

Il allait la sculpter dans l'argile et façonner un moulage en bronze. Une œuvre brillante, dorée, chaude au toucher. Elle n'était pas faite pour la pierre ni le bois. Il réalisa trois études de son visage, se déplaçant autour d'elle pour varier les angles. Puis il baissa son carnet.

— J'ai besoin de votre silhouette. Les grandes lignes de votre physionomie. Déshabillez-vous.

— Quoi ?

— J'ai besoin de voir comment vous êtes faite. Les vêtements vous cachent.

— Vous me demandez de poser nue ?

Il se força à s'arracher de son projet pour la regarder dans les yeux.

— Si c'était une question de sexe, je n'aurais pas dormi sur ce lit trop dur, la nuit dernière. Vous avez ma parole que je ne vous toucherai pas. Mais je dois vous voir.

— Si c'était une question de sexe, je serais moins nerveuse. D'accord. (Elle ferma un instant les yeux, rassemblant son courage.) Je suis comme une corbeille de fruits, se dit-elle en déboutonnant sa chemise.

Quand elle l'enleva, la plia et la posa sur le côté, Conal arqua un sourcil.

— Non, vous êtes comme une femme. Si je voulais une corbeille de fruits, j'irais en chercher une.

6

Elle était mince, presque angulaire et parfaite. Concentré, il ouvrit son carnet sur une page blanche et se lança.

— Non, ne baissez pas la tête, ordonna-t-il, vaguement irrité qu'elle ne se tînt pas exactement comme il le désirait. Gardez les bras en arrière. Juste un peu plus. Les mains tournées vers le bas, paumes à plat. Non, vous n'êtes pas un fichu pingouin. Écartez un peu plus les doigts. Voilà.

Il remarqua sa peau rougissante, la raideur de ses mouvements. Idiot, se réprimanda-t-il en ravalant un soupir. Bien sûr, elle était nerveuse et gênée. Et il n'avait rien fait pour la mettre à l'aise.

Il avait pris l'habitude de travailler avec des modèles professionnels qui se déshabillaient sans aucune gêne. Comme elle aimait parler, il allait la faire parler.

— Parlez-moi des cours que vous avez pris.
— Quoi ?
— Les cours. Vous avez dit que vous aviez pris des leçons dans différents domaines. Qu'avez-vous étudié ?

Elle pinça les lèvres, se retint de céder à l'impulsion de cacher sa poitrine.

— Je croyais que je ne devais pas parler.
— Maintenant vous pouvez.

Elle perçut son exaspération dans sa voix et leva les yeux au ciel. La croyait-il capable de lire dans ses pensées ?

— J'ai pris des cours de dessin.

— Vraiment ? Tournez-vous légèrement vers la droite. Et qu'est-ce que ça vous a appris ?

— Que je ne suis pas une artiste. (Elle eut un petit sourire.) Il paraît que j'ai l'œil pour les couleurs et les formes, un bon sens esthétique mais aucun don pour l'exécution.

Oui, c'était mieux quand elle parlait. Son visage gagnait en mobilité. Il était de nouveau vivant.

— Et ça vous a découragée ?

— Pas vraiment. Il m'arrive de dessiner, quand je suis d'humeur.

— Un autre passe-temps ?

— J'en ai plein. La musique aussi. J'ai pris des cours de musique.

Elle était plus décontractée, moins sur la défensive.

— De quel instrument jouez-vous ?

— De la flûte. Je suis assez douée, toutefois je n'intégrerai jamais le Philharmonique.

Elle haussa les épaules et il faillit lui ordonner de ne pas modifier la ligne de son buste.

— J'ai suivi une formation en programmation informatique, une pure perte de temps. Comme l'école de commerce, pour l'essentiel, c'est d'ailleurs ce qui a sabordé mon projet d'ouvrir une petite boutique d'artisanat. Je pourrais m'occuper de la partie artisanale, mais pas de l'aspect commercial.

Son regard fut de nouveau attiré par la sirène. Elle la convoitait, pas seulement l'œuvre, mais aussi le talent et la vision qui l'avaient créée.

— Mettez-vous sur la pointe des pieds. Comme ça, charmant. Restez comme ça une minute. Pourquoi ne prenez-vous pas un associé ?

— Pour quoi faire ?

— Pour la boutique, si c'est ce que vous voulez. Quelqu'un qui aurait la bosse des affaires.

— Principalement parce que j'ai suffisamment le sens des affaires pour savoir que je n'aurai jamais les moyens de louer un local à New York, ni de payer les frais nécessaires pour monter une boîte. (Elle bougea une épaule.) Les frais généraux, l'équipement, le stock. Tenir un commerce est une longue histoire stressante. C'est ce que Margaret dit toujours.

L'inestimable Margaret qu'il détestait déjà.

— Pourquoi tenez-vous compte de ce qu'elle dit ? Je ne suis pas d'accord. Ce n'est pas tout à fait vrai. Tournez-vous. Vous avez un joli dos.

— Ah, bon ?

Surprise, elle tourna la tête vers lui.

— Ah ! Restez dans cette position. Baissez un tout petit peu le menton vers votre épaule et continuez de me regarder.

C'était exactement ce qu'il voulait. Il n'y avait plus de timidité. Mais la coquetterie, c'était entièrement différent. Il y avait un peu de ça dans sa façon de lever les yeux vers lui, dans l'inclinaison de sa tête. Avec une touche d'arrogance dans la légère courbe de ses lèvres.

Allena des Fées, se dit-il, impatient de la modeler dans l'argile. Il arracha les pages du carnet et les accrocha au mur.

— Je ferai du meilleur travail avec vous et les croquis en parallèle. Reposez-vous un instant pendant que je prépare l'argile.

En passant, il toucha son épaule par inadvertance.

— Mais vous avez froid. Pourquoi n'avez-vous rien dit ?

Elle se tourna lentement vers lui.

— Je n'avais pas remarqué.

— Je n'ai pas pensé à entretenir le feu.

Sa main survolait son épaule, ses doigts retraçant son omoplate, là où il imaginait ses ailes.

— Je vais le rallumer.

Tout en parlant, il se pencha vers elle et la regarda dans les yeux. Lorsqu'elle entrouvrit les lèvres, il sentit son haleine le frôler.

Il s'écarta brusquement comme s'il s'extirpait d'un rêve. Il leva prudemment les mains.

— J'ai dit que je ne vous toucherais pas. Je suis désolé.

La vague de plaisir anticipé qui l'envahissait se brisa, puis disparut. Il prit une couverture sur le lit de camp.

— Je regrette. Que vous soyez désolé, je veux dire.

Ils se tenaient de part et d'autre de la table. La couverture entre les mains, il avait l'impression de se noyer. Il ne percevait plus ni timidité ni coquetterie en elle à présent. Mais il y avait de la patience et une promesse.

— Je ne veux pas que vous ayez ce besoin. Vous comprenez ?

Elle était à nu à présent, et pas seulement physiquement.

— Vous voudriez que j'acquiesce. Ce serait plus facile si je disais que je comprends. Mais je ne peux pas, je ne comprends pas. Je veux ce désir, Conal. Et je vous veux.

— Un autre lieu, un autre moment, murmura-t-il. Il n'y aurait rien à comprendre. Un autre lieu, un autre moment et je le voudrais aussi.

— C'est ici et maintenant. C'est à vous de choisir, dit-elle posément.

Il voulait en être sûr, savoir qu'il n'y avait rien d'autre qu'elle.

— Vous voulez bien l'enlever ?

Elle posa la main sur son pendentif, son dernier rempart. Sans un mot, elle passa la chaîne par-dessus sa tête et le posa sur la table.

— Vous croyez que je vais changer d'avis sans mon pendentif ?

— Il n'y a plus de magie entre nous maintenant. Nous ne sommes plus qu'un homme et une femme. (Il marcha vers elle et l'enveloppa dans la couverture.) C'est autant votre choix que le mien, Allena. Vous avez le droit de refuser.

Elle posa les mains sur ses épaules, rapprocha ses lèvres des siennes.

— Alors... j'ai également le droit d'accepter.

Elle réduisit l'infime distance qui les séparait en pressant son corps contre le sien. Et elle laissa tomber la couverture en enroulant les bras autour de lui.

Elle se donna entièrement. Elle partagea tout son amour, si nouveau dans son cœur. À l'abri dans ses bras, ses lèvres le séduisaient, ses mains l'apaisaient.

Elle avait pris sa décision, mais il hésitait encore. Il pouvait s'écarter et refuser. Ou se rapprocher et prendre ce qu'elle lui offrait. Avant que son corps ne décide pour lui, avant d'être dominé par le désir et la chaleur, il prit son visage entre ses mains et la regarda dans les yeux.

— Sans aucune promesse, Allena.

Il souffrait. Elle voyait l'inquiétude assombrir ses yeux. Elle espérait trouver le moyen de le réconforter. Par ses caresses et surtout par sa sincérité.

— Et sans regret.

Ses pouces caressaient ses joues et retraçaient les reliefs de son visage avec la même habileté que lorsqu'il l'avait dessiné sur le papier.

— Alors ne soyons plus qu'un.

Le lit de camp était dur et étroit, mais pour eux, il s'agissait d'un lit de pétales de roses. Il faisait frais et l'air était encore humide après la tempête mais elle avait chaud lorsqu'il s'allongea sur elle.

Ici. Enfin.

Il savait qu'il avait de grandes mains, des paumes rugueuses de sculpteur, souvent brutales. Mais avec elle, il allait être délicat, il n'allait pas précipiter le moment de leur union. Il la toucha délicatement, goûtant le plaisir de sentir dans ses mains ce corps qu'il avait esquissé. De longs membres, une ossature fine, une peau blanche et douce. Son soupir était comme une musique et la chanson portait son nom.

Elle lui enleva son pull, soupira de nouveau lorsqu'ils furent peau contre peau et murmura encore son nom contre la veine qui battait dans sa gorge. Par ces simples gestes, elle lui donnait la douceur qu'il s'était refusée. Il offrit toute sa tendresse en retour.

Étendue sous lui, elle se mouvait comme s'ils avaient répété cette danse depuis toujours. Elle ondulait avec et contre lui, fluide et forte à présent. Et son pouls qui s'accélérait peu à peu se confondait avec celui de Conal.

Elle sentait le savon et avait une saveur aussi pure que la pluie.

Il la regardait se soulever à sa rencontre, redevenir la fée qui s'élevait d'un seul battement d'ailes. Lorsqu'elle atteignit le sommet du plaisir, elle ouvrit les yeux et le regarda. Et elle sourit.

Personne ne lui avait fait vivre de telles émotions, ni montré autant de générosité. Son corps frémissait d'excitation et dans son cœur battait la joie infinie d'avoir trouvé enfin sa place.

Le dos cambré, elle s'ouvrit pour lui. Tandis qu'il s'insinuait en elle, elle fut saisie par la beauté et la puissance de l'acte.

Pendant qu'ils se possédaient, ils ne remarquèrent pas que l'étoile gravée dans l'argent brillait d'un bleu incandescent.

Elle était à présent blottie dans ses bras. La joue posée contre son torse, elle écoutait avec attendrissement son cœur battre la chamade. Une sorte de rage sommeillait en lui, bien qu'il eût été le plus tendre des amants.

Aucun homme ne pouvait faire preuve d'autant d'attention sans avoir un minimum de tendresse au fond de lui. Et ça, c'était suffisant, se dit-elle en fermant les yeux.

— Tu as froid, murmura-t-il.
— Non.

Elle se pelotonna contre lui. Elle préférait être transie de froid que de le laisser bouger. Elle leva la tête pour lui adresser un grand sourire.

— Allena Kennedy. Tu as l'air contente de toi, dit-il en promenant les doigts dans sa nuque.
— Je suis contente de moi. Ça t'ennuie ?
— Je serais insensé si ça me dérangeait.

Elle lui embrassa le menton, un geste tendre et simple qu'il trouva touchant.

— Et Conal O'Neil n'est pas insensé. Enfin, je crois.

Elle pencha la tête sur le côté.

— Si nous ne pouvons pas aller au-delà d'un certain point ni marcher jusqu'au village, ne serait-ce pas logique que personne ne puisse venir jusqu'à nous ?
— J'imagine.
— Alors faisons quelque chose d'insensé. Allons nager nus dans la mer.
— Tu veux nager nue dans la mer ?
— J'en ai toujours eu envie. Je viens juste de m'en rendre compte. (Elle se leva du lit et le tira par la main.) Viens faire quelque chose d'insensé avec moi, Conal.
— *Leannan*, la première vague t'aplatira.
— Sûrement pas.

Leannan. Elle ignorait ce que ça signifiait mais ce mot était doux et il lui donnait envie de danser. Elle se passa les mains dans les cheveux et une lueur de défi s'alluma dans ses yeux.

— Le premier arrivé a gagné !

Elle détala comme un lapin, le poussant à bondir du lit.

— Attends. Arrête, la mer est trop déchaînée pour toi.

Un squelette d'oiseau, se dit-il en attrapant la couverture au passage. Quelques minutes suffiraient pour lui briser les os

Non, tout compte fait, elle ne ressemblait pas à un lapin. Elle courait plutôt comme une gazelle, par longues enjambées sautillantes qui l'amenèrent rapidement devant les vagues écumeuses. Il l'appela en courant pour la rattraper. Son cœur s'arrêta net quand elle plongea sous un haut mur de vagues.

— Doux Jésus.

Il était toujours immobile sur la plage lorsqu'elle ressurgit à la surface en riant.

— Elle est froide !

Elle luttait pour rejoindre les eaux peu profondes en lissant ses cheveux en arrière. Elle releva le visage en levant les bras. Pour la seconde fois, son cœur se figea mais à présent, il ne s'agissait plus d'inquiétude.

— Tu es une vision, Allena.

— On ne me l'avait jamais dit. (Elle lui tendit la main.) Personne ne m'avait jamais regardée comme toi. Jette-toi dans la mer avec moi.

Ça faisait bien trop longtemps qu'il n'avait pas fait quelque chose d'insensé.

— J'arrive.

La puissance du ressac les projeta l'un contre l'autre. La mer les aspirait dans un monde aveugle et tonitruant. Le tumulte était libérateur, comme un défi audacieux adressé au destin. Enlacés, ils tournoyaient dans les rouleaux.

À bout de souffle, ils se relevaient et replongeaient. Elle ne criait pas de peur mais de victoire lorsque, agrippée à lui, elle était de nouveau projetée hors de l'eau.

— Nous allons nous noyer par ta faute ! cria-t-il avec une lueur malicieuse et amusée dans les yeux.

— Mais non. Je ne peux pas. Aujourd'hui, c'est la journée des émerveillements. Encore une fois. (Elle noua les bras autour de son cou.) Plongeons encore, une dernière fois.

Pour sa plus grande joie, il la souleva et plongea avec elle dans la première vague qui s'élevait devant eux.

Ils sortirent de l'eau main dans la main en titubant et en haletant.

— Tu claques des dents.

Elle se recroquevilla dans la couverture qu'il enroula autour d'eux.

— Je sais. J'adore ça. Je n'avais jamais rien fait de pareil. Tu as déjà dû le faire des dizaines de fois.

— Pas avec quelqu'un comme toi.

C'était la réponse qu'elle voulait entendre. Serrée fermement contre son cœur, elle écouta avec délices ces mots résonner dans sa tête.

— Que veut dire *leannan* ?

— Comment ?

La tête posée sur son épaule, elle enlaçait sa taille. Il était profondément paisible à présent.

— Leannan. Tu m'as appelée comme ça, je me demandais ce que ça voulait dire.

Tandis qu'il caressait ses cheveux, sa main s'immobilisa.

— C'est un mot assez courant, dit-il prudemment. Un petit mot tendre, rien de plus. « Chérie » est ce qui s'en rapproche le plus.

— Je l'aime bien.

Il ferma les yeux.

— Allena, tu te contentes de si peu !

Mais elle espérait beaucoup.

— Ne t'inquiète pas, Conal. Bon, avant que nous ne devenions bleus, je vais préparer du thé pendant que tu fais un feu. (Elle l'embrassa.) Mais avant ça, je vais ramasser quelques coquillages.

Elle lui échappa en se tortillant. La couverture dans les mains, il secoua la tête. La plupart des coquillages dispersés sur cette plage avaient été brisés par les vagues mais cela ne semblait pas la perturber. Il la laissa à sa tâche et alla se rhabiller dans son atelier.

Lorsqu'il revint pour l'aider à enfiler son pull et son pendentif, elle avait une pile de coquillages entre les mains.

— Je ne le porte pas s'il te dérange.

D'un geste délibéré, comme pour défier le destin, il le lui accrocha autour du cou.

— Il est à toi. Et mets ça avant d'être gelée.

Elle s'emmitoufla dans son pull, puis s'accroupit pour déposer les coquillages dans la couverture.

— Je t'aime, Conal, avec ou sans le pendentif. Et comme t'aimer me rend heureuse, tu ne devrais pas t'alarmer.

Elle se leva.

— Ne gâche pas tout, chuchota-t-elle. Profitons d'aujourd'hui. Demain est un autre jour.

Il lui baisa la main.

— Très bien. Finalement, je vais te faire une promesse.

— Volontiers.

— Toute ma vie je chérirai le souvenir de cette journée. Et toi aussi.

7

Elle dénicha un vieux jean qui appartenait à Conal, un bout de ficelle effilochée et se mit au travail armée d'une paire de ciseaux. Elle avait l'air d'une naufragée dans sa création vestimentaire composée d'un jean raccourci, d'une ceinture de fortune et d'un sweat-shirt ample, mais c'était toujours une tenue.

Il avait insisté pour préparer le thé ; elle partit étendre le linge en rêvassant.

La vie pourrait être ainsi. De longues journées merveilleuses passées à deux. Conal travaillerait dans son atelier et elle s'occuperait de la maison, du jardin et... des enfants, le moment venu.

Elle peindrait les volets et le petit porche à l'arrière. Elle bâtirait une tonnelle devant la maison et planterait des roses – ce serait les seules roses du jardin – qui grimperaient le long du treillage, s'emmêleraient et se chevaucheraient. Chaque fois qu'elle rentrerait chez elle, ce serait comme pénétrer dans un conte de fées.

Et ce serait *son* conte de fées, *pour toujours*.

Bien entendu, il faudrait ajouter des pièces pour les enfants. Un autre étage, probablement, avec des lucarnes. Une deuxième salle de bains, une plus grande cuisine, mais rien qui altère l'âme de la charmante petite maison en bord de mer.

Elle préparerait de succulents repas, nettoierait les vitres afin qu'elles soient toujours étincelantes, coudrait des rideaux qui flotteraient dans le vent.

Tout en accrochant un drap mouillé, elle se figea en pensant à sa mère. Elle serait consternée si elle pouvait lire dans ses pensées. Les tâches ménagères revenaient selon elle aux employés puisque les femmes avaient une carrière. Une vie professionnelle... dans un domaine ou un autre.

Évidemment, ce n'est qu'un fantasme, se dit-elle. Elle devait trouver un moyen de gagner sa vie. Mais elle s'occuperait de ça plus tard. Pour l'instant, elle comptait savourer pleinement ce moment, son enthousiasme palpitant d'amoureuse, cette attente délicieuse d'être aimée en retour.

Ce jour leur appartenait. Quoi qu'il advienne, elle ne regretterait rien.

Une fois le linge étendu, elle cala la panière sur sa hanche et vit Hugh descendre de la colline.

— Tiens, tu as décidé de rentrer. Qu'as-tu trouvé ?

Elle écarquilla les yeux en reconnaissant l'objet marron qu'il tenait dans sa gueule.

— Mon sac !

Elle lâcha la panière et courut à sa rencontre. Hugh, d'humeur joueuse, se mit à courir autour d'elle.

Conal les observait depuis le perron. Le thé infusait et il était sorti l'appeler mais il se contenta de rester immobile.

Les draps s'agitaient comme les voiles d'un bateau dans le vent. Il sentait leur parfum frais et humide et ceux, plus discrets, du romarin et de la citronnelle qui provenaient du potager qu'elle avait désherbé dans la matinée. Elle éclata de rire, un rire franc et joyeux, tout en courant avec le chien.

Elle flottait dans son vieux jean délavé, même après l'avoir coupé au-dessus du mollet. Elle avait enroulé et remonté les manches de son pull mais dans sa course avec Hugh, elles étaient redescendues et lui recouvraient à présent les mains. Elle était restée pieds nus.

Le spectacle qu'elle offrait était un ravissement. Depuis quand avait-il cessé de laisser le bonheur entrer dans sa vie ? L'ombre de sa destinée s'était allongée d'année en année, il s'était réfugié en dessous en se pensant à l'abri.

Il n'avait laissé personne le toucher et seul son travail avait compté dans sa vie. Il avait pris ses distances avec son père et sa maison. C'étaient ses choix, son droit. En regardant Allena jouer au tir à la corde avec le gros chien, dans le jardin baigné de soleil, sur ce fond de draps blancs qui battaient dans le vent, il se demandait pour la première fois à côté de quoi il était passé.

Et pourtant, quoi qu'il ait raté, elle était là.

Le pendentif était là.

Le solstice approchait.

Il pouvait le refuser. S'y opposer. Peu importe l'effet que lui faisait cette femme. À la fin de la journée la plus longue de l'année, ce serait à lui de décider de son propre destin.

En aucun cas il ne laisserait la magie forcer ses choix ; sa volonté était la clé de sa vie.

Il vit Allena tirer jusqu'à ce que Hugh lâchât prise. Elle partit à la renverse en serrant un objet contre sa poitrine et retomba lourdement sur le dos. Inquiet, Conal traversa précipitamment le jardin, le temps d'un unique battement de son cœur.

— Tu t'es fait mal ?

En gaélique, il cracha un ordre au chien. Hugh baissa honteusement la tête.

— Pas du tout.

Elle voulut se redresser mais Conal la prit dans ses bras et caressa ses cheveux, il lui murmura des mots agréables en gaélique. Ils sonnaient comme des mots d'amour. Elle sentit son cœur fondre lentement.

— Conal.

— Cette sale bête doit être plus lourde que toi et tu as des os aussi fins que ceux d'un oisillon.

— Ce n'était qu'un jeu. Regarde, tu as fait de la peine à Hugh. Viens là, mon bébé, ce n'est pas grave.

Le regard noir, Conal s'assit sur ses talons pendant qu'elle câlinait le chien contre sa poitrine.

— Tout va bien. Il ne voulait pas être méchant, même si je n'ai rien compris à ce qu'il a dit. Pas vrai, Conal ?

Conal surprit le regard en biais du chien et dut reconnaître qu'il avait l'air suffisant.

— C'est vrai.

Elle rit en embrassant Hugh sur le museau.

— Quel chien intelligent ! Tu es un bon chien. Il a trouvé mon sac et l'a rapporté. Et moi, j'ai vraiment la tête en l'air. Je l'avais complètement oublié.

Conal examina le sac démesuré. Il était mouillé, sale et percé de marques de dents. Cela ne semblait pas l'embêter le moins du monde.

— Il a souffert.

— J'ai dû le perdre pendant l'orage. Il ne manque rien. Mon passeport, mes cartes bancaires, mon billet d'avion. Tout est dedans. Même mon maquillage. (Ravie d'avoir retrouvé son rouge à lèvres, elle pressa le sac contre sa poitrine.) Et quelques dizaines d'autres choses. Dont mon exemplaire de l'itinéraire de Margaret. Penses-tu que le téléphone soit de nouveau en service ?

Sans attendre de réponse, elle se leva d'un bond.

— Je vais téléphoner à son hôtel pour lui dire que je vais bien. Elle doit être dans tous ses états.

Elle rentra promptement, son sac à la main et Conal resta assis.

Il ne voulait pas que le téléphone fonctionnât. Et il ne voulait pas que cela fasse éclater leur bulle. Cette prise de conscience le troubla. Elle avait saisi avec empressement la première occasion de quitter leur monde.

Ce n'était pas si surprenant. Il pressa ses paupières du bout des doigts. N'aurait-il pas fait la même chose ? Elle avait une vie en dehors de cette île, de lui. Leur aventure l'en avait détournée quelque temps et il avait lui-même failli se prendre au jeu. Elle allait partir, tourner la page. C'était logique. Et c'est ce qu'il voulait.

Mais lorsqu'il se décida à la rejoindre, il éprouva une nouvelle douleur.

— J'ai réussi à joindre l'hôtel.

Allena lui lança un sourire radieux. Appuyée contre le plan de travail de la cuisine, ses affaires personnelles éparpillées sur la table, elle tenait le téléphone à la main.

— Elle est arrivée et ils vont appeler sa chambre. J'espère seulement qu'elle n'a pas téléphoné à mes parents. Je n'aimerais pas qu'ils... Margaret ! Je suis si contente que tu...

Interrompue, son regard s'assombrit avant qu'elle ne reprenne.

— Oui, je sais. Je suis sincèrement désolée. J'ai raté le bac et...

Sans un mot, il passa à côté d'elle et sortit des tasses. Il n'avait pas l'intention de lui accorder un moment d'intimité.

— Oui, tu as raison, c'était irresponsable. Inexcusable, oui, aussi, de te laisser tomber à la dernière minute... J'ai essayé de...

Il vit ses épaules d'affaisser et son visage se fermer. Elle renonçait.

— Je comprends. Non, bien entendu, je ne peux pas m'attendre que tu me gardes après ça. Oh, oui, je sais que tu m'as fait une faveur en m'embauchant. Tu as été très claire sur ce point. Je suis désolée de t'avoir fait faux bond. Oui, encore désolée.

Le nuage terne de l'échec l'enveloppait, empli de honte, de lassitude, de résignation. Elle ferma les yeux.

— Non, Margaret, les excuses ne comptent pas quand les gens dépendent de toi. As-tu téléphoné aux parents ? Non, tu as raison. Pour quoi faire ?

— Quelle garce, grommela Conal.

Au tour de Margaret de s'en prendre plein les oreilles, décida-t-il en arrachant le combiné des mains d'Allena. Mais il n'entendit que le bourdonnement de la tonalité. Il avait perdu la cible de sa colère.

— Elle était pressée. Le planning. Je devrais... excuse-moi, bredouilla Allena.

— Non, sûrement pas.

Il la prit fermement par les épaules pour l'empêcher de s'enfuir. Il y avait des larmes sur ses cils. Il aurait aimé pouvoir tordre le cou à Margaret.

— Je refuse que tu te morfondes dans ton coin. Pourquoi l'as-tu laissée faire ?

— Elle a raison. J'ai été irresponsable. Elle a toutes les raisons de me renvoyer. Si ma famille n'avait pas insisté, elle ne m'aurait jamais engagée.

— La pression familiale ? Tu parles ! Était-elle inquiète, comme un membre de ta famille devrait l'être ? A-t-elle demandé si tu allais bien ? Ce qui t'était arrivé ? Où tu étais ? T'a-t-elle demandé une seule fois pourquoi ?

— Non.

La larme qu'il aperçut sur sa joue raviva sa colère.

— Pourquoi n'es-tu pas en colère ? demanda-t-il.

Elle essuya sa joue d'un geste las.

— Qu'est-ce que ça m'apporterait ? Je me suis mise toute seule dans cette situation. Je ne tiens pas à ce travail. C'est le cœur du problème, il ne me plaît pas. Je ne l'aurais pas accepté si j'avais eu le choix. Margaret a probablement raison. J'ai volontairement tout bousillé.

— Margaret est une garce.

Elle esquissa un petit sourire tremblotant.

— Non, vraiment, tu ne peux pas dire ça. Elle est seulement très rigoureuse et concentrée sur ses objectifs. Bon, inutile de pleurnicher. (Elle lui tapota la main et alla servir le thé.) Je téléphonerai à mes parents quand je serai un peu calmée et j'expliquerai... oh, mon Dieu.

Les mains sur le comptoir, elle ferma les yeux.

— Je ne supporte pas de les décevoir. Encore et encore, comme un cercle vicieux dont je n'arrive pas à sortir. Si seulement je pouvais faire quelque chose de ma vie, être douée pour quelque chose.

Secouant la tête, elle sortit le reste de soupe du réfrigérateur pour le réchauffer.

— Tu n'imagines pas à quel point j'envie ton talent et ton assurance. Ma mère dit souvent que si j'arrivais à concentrer mon énergie sur une seule activité au lieu de l'éparpiller dans tous les sens, je dépasserais le stade de la médiocrité.

— Elle devrait avoir honte de dire une chose pareille à sa fille.

Surprise par la violence de son ton, elle se retourna.

— Elle ne l'entendait pas de cette façon. Tu dois comprendre qu'ils sont tous intelligents, brillants et investis dans leurs carrières. Mon père dirige un service de chirurgie, ma mère est associée dans l'un des plus prestigieux cabinets d'avocats de la côte Est. Et moi, je ne suis bonne à *rien*.

Sa colère s'exprimait enfin à travers sa façon de poser bruyamment la marmite sur le réchaud. Satisfait, Conal croisa les bras, s'adossa et la regarda monter en elle.

— Il y a James et son cabinet rutilant, sa femme sublime et irréprochable, son enfant qui est un génie certifié, une sale gosse en vérité, mais tout le monde prétend qu'elle est seulement précoce. Comme si tous les enfants précoces étaient grossiers. Et Margaret avec son bureau parfait et sa garde-robe parfaite et sa maison parfaite et son mari parfaitement détestable qui ne s'intéresse qu'au cinéma d'auteur et aux pièces de monnaie de collection.

Elle versa la soupe dans le faitout.

— Et tous les ans, pour Thanksgiving, ils s'assoient tous autour de la table et ils se tapent dans le dos, se félicitent de réussir aussi bien dans la vie et d'être aussi brillants. Et après ils me regardent comme une espèce d'extraterrestre qui aurait été abandonnée sur leur palier et recueillie par charité. Et je ne peux pas devenir ni médecin ni avocat ni même un fichu chef indien malgré tous mes efforts tout simplement parce que je ne suis bonne à *rien*.

— Là, c'est toi qui devrais avoir honte.

— Quoi ?

Elle se massa les tempes. La colère lui donnait des vertiges et embrouillait son esprit, raisons pour lesquelles elle essayait en général de l'éviter.

— Viens là. (Il la prit par la main et l'entraîna au salon.) Qu'as-tu fait ici ?

— De quoi parles-tu ?

— Qu'as-tu fait dans cette pièce ?

— J'ai... dépoussiéré ?

— On s'en fiche de la poussière, Allena. Regarde tes fleurs, tes bougies et ton bol rempli de morceaux de coquillage. Et viens voir dehors.

Il l'entraîna à l'extérieur.

— Le jardin souffrait de négligence jusqu'à ce matin. Où est le sable qui recouvrait le chemin et que je n'avais pas remarqué avant qu'il disparaisse ? Des draps sèchent dans le vent et de la soupe chauffe dans la cuisine. La maudite douche ne fuit plus. Qui a fait tout ça ?

— N'importe qui peut balayer un chemin, Conal.

— Tout le monde ne pense pas à le faire. Tout le monde ne s'en soucie pas. Et tout le monde ne prend pas plaisir à le faire. En une journée, tu as rendu cette maison agréable. Elle avait cessé de ressembler à un foyer depuis un moment à tel point que j'avais oublié le sentiment de vivre dans un cadre plaisant. Tu penses que ce n'est rien ? Tu crois que ça ne compte pas ?

— C'est... ordinaire, dit-elle, faute de trouver mieux. Je ne peux pas faire carrière dans la cueillette des fleurs sauvages.

— Tu peux gagner ta vie dans le domaine qui te plaît. Tu as besoin de cueillir des fleurs sauvages et de ramasser des coquillages, Allena. Et certains te sont reconnaissants et remarquent la différence que tu crées.

Si elle ne l'aimait pas déjà, elle serait tombée amoureuse de lui. Aussi bien pour ces mots qui résonnaient en elle que pour son air contrarié.

Elle posa les mains sur ses joues.

— C'est la chose la plus gentille qu'on m'ait jamais dite. C'est adorable. Merci, dit-elle en l'embrassant tendrement.

Sans le laisser répondre, elle secoua la tête et la posa sur son épaule.

8

Ils se coupèrent du monde. Oublièrent le temps. Conal se serait hérissé à l'idée qu'ils créent une bulle enchantée, mais pour Allena, ce qu'ils vivaient n'avait pas d'autre nom.

Elle posa de nouveau pour lui, dans l'atelier baigné par le soleil de l'après-midi. Et elle se vit progressivement naître de l'argile.

À sa demande, il lui parla de ses années à Dublin. De ses études et de son travail. Ses années où il était un étudiant sans le sou qui se nourrissait de boîtes de conserve et d'art. Puis la reconnaissance était venue, comme un miracle, dans une misérable galerie.

La première vente lui avait offert le luxe du temps et de l'espace pour travailler sans s'inquiéter constamment du loyer à payer. Et les ventes suivantes lui avaient apporté l'avantage du choix ; il avait pu s'offrir son propre atelier.

Toutefois, même s'il évoquait volontiers cette période, elle se fit la remarque qu'il n'évoquait jamais Dublin comme sa ville.

Plus tard, après qu'il eut recouvert l'argile d'un chiffon humide et qu'il se fut lavé les mains dans le petit évier, ils allèrent se promener sur la plage. Ils parlèrent de choses et d'autres, mais ils n'évoquèrent pas une seule fois l'étoile qu'elle portait sur son cœur, ni le cercle de pierres qui projetait ses ombres du sommet de la falaise.

Ils firent l'amour alors que le soleil était encore haut dans le ciel. Sa chaleur brillait sur sa peau quand elle s'allongea sur lui.

En fin de journée, la lumière semblait refuser de céder la place à l'obscurité. Elle s'amusait à réparer de vieux rideaux de dentelle qu'elle avait trouvés sur une étagère du placard, pendant que Conal dessinait, le chien couché en boule entre eux.

D'après Conal, elle avait un visage particulièrement expressif. Rêveur en cet instant, tandis qu'elle cousait. De multiples émotions traversaient ses doux iris gris clair. La magicienne derrière ces yeux ne s'était pas encore réveillée. Et quand le moment viendrait, elle envoûterait tous les hommes sur lesquels elle poserait les yeux.

Elle s'était installée avec lui, dans sa maison et dans sa vie, avec une facilité déconcertante. Avec aisance et satisfaction. Ce serait simple de la garder chez lui. Malgré ces pulsions nerveuses chargées de besoin et de désir, ils étaient bien ensemble.

Qu'allait-il faire d'elle ? Qu'allait-il faire des sentiments qu'elle éveillait en lui ? Et comment savoir s'ils étaient réels ?

— Conal ? dit-elle posément.

Ses pensées troublées bourdonnaient comme un avertissement.

— Tu ne peux pas mettre ça de côté pour l'instant ? Laisser venir ne te suffit pas ?

Il était agacé qu'elle devinât son état d'esprit à travers son silence.

— Non. Tu as peut-être l'habitude de laisser les hommes modeler ta vie, mais pas moi.

Sa main se crispa comme si elle avait reçu une gifle puis elle reprit son ouvrage.

— Oui, tu as raison. J'ai passé ma vie à essayer de plaire aux gens que j'aime et ça ne m'a rien apporté de bon. Ils ne m'aiment pas suffisamment pour m'accepter.

Le ventre noué, il eut l'impression de l'avoir rabrouée au moment où il aurait dû la soutenir.

— Allena.

— Ce n'est rien. Ils m'aiment, malgré tout, mais pas assez, ou pas de la bonne manière ou... pas comme je les aime. Ils attendent de moi des choses que je ne suis pas capable de donner. Ou que je ne désire pas suffisamment pour faire un réel effort. Je ne peux pas imposer de restrictions à mes sentiments. Je ne suis pas comme ça.

Il se leva pour faire les cent pas.

— Et moi je peux. Ce n'est pas une question de sentiments mais d'attitude. En revanche, je ne peux pas et je ne me laisserais pas diriger. Je tiens déjà à toi, plus que de raison en si peu de temps.

— Et à cause de ça, tu ne crois pas en ce qui est arrivé, en ce qui se passe entre nous.

Elle hocha la tête, coupa le fil, posa son aiguille.

— C'est raisonnable.

— Que connais-tu à la raison ? Tu es la femme la moins rationnelle que je connaisse.

Elle sourit brièvement.

— C'est beaucoup plus facile de reconnaître la raison quand on en manque.

Il réprima un sourire et se rassit.

— Comment peux-tu rester aussi calme avec tout ce qui se passe ?

— J'ai passé les deux jours les plus extraordinaires, les plus excitants, les plus beaux de ma vie. (Elle écarta les mains.) Rien ne pourra jamais me les enlever. Et je vais en avoir un de plus. Une autre longue et magnifique journée. Alors... je crois que je vais simplement me servir un verre de vin et regarder les étoiles s'allumer, dit-elle en s'étirant.

Il se leva et lui prit la main.

— Non, je vais te servir le vin.

C'était une nuit parfaite au ciel dégagé. La mer balayait la plage en un éternel aller-retour en projetant des éclaboussures qui attrapaient les derniers scintillements du soleil et miroitaient comme des pierres précieuses.

— Tu devrais installer des bancs. Ici et là, avec une assise incurvée et de hauts dossiers, en bois de cèdre. Il prendrait des tons argentés avec le temps, suggéra Allena.

Il se demanda pourquoi il n'y avait pas pensé car il aimait s'asseoir pour regarder la mer.

— À ma place, que mettrais-tu d'autre ?

— Eh bien, j'installerais de gros pots près des bancs et je les remplirais de fleurs qui déborderaient. Des pots en terre bleu foncé. Tu pourrais les fabriquer, avança-t-elle avec un regard malicieux.

— Probablement. Des pots de fleurs.

L'idée l'amusait. Personne ne lui avait jamais commandé des pots de fleurs. Il passa la main sur ses cheveux tout en buvant une gorgée de vin. Il se dit alors qu'il apprécierait de les fabriquer pour elle, de la voir se réjouir qu'ils prennent forme.

— Bleu foncé, répéta-t-elle, pour aller avec les volets quand ils seront repeints avec la peinture que j'ai trouvée dans la buanderie.

— Et je dois peindre les volets aussi ?

— Non, non, ton talent est trop noble pour des tâches aussi banales. Tu fabriques les pots, des pots robustes et je peins les volets.

— Je sais reconnaître quelqu'un qui se moque de moi.

Elle lui fit un petit clin d'œil et marcha vers l'eau.

— Sais-tu ce que j'étais supposée faire ce soir ?

— Dis-moi.

— Je devrais être en train de m'occuper du projecteur pendant la conférence de Margaret sur les sites mégalithiques prévue après le dîner.

— Tu t'en sors bien.

— On peut le dire. Sais-tu ce que je vais faire à la place ?

— Rentrer et faire l'amour toute la nuit avec moi ?

Elle rit et tourna sur elle-même.

— Ça fait partie de mon programme. Mais avant, je vais faire un château de sable.

— Un château de sable ?

— Un château majestueux, déclara-t-elle en se laissant tomber sur la plage. La construction de châteaux de sable fait partie de mes nombreux talents. Bien sûr, je serais plus efficace avec une pelle et un seau. D'ailleurs, j'en ai vu dans la buanderie, ajouta-t-elle en le regardant timidement.

— Je suppose que je dois aller les chercher, puisqu'on doute de mon talent dans cet art particulier.

— Tes jambes sont plus longues que les miennes, tu reviendras plus vite.

— Je ne peux pas dire le contraire.

Il rapporta la pelle, le seau ainsi que la bouteille de vin.

Alors que les premières étoiles apparaissaient dans le ciel, il examina sa création.

— Il faut une tour dans ce coin. Il n'est pas défendu, lui dit-il.

— C'est un château, pas une forteresse et dans mon petit monde, la paix règne. Toutefois, j'aurais cru qu'un célèbre artiste aurait entrepris de construire une tour s'il en ressentait le besoin.

Il termina son verre, enfonça le pied dans le sable et décida de relever le défi.

Elle ajouta des tourelles, les modelant soigneusement, puis les lissa avec le bord de la pelle. Et encouragée par la supériorité évidente de son talent, elle entreprit d'élaborer la structure.

— Et cette bosse, j'aimerais savoir ce que c'est.

— Les écuries. Elles sont encore en cours de construction.

— Elles sont disproportionnées. (Il tendit la main pour illustrer son propos mais elle la repoussa d'une tape.) Comme tu voudras mais, à cette échelle, tes chevaux doivent être de la taille de Hugh.

Elle renifla et se redressa. La barbe, il avait raison.

— Je n'ai pas terminé, dit-elle nonchalamment.

Elle prit du sable entre ses mains et l'intégra à sa construction.

— Et ça, c'est censé être quoi ?
— Le futur pont-levis.
— Un pont-levis ?

Ravie, elle se pencha pour examiner la plateforme qu'il avait rapidement construite avec ses mains habiles.

— C'est merveilleux. Finalement, tu es doué pour les châteaux de sable. Je sais ce qui lui manque.

Elle bondit sur ses pieds et courut chercher des allumettes ainsi qu'un petit ruban rouge découpé en triangle.

— Une chaîne, ce serait mieux mais nous allons innover.

Elle planta la longue allumette sur le côté du pont-levis et enfonça l'autre extrémité dans le mur du château.

— Par chance, la famille royale donne un bal. Le pont-levis peut rester abaissé.

Elle inséra une seconde allumette de l'autre côté.

Elle en cassa une troisième, enroula le ruban autour, puis piqua son drapeau de fortune sur la plus haute tour.

— Et voilà un vrai château de sable.

Elle s'empara de la bouteille de vin et remplit les deux verres.

— Au Château Dolman.

Un rêve qu'ils avaient partagé, songea-t-elle.

Après avoir trinqué, elle ramena ses genoux contre sa poitrine et tourna la tête vers la mer.

— C'est une belle nuit. Toutes ces étoiles. On ne voit jamais le ciel comme ça à New York, juste des tranches, des petits bouts entre les bâtiments et on oublie qu'il est aussi vaste.

— Quand j'étais petit, je venais m'asseoir ici la nuit. Elle tourna la tête et posa la joue sur son genou.

— Que faisais-tu d'autre quand tu étais enfant ?

— J'escaladais les falaises, je jouais avec mes copains au village, je faisais tout mon possible pour échapper aux corvées. Ça m'aurait pris moins de temps et d'énergie de les effectuer. Je pêchais avec mon père.

Quand il s'enfonça dans le silence, Allena lui prit la main.

— Il te manque.

— Je l'ai laissé seul. Je ne savais pas qu'il était malade la dernière année. Il ne me l'a pas dit, il ne m'a jamais demandé de revenir pour prendre soin de lui. Il est mort seul au lieu de m'appeler.

— Il savait que tu reviendrais.

— Il aurait dû me le dire. Je l'aurais emmené à Dublin, j'aurais trouvé un bon hôpital pour le faire soigner, j'aurais fait en sorte qu'il consulte des spécialistes.

— C'est toujours plus dur pour ceux qui restent. Il voulait être ici, Conal. Mourir ici, chuchota-t-elle.

— Oui, il a choisi de mourir ici. Il savait qu'il était malade et faible mais il continuait à gravir les falaises. Et son cœur a lâché ici, dans le cercle de pierres. C'était son choix.

— Ça te met en colère.

— Je me sens impuissant, ça revient au même. Alors, en effet, il me manque et je regrette d'avoir mis tout ce temps et cette distance entre nous. Je lui envoyais de l'argent au lieu de venir lui rendre visite. Il m'a laissé tout ce qu'il possédait. La maison et Hugh.

Il se tourna vers elle et tira sur la chaîne pour dégager le pendentif.

— Et ça. Il a laissé ça pour moi dans la petite boîte en bois qui est sur la commode de la chambre.

Un frisson froid la parcourut.

— Je ne comprends pas.

— Sa mère le lui a donné le jour de son dix-huitième anniversaire, de la même manière qu'il lui avait été transmis. Il l'a donné à ma mère le jour où il lui a demandé sa main, dans le cercle de pierres, selon la tradition des O'Neil. Elle le portait en permanence. Et la nuit de sa mort, elle le lui a confié pour qu'il me le remette le moment venu.

Façonné dans le chaudron de Dagda. Gravé par la main de Merlin.

— Il t'appartient, murmura-t-elle.

— Non, il n'est plus à moi, il ne l'a jamais été car je l'ai refusé. Le jour où j'ai enterré mon père, je suis venu ici et je l'ai jeté dans la mer. Je me suis dit que c'était la fin de l'histoire.

Il n'en existe qu'un seul, avait dit la vieille dame. Il lui appartenait. Elle l'avait trouvé, ou peut-être que c'était lui qui l'avait trouvée. Et il l'avait amené à lui. Comment ne pas éprouver de la joie devant ce miracle ? Et Conal, avec son caractère, comment aurait-il pu ne pas être en colère ?

Pour elle, il s'agissait d'une clé. Pour lui, un verrou.

Allena posa la main sur sa joue.

— Je ne sais pas quoi faire pour te réconforter.

Il se leva et lui tendit la main.

— Moi non plus. Assez parlé de ça pour ce soir. On arrête les châteaux et les étoiles. Seule la réalité m'intéresse. Mon désir est réel. Et toi aussi, dit-il en la portant dans ses bras.

9

Elle refusait de dormir. Même si la nuit serait courte, elle ne tolérait pas de la gaspiller en rêvant. Elle demeura étendue tranquillement, les yeux grands ouverts, revivant chaque instant de la journée qui venait de s'écouler.

Ils l'avaient terminée dans l'amour. Pas avec l'amour patient et tendre qui les avait rapprochés la première fois. Un certain désespoir animait Conal lorsqu'il l'avait portée de la plage au lit. Une urgence cruelle qui avait déteint sur elle, rendant ses mains et sa bouche aussi avides que les siennes.

Et son corps débordait de vie.

Cette fougue impérieuse n'était-elle pas une autre forme de beauté ? Un besoin profond, intense, déterminé qui s'enracinait durablement ?

Pourquoi ne s'autorisait-il pas à l'aimer ?

Elle se tourna vers lui et dans son sommeil, il l'attira contre lui. *Je suis là*, voulait-elle dire. *Je suis à ma place. Je le sais.*

Mais gardant les mots pour elle, elle se contenta de l'embrasser. Un geste doux toutefois aguicheur, qui exprimait son besoin de lui. Lentement, leurs lèvres et leurs langues s'unirent. La chaleur de leurs corps enlacés engourdit leurs membres.

Il dériva dans le désir comme on dérive dans le brouillard. L'air était épais et doux et elle était là pour lui. *Chaude, offerte. Et réelle.*

Il entendit son souffle se couper puis son long soupir. Il sentit son cœur battre au même rythme que le sien. Elle remuait contre lui, sous lui, envoûtante dans l'obscurité.

Quand il la pénétra, elle l'accueillit comme si c'était sa place. Ensemble, ils firent monter le plaisir jusqu'à son comble avec fluidité. Leurs bouches se rencontrèrent de nouveau quand il la sentit sur le point de jouir. Puis il succomba à son tour, et ils s'abandonnèrent dans l'orgasme.

— Allena.

Il prononça son nom, seulement son nom alors qu'il la serrait de nouveau dans ses bras. Réconforté, apaisé, il retomba dans le sommeil sans savoir qu'elle pleurait.

Elle se leva avant l'aube, craignant de l'agacer par ses questions si elle restait plus longtemps à côté de lui dans le noir – redoutant encore davantage de devoir accepter un pâle substitut à l'amour et à la vie à deux si c'était tout ce qu'il lui proposait.

Elle s'habilla sans bruit et sortit attendre que se lève le jour le plus long de l'année.

Il n'y avait pas de lune, pas d'étoiles, rien pour interrompre le noir infini. Elle voyait la terre plonger dans la mer, la mer s'élever et, à l'ouest, les ombres imposantes des falaises découpées où les pierres formaient un cercle patient.

Le pendentif était lourd autour de son cou.

Plus que quelques heures. Elle ne perdrait pas espoir, même si c'était difficile de s'y accrocher durant cette heure de solitude dans l'obscurité. Elle avait été envoyée ici, ou amenée ici. L'essentiel était qu'elle soit là, à l'endroit où elle avait trouvé toutes les réponses dont elle avait besoin.

Il fallait garder espoir. Conal trouverait les siennes durant leur dernière journée.

Elle contempla le lever du jour, le changement de lumière presque sournois qui polissait le ciel. Les brumes se dispersaient et, glissant au-dessus du sol, s'élevaient tel un rideau humide. À l'est, le ciel s'embrasait d'un feu doré puis étalait ses traînées rouges au-dessus de l'eau. Le rouge devenait de plus en plus vif, comme pour réveiller le monde.

L'air gris se rehaussa des teintes nacrées d'une perle.

Sur la plage, le château avait été balayé par la marée. Et voir avec quelle facilité tout pouvait disparaître lui brisa le cœur.

Elle se détourna de cette image et retourna à l'intérieur.

Elle devait s'occuper l'esprit et les mains. Elle ne pouvait peut-être rien faire pour alléger son cœur mais elle n'allait pas passer cette journée à broyer du noir.

Quand Hugh se leva, elle lui ouvrit la porte et il sortit en courant. Elle mit de l'eau à chauffer. Elle savait déjà comment Conal buvait son thé, presque trop fort pour être agréable, sans sucre ni lait pour en diluer le goût corsé.

Pendant qu'il infusait, elle prit un petit pot dans un placard. Conal avait parlé des baies qui arrivaient à maturité à cette époque de l'année. Si elle les trouvait et qu'il y en eût suffisamment, ils auraient des fruits pour le petit déjeuner.

Elle sortit dans le jardin, traversa le carré d'herbes aromatiques et l'énorme haie piquée de fleurs coniques violettes qui sentaient le pot-pourri. Elle eut l'idée de les faire sécher pour les disposer dans une grande urne en cuivre.

Le brouillard bas qui s'enroulait autour de ses chevilles lui donnait l'impression de barboter dans une rivière peu profonde. Le vent jouait dans ses cheveux pendant qu'elle montait la pente douce à l'arrière de la maison. Au loin, elle entendit Hugh aboyer, plus près, les joyeux pépiements d'un oiseau et les échos omniprésents de la mer qui dominaient tous les bruits.

Sous le coup d'une impulsion, elle enleva ses chaussures pour marcher pieds nus dans l'herbe fraîche et humide.

La colline plongeait puis remontait en raidillon. La brume s'épaississait comme si des rideaux vaporeux s'étaient superposés. Elle regarda une unique fois en arrière et devina la forme de la maison à travers le brouillard. Traversée par un frisson, elle hésita à faire demi-tour. Puis elle entendit le chien aboyer de nouveau et reprit son chemin.

Elle l'appela et prit la direction de ses appels tout en continuant son ascension. Au sommet de la côte, elle découvrit une poignée d'arbres sculptés par le vent et, autour d'eux, des buissons, des ronces et enfin les mûres qu'elle cherchait.

Heureuse, elle posa ses chaussures et commença à les cueillir. Et à les goûter. Puis elle monta de plus en plus haut pour atteindre les plus mûres. Elle allait faire des pancakes et mélanger les fruits à la pâte.

Son pot était à moitié plein quand elle escalada un rocher pour accéder à un buisson isolé chargé de gros fruits d'un violet riche et profond.

— Les plus appétissantes sont toujours les moins accessibles.

Allena faillit renverser son pot de surprise lorsqu'elle vit une femme sur le sentier, de l'autre côté du buisson. Ses longs cheveux bruns lui battaient les reins. Ses yeux étaient du même vert capricieux que l'océan à l'aube. Elle sourit et posa la main sur la tête de Hugh qui était patiemment assis à ses pieds.

— Je ne savais pas qu'il y avait quelqu'un. Je... je me suis un peu trop éloignée, dit Allena en regardant en arrière et découvrant avec une pointe d'inquiétude que la maison était hors de vue.

— C'est une belle matinée pour se promener et pour cueillir des baies. Les vôtres seraient excellentes en gelée.

— J'en ai trop cueilli. Je n'ai pas fait attention.

Le visage de la femme se radoucit.

— On n'en cueille jamais trop tant qu'il y a quelqu'un pour les manger. Prenez votre temps. Il dort toujours. Son esprit est calme quand il dort, dit-elle posément.

Allena expira longuement.

— Qui êtes-vous ?

— La personne que vous avez besoin que je sois. Une vieille dame dans une boutique, un jeune homme dans un bateau.

Les jambes tremblantes, Allena s'assit sur le rocher.

— Oh, mon Dieu.

— Ne vous inquiétez pas. Je ne vous veux aucun mal. Ni à vous ni à lui. Il fait partie de moi.

— Son arrière-grand-mère. Il a dit... ils disent...

La femme sourit plus largement.

— En effet.

S'efforçant de se ressaisir, Allena passa son pendentif par-dessus son pull.

— C'est à vous.

— Il appartient à qui il appartient... jusqu'à ce qu'il appartienne à quelqu'un d'autre.

— Conal a dit qu'il l'avait jeté dans la mer.

— Il ne manque pas de caractère, dit-elle avec un rire léger et suave. Je suis fière de lui. Mais il aurait beau l'envoyer sur la lune, il reviendrait à la personne à laquelle il appartient le moment venu. Cette fois, c'est à vous.

— Il ne veut pas m'aimer.

Quand la femme toucha la joue d'Allena, ses doigts l'effleurèrent comme des ailes.

— Oh, mon enfant. On ne peut pas repousser l'amour. Quand il est là, il est là et vous le savez déjà. Votre cœur est patient.

— Parfois, la patience n'est que de la lâcheté déguisée.

— Voilà une parole de sagesse.

Elle hocha la tête, visiblement satisfaite, et piocha une baie dans le pot.

— Et c'est vrai. Mais vous le comprenez déjà et vous commencez à mieux vous comprendre vous-même. Et cette étape est toujours la plus délicate. C'est un travail considérable que vous avez accompli en si peu de temps. Et vous l'aimez.

— Oui, je l'aime. Mais il n'acceptera pas mon amour s'il est dicté par la magie.

— Ce soir, quand le jour le plus long rencontrera la nuit la plus courte, quand l'étoile brillera de tout son pouvoir et de toute sa lumière, le choix que vous ferez, l'un et l'autre, sera ce qu'il doit être depuis toujours.

Elle prit le visage d'Allena entre ses mains et l'embrassa sur les deux joues.

— Votre cœur saura, dit-elle avant de s'évanouir dans la brume comme un fantôme.

— Comment ? Vous ne m'avez pas accordé assez de temps.

Allena ferma les yeux. Puis Hugh lui donna un coup de tête dans les jambes et elle se baissa pour enfouir son visage dans son cou.

— Pas assez de temps. Pas assez pour me morfondre non plus. Je ne sais pas quoi faire, hormis ce qui s'impose. Préparer le petit déjeuner.

Elle rebroussa chemin en compagnie de Hugh. Le brouillard se dissipait peu à peu. Le destin semblait avoir décidé de lui octroyer une belle journée de plus.

La maison apparut enfin devant elle. Conal l'attendait sur la petite terrasse.

— Je me suis fait du souci.

Il vint à sa rencontre, conscient que son soulagement était excessif.

— Pourquoi es-tu allée vagabonder dans le brouillard ?

Elle tendit le pot.

— Je suis allée chercher des baies. Tu ne devineras jamais ce que je...

Elle surprit son regard sur le pendentif et se tut.

— Je ne devinerai jamais quoi ?

Non, elle ne pouvait pas lui raconter ce qui s'était passé, qui elle avait vu. Pas avec ces ombres dans ses yeux qui lui serraient le cœur.

— Ce que je vais préparer pour le petit déjeuner.

Il plongea la main dans le pot.

— Des baies ?

— Admire le chef et apprends, lança-t-elle en rentrant dans la maison.

L'observer attentivement lui procura l'apaisement dont il avait besoin. Il avait été perturbé de ne pas la trouver en se réveillant. Comment était-il possible, au bout d'une nuit avec elle, que son lit lui semblât si vide quand elle n'était pas là ? D'où provenait cette crise de panique, l'angoisse qu'il avait éprouvée en constatant son absence ? Maintenant qu'elle était devant lui, occupée à préparer la pâte dans un saladier, le monde semblait de nouveau tourner rond.

Comment appeler cela, sinon de l'amour ?

Elle posa le bol et fit chauffer une poêle.

— Il te manque une plaque chauffante. Mais je vais me débrouiller.

— Allena.

— Oui ?

Elle le regarda par-dessus son épaule et fut saisie de vertige en remarquant l'étrange lueur dans ses yeux.

— Quoi ?

Quand elle se retourna, le pendentif se balança et le soleil s'y réfléchit. L'étoile semblait projeter un rai de lumière droit dans ses yeux, comme pour l'attirer. Conal recula délibérément d'un pas. Non, il ne parlerait pas d'amour.

— Où sont tes chaussures ?

— Mes chaussures ?

Il avait parlé avec tant d'affection et de douceur qu'elle en eut les larmes aux yeux. Elle regarda ses pieds nus.

— J'ai dû les oublier. Quelle étourdie !

— Tu te balades pieds nus dans la brume, jolie Allena ?

Les mots se bloquèrent dans sa gorge. Submergée par les émotions, elle se jeta à son cou et enfouit le visage dans son épaule.

— Allena. Que vais-je faire de toi ?

Il planta un baiser sur le dessus de sa tête. Pourquoi était-il incapable de briser la dernière chaîne qui retenait son cœur.

Aime-moi. Aime-moi, c'est tout. Je peux m'accommoder de tout le reste.

— Si seulement tu me laissais faire, je saurais te rendre heureux.

— Et toi ? Nous sommes deux. Comment peux-tu croire et accepter tout ce que je t'ai dit et être disposée à changer de vie pour ça ? (Elle s'écarta de lui, posa le doigt sur le pendentif.) Comment peux-tu accepter aussi facilement ce qui nous arrive ?

— Parce que le pendentif m'appartient.

Elle expira en tremblant puis inspira avant de reprendre d'une voix plus assurée.

— Jusqu'à ce qu'il appartienne à une autre.

Rassérénée, elle sortit une louche du tiroir et versa de la pâte dans la poêle.

— Tu crois que je suis naïve et même crédule et tellement en demande d'amour que je suis prête à me satisfaire de peu ?

— Je crois que tu as un cœur d'artichaut.

— Malléable aussi ?

Son regard froid le surprit. Elle hocha la tête.

— Tu n'as peut-être pas tort. À force de me plier aux désirs de mes proches pour obtenir leur amour, mon cœur est sûrement devenu malléable. Et même si je dois cesser de m'adapter à tous les désirs des autres, je préfère avoir un cœur qui accepte de se laisser bouleverser de temps en temps.

Un cœur patient, songea-t-elle, *mais tout sauf lâche*.

Elle retourna adroitement les pancakes.

— Qu'est-ce qui a durci le tien, Conal ?

— Tu vises bien quand tu décides de décocher une flèche.

— Possible que je n'aie pas assez souvent mon carquois avec moi.

Mais ça allait changer. Elle déposa les pancakes dans une assiette et versa de nouveau de la pâte dans la poêle.

— Pourquoi ne parles-tu jamais de ta mère ?

Elle avait fait mouche mais il se tut pendant qu'elle installait son petit déjeuner sur la table.

— J'ai le droit de savoir.

— C'est vrai.

Elle sortit le miel, la cannelle et servit le thé.

— Assieds-toi. Ton petit déjeuner va refroidir.

Amusé, il obtempéra. Elle était une énigme. Comment avait-il pu croire qu'il l'avait déjà résolue ? Il attendit qu'elle ait vidé la poêle, éteint le réchaud et qu'elle l'ait rejoint à table.

— Ma mère est née dans le village voisin. Son père était pêcheur et sa mère est morte en couches quand elle était petite. Le bébé est mort aussi et ma mère était la plus jeune et unique fille. Elle était chouchoutée par ses frères et son père, à ce qu'elle m'a dit.

— Tu as des oncles dans le village ?

— Trois et leurs familles. Mais les plus jeunes sont partis s'installer sur le continent. Quant à mon père, il était fils unique.

Elle versa du miel sur ses pancakes et lui passa le pot. Il avait de la famille mais il restait seul.

— Alors tu as aussi des cousins ici ?

— Plusieurs. Nous jouions ensemble quand j'étais petit. Ce sont eux qui m'ont parlé pour la première fois de ce qui coule en moi. Pour moi, c'était une histoire comme on en entend partout, des contes de silkies, de sirènes et de forteresses habitées par les fées.

Il mangeait sans appétit, uniquement parce qu'il avait l'assiette devant lui et qu'elle s'était donné du mal pour cuisiner.

— Ma mère aimait dessiner, faire des croquis et elle m'a appris à observer. À représenter ce qu'on voit avec un crayon et des pastels. Mon père aimait la mer et je pensais marcher sur ses pas. Mais elle m'a offert de l'argile pour mon huitième anniversaire. Et je...

Il se tut, leva les mains et les considéra en plissant les yeux. Elles ressemblaient à celles de son père. Grandes, grossières et puissantes. Mais elles n'étaient pas faites pour relever des filets de pêche.

— Modeler, faire jaillir la forme de la terre... ça m'attirait. Et le bois, creuser jusqu'à réussir à montrer aux autres ce qu'on voit dedans. Elle comprenait ça. Elle le savait.

— Ton père était déçu ?

Il haussa les épaules et reprit sa fourchette.

— Plutôt perplexe, je crois. Il se demandait surtout comment un homme pouvait gagner sa vie en taillant du bois ou de la roche. Mais ma mère était contente, alors il m'a laissé faire. Pour elle et je ne l'ai appris que plus tard, mon destin était déjà tout tracé. Alors au bout du compte, que je sois sculpteur ou pêcheur, ça ne changeait rien.

Il redevint silencieux et regarda le pendentif. Allena le glissa sous son pull. Réconfortée par sa chaleur paisible sur son cœur, elle attendit qu'il poursuivît.

10

— Après moi, mes parents ont essayé d'avoir d'autres enfants. Ma mère a fait deux fausses couches et la seconde, assez tardive... a laissé des séquelles. J'étais jeune mais je me souviens qu'elle a dû rester alitée longtemps et qu'elle était pâle même quand elle réussissait à se lever. Mon père lui a installé un fauteuil dehors pour qu'elle puisse contempler la mer. Elle n'a jamais recouvré la santé, mais je l'ignorais.

— Tu n'étais qu'un enfant.

Quand elle toucha sa main, il baissa les yeux avec un petit sourire.

— Cœur tendre, Allena. (Il pressa sa main et la lâcha.) Elle était malade durant l'été de mes douze ans. Trois fois pendant ce printemps, mon père l'a emmenée sur le continent. Je suis resté avec mes cousins. Elle était mourante et personne ne trouvait le remède pour la sauver. Je le savais dans le fond mais je ne me l'avouais pas. Chaque fois qu'elle rentrait à la maison, je me persuadais que tout irait bien.

— Pauvre petit garçon, murmura Allena.

— Il ne mérite pas autant de sympathie que tu l'imagines. Cet été-là, celui de mes douze ans, elle a marché jusqu'à la plage avec moi. Elle aurait dû rester couchée mais elle refusait d'aller au lit. Elle m'a parlé du cercle de pierres, de l'étoile et de ma place dans tout ça. Elle m'a montré le pendentif que tu portes, même si je l'avais souvent vu. Elle a refermé ma main autour du bijou et je l'ai senti respirer.

« J'étais tellement en colère. Je voulais être comme les autres garçons de mon entourage, comme mes cousins et mes camarades. Pourquoi me racontait-elle que j'étais différent ? Elle m'a dit que j'étais trop jeune pour qu'elle me le transmette mais qu'elle en avait discuté avec mon père. Il avait accepté qu'elle s'en charge à sa façon, quand elle estimerait le moment venu. Elle voulait me donner le pendentif avant de nous quitter.

— Tu n'en as pas voulu.

— Oh, non, vraiment pas. C'est elle que je voulais. Je voulais que tout soit comme avant. Quand elle allait bien et que je n'étais qu'un gosse qui galopait dans les collines. Je voulais qu'elle recommence à chanter dans la cuisine, comme avant qu'elle tombe malade.

Allena avait de la peine pour lui, mais cette fois, Conal ne la laissa pas lui prendre la main.

— Je me suis mis à crier et je me suis enfui. Elle m'a appelé et elle a essayé de me rattraper mais j'étais fort et en bonne santé, contrairement à elle. Même quand je l'ai entendue pleurer, je ne me suis pas retourné. Je suis allé me cacher dans le hangar à bateaux de mon oncle. Mon père ne m'a retrouvé que le lendemain matin. Contre toute attente, il ne s'est pas énervé, il ne m'a pas ramené à la maison en me tirant par l'oreille comme je le méritais. Il s'est seulement assis à côté de moi, il m'a pris dans ses bras et il m'a annoncé que ma mère était décédée pendant la nuit.

Quand il croisa le regard d'Allena, elle vit que ses iris étaient animés. Elle se demanda si les larmes qui lui montaient aux yeux ne s'évaporaient pas sous la force de son regard.

— Je l'aimais. Et les derniers mots que je lui ai adressés étaient les vacheries amères d'un enfant en colère.

— Tu ne crois pas... Conal, tu ne peux pas vraiment croire qu'elle ait emporté ces mots-là avec elle ?

— Je l'ai laissée seule.

— Et tu en veux encore au petit garçon de douze ans effrayé et confus que tu étais ? Tu devrais avoir honte de manquer autant de compassion.

Ses mots lui donnèrent un coup de fouet. Il se leva en même temps qu'elle.

— Des années plus tard, j'étais un homme et j'ai fait la même chose avec mon père.

— C'est de l'autoapitoiement et ce n'est pas la vérité.

Elle empila brusquement les assiettes et les porta dans l'évier. Elle comprit alors qu'il n'avait pas besoin de sympathie mais de la vérité crue.

— Tu m'as dit toi-même que tu ignorais qu'il était malade. Il te l'a caché.

Elle fit couler l'eau chaude, versa du liquide vaisselle et observa obstinément la mousse qui se formait dans l'évier.

— Tu rejettes l'idée que tu puisses avoir... comment l'as-tu appelé ? Du sang elfique, mais tu n'as aucun problème à te prendre pour Dieu

Si elle lui avait lancé le poêlon en pleine tête, le choc n'aurait pas été plus brutal.

— Facile à dire pour toi. Tu peux tourner le dos à tout ça dès demain.

— C'est vrai, je peux m'en aller. (Elle ferma le robinet pour lui faire face.) D'ailleurs je peux enfin faire tout ce que je veux. Je te remercie pour ça, pour m'avoir aidée à y voir clair, pour m'avoir montré que j'ai quelque chose d'estimable à donner. Et je veux le donner, Conal. Je veux fonder un foyer, une famille et une vie pour quelqu'un qui m'estime, qui me comprend et qui m'aime. Je n'accepterai plus jamais moins que ça. Mais ce n'est pas ton cas. Tu es toujours caché dans le hangar à bateaux, sauf que maintenant tu l'appelles ton atelier.

Des mots méchants et haineux lui montaient dans la gorge mais il n'était plus un enfant et il les rejeta durement.

— Je t'ai dit ce que tu voulais savoir. Je comprends tes attentes, mais tu ne comprends pas du tout mes besoins.

Il sortit en claquant la porte.

— Tu te trompes. Je comprends, dit-elle calmement.

Elle s'affaira toute la matinée. Elle partirait le jour suivant et il était hors de question qu'il l'oublie. Elle laisserait une trace d'elle.

Elle accrocha les rideaux recousus et se réjouit de la manière dont le soleil filtrait à travers la dentelle en dessinant des motifs sur le sol. Dans la buanderie, elle trouva des outils, des pinceaux et tout le matériel dont elle avait besoin pour réaliser la suite de son projet. Elle porta le tout à l'extérieur dans une attitude de défi. Elle allait gratter, poncer et peindre ces maudits volets.

Travailler la calmait et son cœur malléable commençait à lui faire mal. De temps à autre, elle lançait un regard vers l'atelier. Il était à l'intérieur, elle le savait. Où pourrait-il être sinon ? Si une partie d'elle était tentée de céder, d'aller le trouver, elle comprenait réellement son besoin de solitude.

Il lui fallait du temps.

— Mais le temps nous est compté, murmura-t-elle.

Elle recula pour observer son ouvrage. La peinture bleue, encore humide, brillait et derrière la vitre, la dentelle voletait dans le vent.

Maintenant qu'elle avait fini et faute d'avoir un autre projet, elle sentit son corps fatigué flancher.

Presque titubante, elle rentra pour s'allonger un instant et rattraper son manque de sommeil.

Rien qu'une heure, se dit-elle en s'étirant sur le lit.

Très vite, elle sombra dans un profond sommeil.

Conal considéra son œuvre à bonne distance. Ses mains étaient couvertes de terre glaise jusqu'aux poignets et ses yeux à moitié aveuglés par la concentration.

Allena des Fées. Grande, mince, elle penchait la tête sur le côté avec retenue, ses yeux en amande et sa bouche incurvée semblaient receler des secrets. Elle n'était pas vraiment belle et ce n'était pas le but. Mais il était impossible de détacher son regard d'elle.

Comment le pourrait-il ?

Ses ailes étaient déployées comme si elle était sur le point de s'envoler. Ou de les replier et de rester, si on le lui demandait.

Il n'allait rien lui demander de tel. Le destin les liait d'une manière qui les dépassait l'un et l'autre.

Dieu qu'elle l'avait excédé ! Il se frotta les mains et les bras dans le lavabo. Elle l'avait poussé à bout en prétendant qu'elle savait mieux que lui ce qu'il pensait et ressentait. Il était indépendant et il avait pris sa décision. Il s'était contenté de lui dire la vérité, sur tous les points, depuis le début.

Il tenait à vivre en paix et à créer dans le calme. Et puis il avait sa fierté aussi, se dit-il en passant ses mains sous l'eau. Sa fierté qui refusait d'admettre que son chemin fût tout tracé. À la fin, ne lui resterait-il plus que ça ?

Le vide, d'une profondeur sidérante, s'étirait devant lui. Finalement, était-ce vraiment son choix ? *Tout ou rien ? Accepter le destin ou rester seul ?*

D'une main tremblante, il prit une serviette et se sécha en examinant la sculpture.

— Tu le sais déjà, hein ? Tu le savais dès le début.

Il lança la serviette et marcha vers la porte. La lumière s'assombrit lorsqu'il l'ouvrit. Des nuages noirs envahissaient le ciel, obscurcissant déjà la mer.

Il prit la direction de la maison et il s'arrêta net. Elle avait peint les volets. Il ne voyait que ça. Et les rideaux qui dansaient joyeusement dans le vent qui se levait. Elle avait accroché un panier rempli de fleurs à côté de la porte.

Comment résister à une femme comme elle ?

Était-il possible que ce fût un piège ? Elle-même n'avait-elle pas baissé entièrement sa garde ? Ne s'était-elle pas donnée complètement ?

Tout ou rien. Pourquoi devrait-il vivre sans rien ?

Il avança vers la maison mais à trois pas de la porte, il rencontra une résistance.

— Non.

La voix durcie par le déni et la peur, il poussa vainement le vide.

— Va au diable ! Tu m'empêches de la retrouver maintenant ?

Il l'appela, mais son nom fut emporté par les bourrasques et les premières gouttes de pluie le martelèrent. Haletant, il recula.

— Très bien. Comme tu voudras. Nous allons voir ce qui arrivera à la fin de la journée.

Il brava la tempête pour se rendre là où son sang l'emmenait.

Elle se réveilla en sursaut, l'écho de son nom résonnant dans ses oreilles. Il faisait nuit.

— Conal ?

Désorientée, elle se leva et tendit la main vers la lampe. Quand elle appuya sur l'interrupteur, la lumière ne s'alluma pas. Une tempête, se dit-elle, l'esprit embrumé. Une tempête faisait rage. Elle devait fermer les fenêtres.

Elle chercha une bougie à tâtons, sa main en heurta une, qui tomba du guéridon.

La nuit ? Comment pouvait-il faire nuit ?

Le temps. Quelle heure était-il ? Elle chercha frénétiquement la bougie, trouva une allumette. Avant qu'elle ait pu l'allumer, un éclair éclaira le petit réveil.

Onze heures.

Non ! C'était impossible. Elle avait dormi jusqu'à la dernière heure de la plus longue journée.

— Conal ?

Elle quitta précipitamment la chambre et sortit de la maison, dans le vent. Trempée par la pluie, elle courut jusqu'à son atelier et se démena pour ouvrir la porte.

Il n'était plus là. Parti. Luttant contre le désespoir, elle chercha les étagères à tâtons et trouva la lampe-torche. Le fin faisceau lui arracha un soupir de soulagement, mais elle resta sous le choc en découvrant une forme dans le rai de lumière.

Son propre visage, son corps, orné d'ailes. La voyait-il de cette façon ? Intelligente, assurée et charmante ?

— Je me sens comme ça. Pour la première fois de ma vie, je me sens comme ça.

Lentement, elle éteignit la lampe et la posa. Elle savait où il était allé et elle comprit instinctivement qu'elle devait trouver le moyen de s'y rendre, comme lui, dans le noir.

Tandis qu'elle marchait, les éléments se déchaînèrent, comme le jour où elle était arrivée sur l'île. Le sol tremblait, le ciel se déchirait et la mer rugissait comme un dragon.

Au lieu d'avoir peur, elle ne ressentait que de l'exaltation. Le jour suivant ne se lèverait pas sans elle.

L'étoile serrée dans sa main, elle suivit la route clairement gravée dans sa mémoire.

Entre les rochers, le chemin était escarpé et abrupt, glissant à cause de la pluie. Mais elle n'hésita pas, ne faiblit pas. La forme des pierres se dessina bientôt devant elle, des géants dansant sous les trombes d'eau. Au cœur de la tempête, le feu du solstice brûlait, vif et doré, malgré la pluie battante.

Et l'ombre d'un homme se dressait face à elle.

Comme on le lui avait dit, son cœur le savait.

— Conal.

Il se tourna vers elle, le regard fou. La sauvagerie de la nuit l'habitait aussi.

— Allena.

Ella avança tranquillement dans l'air vibrant.

— Attends, j'ai quelque chose à dire. On a toujours le choix, Conal. Il y a toujours une alternative. Crois-tu que je voudrais de toi sans ton cœur ? Crois-tu que je puisse te retenir avec ça ?

D'un geste brusque, elle arracha la chaîne et la lança.

— Non !

S'élançant pour la rattraper, il effleura à peine l'étoile avant qu'elle ne retombât dans le cercle.

— Peux-tu t'en défaire aussi facilement ? Et moi avec ?

— Si je le dois ? Je peux m'en aller, faire ma vie sans toi et une partie de moi aura toujours du chagrin. Ou je peux rester, fonder un foyer avec toi, porter tes enfants et t'aimer pour tout ce que tu es. Ce sont mes choix. Tu as les tiens.

Elle tendit les bras.

— Il n'y a rien d'autre que moi pour t'accueillir. Il n'y a jamais rien eu d'autre.

Les émotions s'entrechoquaient dans le cœur de Conal.

— Deux fois, j'ai laissé partir des personnes que j'aimais sans avoir pu leur dire. En venant ici ce soir, j'ai cru recommencer.

Il écarta ses cheveux mouillés de son visage.

— Je suis d'humeur changeante, Allena.

— Tu me l'as déjà dit. Sinon, je ne l'aurais jamais deviné.

Il eut un petit rire.

— Tu me taquines dans un moment pareil ? (Il fit un pas vers elle.) Tu as repeint les volets.

— Et alors ?

— Je te fabriquerai des pots bleu foncé, pour que tu les remplisses de fleurs.

— Pourquoi ?

— Parce que je t'aime.

Elle voulut répondre, se ravisa et prit une inspiration prudente.

— Parce que j'ai repeint les volets ?

— Oui. Parce que tu y as pensé. Parce que tu as recousu les rideaux de ma mère. Parce que tu as cueilli des baies. Parce que tu nages nue dans la mer. Parce que tu vois qui je suis quand tu me regardes. Je ne sais pas ce qui t'a conduite ici, ni ce qui nous a amenés à nous rencontrer, mais ça n'a pas d'importance. Tout ce qui compte, c'est ce que je ressens pour toi. S'il te plaît, ne me laisse pas.

La tempête en elle et autour d'elle retomba soudainement.

— Conal. Tu n'as qu'à demander.

— Il paraît qu'il y a de la magie ici, mais c'est toi qui l'as apportée. Veux-tu de moi, Allena ? (Il agrippa sa main.) Et acceptes-tu de te donner à moi ? De construire ce foyer, cette vie, d'avoir des enfants avec moi ? Je fais le serment de t'aimer, de te chérir chaque heure du jour et de la nuit et chaque jour de notre vie. (Il porta sa main à ses lèvres et l'embrassa.) J'avais perdu quelque chose et tu me l'as rapporté. Tu m'as rendu mon cœur.

Il avait donc fini par trouver la clé. Le regard clair et déterminé, elle ne pleurait pas.

— Je te prends dans ma vie, Conal, et je me donne à toi. Et tout ce que nous ferons, nous le ferons ensemble. Je promets de t'aimer maintenant et pour toujours.

Dès qu'elle l'étreignit, les brumes se dissipèrent. Dans l'étendue sombre du ciel, une étoile commença à pulser. Le feu se réduisit à une flamme dorée à l'extrémité rouge comme un rubis. Dans l'air sec et frais, les pierres dressées ressemblaient à des sculptures de verre.

Et elles murmuraient des chants.

— Tu les entends ? souffla Allena.

— Oui.

Il la fit pivoter et la tint contre lui. Le rayon chatoyant de l'étoile du solstice traversa les pierres comme une flèche jusqu'à son double sur le sol.

Le pendentif étincela d'une lumière bleue, d'un feu pur et brillant en forme d'étoile. L'étoile s'unissait à l'étoile, le cercle était le monde, empli de lumière, de son et de pouvoir.

Puis la journée la plus longue s'acheva, cédant la place à la nuit la plus courte. La lumière chancela, s'atténua et s'évanouit. Les pierres soupirèrent avant de retomber dans le silence.

Conal l'entraîna au centre du cercle. Le feu s'éleva de nouveau, projetant des étincelles dans les yeux d'Allena, diffusant sa chaleur sur la peau de Conal. Il se baissa pour ramasser le pendentif et passa la chaîne autour de son cou, scellant ainsi leur promesse.

— Il t'appartient et moi aussi.

— Il m'appartient.

Elle pressa leurs mains jointes contre le collier.

— Jusqu'à ce qu'il appartienne à quelqu'un d'autre. Mais moi, je serai toujours à toi.

Elle l'embrassa là, dans ce lieu où résonnait encore la magie, puis s'écarta.

— Rentrons à la maison, dit-elle.

Certains racontent que les fées vinrent ce soir-là en radeau pour célébrer le solstice d'été et danser autour du feu pendant que l'étoile déversait ce qui lui restait de lumière. Mais les deux amants quittèrent le cercle, le cœur empli de magie et de promesses. Ils longèrent les falaises et la plage paisible pour se rendre dans la maisonnette aux volets bleu foncé qui les attendait au bord de la mer.

La forêt enchantée[1]

---
1. *In Dreams.*

Pour ceux qui croient en la magie.

Prologue

Il n'avait que ses rêves. Sans eux, il était seul, continuellement et pour toujours. Durant les cent premières années de solitude, il avait vécu dans l'arrogance et la colère. Il en avait quantité à revendre.

Durant le second siècle, il s'était réfugié dans l'amertume. Quand l'un de ses secrets le torturait, il bouillonnait et tournait en lui. Au lieu de trouver la voie de la guérison, elle agissait comme un carburant qui le poussait vers le jour suivant, de décennie en décennie.

Le siècle suivant, il tomba dans le désespoir et l'autoapitoiement. Il était devenu de triste compagnie, même pour lui-même.

Son entêtement était tel qu'il lui fallut quatre cents ans pour qu'il commençât à s'installer quelque part, à se battre pour trouver quelque plaisir, quelque beauté, quelque satisfaction dans son travail et son art. Quatre cents ans avant que sa fierté ne s'amenuisât, lui permettant d'admettre qu'il était peut-être en partie responsable de son sort.

Toutefois, avait-il mérité la sévère sentence des Gardiens ? Son erreur, si c'en était une, valait-elle des siècles d'emprisonnement, avec pour seule consolation une unique semaine de vie réelle tous les cent ans ?

Au bout d'un demi-millénaire, il succomba aux rêves. Non, c'était plus fort que ça. Il les étreignait, survivait grâce à eux. Il s'échappait dans le monde onirique quand son âme se languissait du simple contact d'un autre être.

Elle venait à lui dans ces rêves, la jeune femme brune aux yeux semblables à des diamants bleus. Dans ce monde onirique, elle courait dans sa forêt, s'asseyait devant son feu, se couchait dans son lit de son plein gré. Il connaissait le son de sa voix, sa chaleur. Il connaissait sa silhouette, son grand corps mince comme un homme connaît une femme. Il savait que sa fossette s'animait au coin de sa bouche quand elle riait. Et il savait situer précisément la tache de naissance en forme de croissant de lune sur sa cuisse.

Il connaissait tout ça, même s'il ne l'avait jamais réellement touchée, ne lui avait jamais parlé, ne l'avait jamais vue autrement qu'à travers le voile satiné des rêves.

Même si cette femme aux cheveux sombres l'avait trahi, même si elle était à l'origine de son éternelle solitude, il se languissait d'elle. Avec le temps, il aspirait à la retrouver autant que sa vie d'avant.

Il se noyait dans une immense mer de solitude noire.

1

Elle était supposée être en vacances. Elle aurait dû s'amuser, se détendre, découvrir des choses.

Ça n'aurait pas dû être terrifiant.

Terrifiant, c'était exagéré. Un tout petit peu.

Un terrible orage d'été, une étrange route qui serpentait dans une forêt sombre où les arbres étaient pareils à des géants parés d'une armure de brume. Rien de tout cela n'effrayait véritablement Kayleen Brennan de Boston. Elle avait la peau dure. Elle s'appliquait à se le rappeler, toutes les dix secondes environ, alors qu'elle luttait pour maintenir la voiture de location dans la tranchée boueuse qui était au départ une route.

Elle avait le sens pratique, suivant une décision qu'elle avait prise consciemment à l'âge de douze ans. Pas d'éclats fantaisistes pour Kayleen, pas de rêves romantiques ou de choix farfelus. Elle avait constaté – et constatait toujours – que ces occupations n'apportaient que des ennuis à sa charmante, adorable et perplexe mère.

Des ennuis financiers. Des problèmes avec la loi. Avec les hommes.

Alors Kayleen était devenue une adulte à douze ans et l'était restée.

Une adulte n'avait pas peur d'un bois et de quelques éclairs, ni du brouillard qui s'épaississait puis s'amenuisait comme s'il respirait. Une femme adulte ne paniquait pas parce qu'elle avait pris le mauvais virage, quand la route était trop étroite, comme celle-ci, pour faire demi-tour sans risques. Elle continuerait simplement à avancer jusqu'à ce qu'elle retrouve son chemin.

Et une personne raisonnable ne se mettait pas à imaginer qu'elle entendait des choses dans la tempête.

Des voix.

Maussade, elle se dit qu'elle aurait mieux fait de rester à Dublin au moment où elle tomba dans une ornière. À Dublin, avec ses rues animées et ses pubs bondés, l'Irlande semblait civilisée, moderne, urbaine. Mais non, il avait fallu qu'elle aille à la découverte de la campagne. Qu'elle loue une voiture, achète une carte routière et parte en exploration.

Honnêtement, ça aurait pu être une décision sensée. Elle avait prévu de visiter la campagne durant son séjour et peut-être de dénicher quelques trésors pour le magasin d'antiquités que sa famille tenait à Boston. Elle avait prévu de se balader sur les routes, de rouler jusqu'à la mer, de visiter les jolis petits villages et les ruines majestueuses.

N'avait-elle pas réservé une chambre dans des bed and breakfast certifiés pour chaque nuit de son voyage ? Confirmé les réservations pour parer à tout désagrément à la fin de chacune de ses journées ?

N'avait-elle pas précisément dessiné son parcours et souligné chaque centre d'intérêt, en inscrivant la durée qu'elle comptait consacrer à chaque étape ?

Cependant, elle n'avait pas prévu de se perdre. Personne ne pouvait le prévoir. La météo avait annoncé de la pluie, mais elle était en Irlande, après tout. Aucune chaîne n'avait annoncé l'orage déchaîné, ni les rafales de vent qui secouaient sa petite voiture comme un dé dans un gobelet, plongeant cette lumineuse soirée d'été dans une obscurité étouffante.

Mais tout allait bien. Parfaitement bien. Elle avait juste pris du retard sur son planning et c'était en partie sa faute. Elle s'était un peu trop attardée à Powerscourt Demesne en roulant vers le sud. Et elle avait aussi passé plus de temps que prévu dans l'église qu'elle avait découverte en se dirigeant vers l'ouest.

Assurément, elle était toujours dans le comté de Wicklow, quelque part dans la forêt d'Avondale, et le guide touristique précisait que cette région boisée était peu peuplée, que les villages étaient rares et éloignés les uns des autres.

Elle s'était attendue à trouver cette région charmante et pittoresque, à apprécier le trajet jusqu'à l'auberge d'Enniscorthy, destination qu'elle avait prévu d'atteindre avant 19 h 30. Elle jeta un regard à sa montre et grimaça ; elle avait déjà une heure de retard.

Ce n'était pas très grave. Ils n'allaient pas fermer la porte avant son arrivée. Les Irlandais étaient réputés pour leur hospitalité. Elle allait le vérifier dès qu'elle tomberait sur un village, un bourg, ou même une maison isolée. Ensuite, elle retrouverait ses repères.

Mais pour l'instant...

Elle s'arrêta brusquement, prenant conscience qu'elle n'avait pas croisé une seule voiture depuis plus d'une heure. Son sac à main, aussi organisé que sa vie, était posé sur le siège passager. Elle prit son téléphone et l'alluma.

Et elle jura en découvrant qu'elle n'avait toujours pas de réseau. C'était le cas depuis qu'elle s'était suffisamment enfoncée dans la forêt pour se perdre.

— Pourquoi n'ai-je pas de réseau ?

Agacée, elle faillit taper le téléphone contre le volant. Un geste qui aurait été complètement irrationnel.

— À quoi bon louer des téléphones aux touristes s'ils ne peuvent pas s'en servir ?

Elle le rangea et inspira profondément. Pour se calmer, elle ferma les yeux, rejeta la tête en arrière et s'accorda deux minutes de repos.

La pluie fouettait les vitres et le vent continuait de pousser son hurlement sauvage. À intervalles réguliers, l'épaisseur de la nuit était transpercée par une nouvelle lance bleu électrique. Mais Kayleen restait pondérée, ses cheveux noirs attachés soigneusement par un élastique, ses mains croisées sur ses genoux.

Sa bouche pincée, aux lèvres pleines et charnues, se détendit peu à peu. Quand elle rouvrit les yeux, aussi bleus que les éclairs qui déchiraient le ciel, ils étaient de nouveau calmes.

Elle roula les épaules, prit une dernière inspiration apaisante puis redémarra. Soudain, elle entendit quelqu'un, ou quelque chose, murmurer son nom.

Kayleen.

Instinctivement, elle jeta un regard sur le côté, par la vitre martelée par l'averse. Et dans l'obscurité, brièvement, elle distingua une ombre qui prenait la forme d'un homme. Des yeux, d'un vert bouteille, luisaient.

Elle écrasa la pédale de frein et fut projetée en avant alors que la voiture dérapait dans la boue. Son cœur s'emballait, ses doigts tremblaient.

As-tu rêvé de moi ? Rêveras-tu de moi ?

Contrôlant sa peur, elle baissa rapidement la vitre et passa la tête sous la pluie.

— Vous pourriez m'aider ? Je suis perdue.

Mais il n'y avait personne. Personne qui puisse répondre d'une voix grave et triste *Moi aussi*.

Évidemment, il n'y avait personne. Son doigt gelé appuya sur le bouton pour refermer la vitre. *Juste mon imagination, la fatigue qui me joue des tours.* Il n'y avait pas d'homme dans la forêt sous l'orage. Encore moins d'homme qui connaissait son nom.

C'était exactement le genre d'absurdité qui aurait pu naître de l'imagination de sa mère. La femme perdue dans la forêt enchantée, dans la tempête déchaînée et le bel homme, probablement un prince guidé par un envoûtement, qui volait à son secours.

Eh bien, Kayleen Brennan était capable de s'en sortir seule. Et il n'y avait pas plus de princes envoûtés que d'ombres sous la pluie.

Mais son cœur tambourinait contre ses côtes et elle respirait lourdement. Elle accéléra d'un coup, décidée à quitter cette route maudite et à arriver à bon port.

Une fois à destination, elle boirait une théière entière d'infusion, plongée jusqu'au menton dans un bain chaud. Et tout cela... ce contretemps serait derrière elle.

Elle voulait en rire, se distraire en rédigeant une lettre à l'intention de sa mère, qui aurait apprécié chaque seconde de cette expérience.

Une aventure ! Kayleen, tu as enfin vécu une aventure ! dirait-elle.

— Je ne veux pas d'une fichue aventure. Je veux un bain chaud. Un toit au-dessus de ma tête et un repas civilisé.

L'irritation reprenait le dessus mais cette fois, elle ne pouvait plus s'arrêter.

— Il n'y a donc personne pour m'aider à retrouver mon chemin !

En réponse, un éclair en forme de fourche à trois dents frappa le sol. La brutale explosion de lumière l'aveugla. Alors qu'elle se protégeait les yeux de son bras replié, elle vit un énorme cerf au milieu du chemin, aussi imposant qu'un roi. Sa robe blanche l'éblouissait dans les phares et ses bois brillaient comme de l'argent. Ses yeux, calmes et dorés, croisèrent son regard terrifié à travers la pluie.

Elle fit une embardée et freina brusquement. Après un tête-à-queue, la petite voiture fit un tonneau, propulsée par les volutes de brouillard. Elle entendit un cri d'effroi – sûrement le sien – puis elle heurta violemment un arbre.

Et elle rêva.

Elle courait dans la forêt sous la pluie qui la giflait comme des mains furieuses. Des yeux, par centaines, l'observaient dans la pénombre. Elle trébucha dans la boue et retomba dans un bruit d'os brisés.

Sa tête était remplie de sons. Les hurlements du vent, l'explosion menaçante du tonnerre. Et des centaines de voix qui chantaient.

Elle pleurait sans savoir pourquoi. Ce n'était pas la peur, mais quelque chose qui tentait de s'extirper de son cœur comme une épine plantée dans un doigt meurtri. Elle ne se souvenait de rien, ni de son nom ni de l'endroit où elle se trouvait – elle savait seulement qu'elle devait retrouver son chemin. Elle devait le retrouver avant qu'il ne fût trop tard.

Elle aperçut de la lumière, une unique boule qui luisait dans le noir. Elle courut vers elle, la respiration lui déchirant les poumons, la pluie ruisselant sur ses cheveux et sur son visage.

Le sol aspirait ses chaussures. Quand elle tomba une nouvelle fois, son pull se déchira. Elle sentit une brûlure et elle s'appuya sur son bras gauche pour se relever. Essoufflée, blessée, desorientée, elle reprit sa course en boitant.

Elle était concentrée sur la lumière. Si seulement elle parvenait à l'atteindre, tout s'arrangerait. D'une manière ou d'une autre.

Un éclair frappa le sol tout près d'elle, si près qu'elle sentit l'air roussir et diffuser l'ozone chaud dans la nuit. Et dans ses derniers éclats, elle vit que la lumière provenait d'une unique fenêtre dans la tour d'un château.

Bien entendu, il y avait un château. Il n'y avait rien d'étonnant à ce qu'il y eût un château avec une tour éclairée au milieu des bois pendant que la tempête faisait rage.

Ses pleurs se transformèrent en rire, aussi débridé que la nuit, tandis qu'elle titubait vers lui, pataugeant dans des rivières de fleurs.

Elle tomba contre la porte massive et avec ses dernières forces, elle tapa du poing.

Le bruit fut avalé par la tempête.

— S'il vous plaît. Par pitié, laissez-moi entrer, murmura-t-elle.

Devant la cheminée, il était tombé dans le demi-sommeil auquel il avait droit et devant le feu de cheminée, il avait rêvé de la jeune femme brune venant vers lui. Étrangement, elle avait un regard effrayé et ses joues étaient blanches comme la neige.

Il avait dormi pendant l'orage, ignorant les souvenirs qui le hantaient souvent jusque dans ses pensées oniriques. Mais quand elle était venue dans ses rêves, quand elle avait tourné ses yeux vers lui, il avait réagi. Il avait prononcé son nom.

Et alors qu'il se réveillait brusquement, ce nom lui sortit de nouveau de la tête. Dans l'âtre, les braises se consumaient à présent. Il aurait pu relancer le feu par la pensée mais il ne s'en donna pas la peine.

Quoi qu'il en soit, l'heure approchait. En jetant un regard sur le joli radio-réveil posé sur le vieux manteau de la cheminée en pierre – ces anachronismes l'amusaient –, il vit qu'il serait minuit dans quelques secondes.

Sa semaine commençait à minuit pile. Pendant sept jours et sept nuits, il *existerait*. Il ne serait plus une ombre dans un monde de rêves, mais un être de chair et de sang.

Les bras levés vers le ciel, il rejeta la tête en arrière et attendit de s'incarner.

Tout se mit à trembler et la pendule sonna les douze coups de minuit.

Il souffrait, mais il accueillit cette douleur comme une maîtresse. C'était si bon de *ressentir*. Le froid qui lui piquait la peau. La chaleur qui la brûlait. Sa gorge se développa et il éprouva la sensation de soif avec délices.

Il ouvrit les paupières. Les couleurs, franches et nettes, lui sautèrent aux yeux. Il était débarrassé de ce maudit brouillard qui le séparait de tout, le reste du temps.

Il posa la main sur le dossier du fauteuil, en caressa le velours. Il sentit la fumée du feu, l'odeur de la pluie qui tombait à verse et s'invitait chez lui par la fenêtre entrouverte.

Les sens surchargés, il faillit défaillir. Et même cet afflux de sensations lui procura un plaisir intense.

Il éclata de rire, un rire longtemps retenu qui montait de son ventre. Il serra les poings et les tendit vers le ciel.

— Je suis.

Alors qu'il écoutait l'écho de son cri que les murs de pierre lui renvoyaient, il entendit frapper à la porte. Surpris, il baissa les bras et se dirigea vers le son qu'il n'avait pas entendu une seule fois en cinq cents ans. Les coups redoublèrent.

— S'il vous plaît, laissez-moi entrer, criait la voix de son rêve.

Une ruse. Pourquoi le torturer maintenant ? Il n'allait pas le tolérer. Pas pendant sa seule semaine d'existence.

D'un geste, il projeta des éclairs. Furieux, il sortit de la pièce, longea le couloir et descendit l'escalier tournant. Ils ne les laisseraient pas porter atteinte à sa semaine. C'était un manquement à la sentence. Il ne perdrait pas une seule heure de ce court laps de temps.

Impatient, il murmura quelques paroles magiques et réapparut dans la vaste entrée.

Il ouvrit la porte d'un geste sec et se retrouva face à la tempête furieuse qui semblait refléter son humeur.

Elle était venue.

Elle le regardait, son sourire tremblant creusant sa fossette au coin de ses lèvres.

— Vous êtes là, bredouilla-t-elle avant de s'évanouir à ses pieds.

2

Des ombres, des formes et des murmures. Ils tournoyaient dans sa tête, grossissant et s'évanouissant par cycles confus.

Même lorsqu'elle rouvrit les yeux, ils étaient encore là. Ils tournaient. *Quoi ? Qu'est-ce que c'est ?* Ces questions l'obsédaient.

Elle avait froid, elle était mouillée et elle souffrait de multiples contusions. *Un accident. Oui, un accident, mais…*

Que m'est-il arrivé ?

Elle se concentra et vit au-dessus d'elle, très haut, un plafond arrondi sur lequel des fées en plâtre dansaient parmi des guirlandes de fleurs. Bizarre. Étrange et charmant. Étourdie, elle porta la main à son front et le trouva humide. Craignant qu'il ne s'agît de sang, elle retint son souffle et essaya de s'asseoir.

Sa tête tournait comme un manège.

Tremblante, elle regarda ses doigts et ne vit que de l'eau de pluie.

Le choc la prit de court, comme un coup porté au cœur. Puis la panique la prit à la gorge, elle tenta de déglutir.

Il l'observait. Grossièrement, se dirait-elle plus tard, lorsque l'agacement chasserait sa peur. Avec de la colère dans ses yeux. Ses yeux verts comme les collines irlandaises trempées par la pluie. Il était entièrement vêtu de noir. Peut-être était-ce ce qui le rendait menaçant.

Son visage était d'une incroyable beauté – et le mot « violent » bourdonnait dans ses oreilles. Des pommettes saillantes, des sourcils noirs effilés, des lèvres pincées férocement qui lui donnaient un air brutal. Ses cheveux ondulés, aussi noirs que ses vêtements, retombaient librement sur ses épaules.

Son cœur battait comme un avertissement instinctif. Repliée sur elle-même, elle trouva le courage de parler.

— Excusez-moi. Que m'est-il arrivé ?

Il ne dit rien. Il n'arrivait plus à parler depuis qu'il l'avait ramassée sur le perron. Une ruse, un nouveau tourment ? N'était-elle qu'un rêve dans un rêve ?

Mais elle éveillait des émotions en lui. Sa peau fraîche et humide, le poids et la forme de son corps. Sa voix lui parvenait clairement à présent et il remarqua la terreur dans ses yeux.

Pourquoi avait-elle peur ? Pourquoi le redouter alors qu'elle était la cause de sa pénitence ? Cinq siècles n'avaient pas suffi à lui faire perdre ses moyens mais elle l'avait fait en un seul geste.

Il marcha vers elle sans la quitter du regard.

— Vous êtes venue. Pourquoi ?

— Je… je ne comprends pas. Je suis désolée. Vous parlez anglais ?

Il haussa un sourcil. Il avait parlé en gaélique, le langage dans lequel il pensait depuis toujours. Mais cinq cents ans de solitude lui avaient laissé le temps de maîtriser quelques langues. Il pouvait certainement s'exprimer en anglais et dans six autres langues.

— Je vous ai demandé pourquoi vous étiez venue.

— Je ne sais pas.

Elle voulut s'asseoir mais elle avait peur de faire une nouvelle tentative.

— Je crois que j'ai eu un accident. C'est flou dans ma tête.

Si chaque mouvement la faisait souffrir, elle ne pouvait pas rester couchée sur le dos alors qu'il était debout. Dans cette position, elle se sentait vulnérable et impuissante. Les dents serrées, elle s'appuya sur ses mains pour se redresser. Elle avait la nausée et ses tempes bourdonnaient mais elle réussit à s'asseoir.

Elle regarda autour d'elle.

Une pièce immense, remplie d'un surprenant fatras de meubles. Une ancienne table de réfectoire, très belle, sur laquelle étaient posés des dizaines de bougeoirs. En argent, en fer forgé, en terre, en cristal. Sur le mur, des lances étaient croisées et à côté, une peinture spectaculaire des falaises de Moher.

Des commodes de différentes époques – Charles II, Jacques Ier. Le style néoclassique côtoyait le style vénitien, le Chippendale et le Louis XV. Une énorme télévision à écran plat était installée près d'un canapé victorien d'une valeur inestimable.

Dispersés au hasard, elle reconnut des bols Waterford, des chevaux T'ang, des vases de Dresde et... plusieurs distributeurs PEZ.

Malgré le bazar, l'excentricité des lieux lui donnait envie de rire.

— Quelle pièce intéressante, dit-elle en levant les yeux vers l'homme qui continuait de la regarder fixement. Pourriez-vous me dire comment je suis arrivée jusqu'ici ?

— Vous êtes venue.

— Oui, apparemment, mais comment ? Et... j'ai l'impression que je suis trempée.

— Il pleut.

— Je vois.

Elle relâcha un souffle. Sa peur s'était considérablement apaisée. Après tout, cet homme collectionnait des distributeurs de bonbons et de l'argenterie georgienne.

— Je suis désolée, monsieur...
— Flynn.
— Monsieur Flynn.
— Flynn, répéta-t-il.
— Très bien. Je suis navrée, Flynn, je n'ai pas l'esprit clair.

Elle tremblait violemment et enroula ses bras autour d'elle.

— J'allais quelque part mais... je ne sais pas où je suis.
— Qui le sait ? murmura-t-il. Mais vous avez froid.

Et il avait omis de s'occuper d'elle. Il allait veiller à son confort, se promit-il, et ensuite... il verrait.

Quand il la souleva du canapé, il fut agacé qu'elle le repoussât en un geste de défense.

— Je suis sûre que je peux marcher.
— Je suis encore plus sûr de le pouvoir. Il vous faut des vêtements secs, dit-il en la portant hors de la pièce. Une infusion et un bon feu.

Ça donnait envie. C'était presque aussi merveilleux que d'être portée dans un grand escalier tournant comme si elle était aussi légère qu'une plume.

Mais pour elle, tout ce romantisme que sa mère adorerait était déplacé. Elle gardait prudemment la main sur son épaule, aussi ferme qu'une roche sculptée.

— Merci de...

Elle ne termina pas sa phrase. Elle avait tourné la tête de quelques centimètres et son visage se retrouvait tout près du sien, ses yeux à un cheveu des siens, sa bouche au bord de ses lèvres. Une sensation inattendue, inédite, la poignarda en plein cœur. Le choc fut suivi d'un frémissement qui ressemblait à de la reconnaissance.

— On se connaît ?

— N'avez-vous pas la réponse à cette question ? (Il baissa imperceptiblement la tête et inspira.) Vos cheveux ont l'odeur de la pluie.

Alors qu'elle écarquillait les yeux, sa bouche remonta vers sa tempe.

— Et votre peau en a le goût.

Avec le temps, il avait appris à savourer. À déguster patiemment même lorsqu'il avait envie de tout engloutir. En observant sa bouche, il imagina la saveur de ses lèvres. Il les vit s'ouvrir en tremblant.

Il la disposa de façon à la serrer davantage contre son torse. Le corps douloureux, elle gémit. Il redressa son buste, l'examina et remarqua l'éraflure rouge vif sous son épaule et son pull déchiré.

— Vous êtes blessée. Pourquoi diable ne l'avez-vous pas dit plus tôt ?

À bout de patience – même si la patience n'avait jamais été son fort –, il la porta dans la chambre la plus proche et l'assit sur le côté du lit. D'un mouvement rapide, il enleva son pull.

Choquée, elle croisa les bras sur sa poitrine.

— Ne me touchez pas !

— Comment voulez-vous que je vous soigne sans vous toucher ?

Elle portait un soutien-gorge. Il connaissait le terme pour en avoir vu à la télévision et dans ces livres fins qu'ils appelaient des magazines.

Mais c'était la première fois qu'il voyait une vraie femme ainsi harnachée.

Et ça lui plaisait beaucoup.

Malheureusement, ce plaisir allait devoir passer après l'examen de sa santé. Il se pencha pour déboutonner son pantalon.

— Arrêtez !

Elle le repoussa pour lui échapper mais il la maintenait fermement en place.

— Ne faites pas l'idiote. Je n'ai aucune patience avec les femmes capricieuses. Si je devais vous posséder, ce serait déjà fait.

Comme elle continuait à se débattre, il soupira et l'observa. Il y avait de la crainte dans ses yeux. Ce n'était pas de la bêtise, mais une peur farouche. Une vierge, certainement. *Enfin, Flynn, un peu de délicatesse*, se rabroua-t-il.

— Kayleen, dit-il d'une voix aussi apaisante qu'un baume sur une brûlure. Je ne vais pas vous faire de mal. Je veux juste examiner vos blessures.

— Êtes-vous médecin ?
— Certainement pas.

Devant son air outragé, elle faillit éclater de rire.

— Je connais l'art de guérir les blessures. Maintenant, arrêtez de bouger. Je suis obligé de vous enlever vos vêtements mouillés pour commencer.

Ses yeux, qui la scrutaient, semblèrent de plus en plus lumineux. Ils devinrent si vifs qu'elle ne voyait rien d'autre. Et elle soupira.

— Allongez-vous, jeune femme.

Hypnotisée, elle se coucha sur le tas de coussins en soie et, aussi docile qu'une enfant, se laissa déshabiller.

— Doux Jésus, vous avez des jambes interminables.

Son admiration était si palpable qu'elle sortit de son état d'hébétude et remua.

— Un homme a le droit de regarder, marmonna-t-il avant de secouer la tête. Voyez dans quel état vous vous êtes mise. Des contusions et des égratignures partout. Vous aimez souffrir ?

— Non. Bien sûr que non.

Elle avait la bouche pâteuse.

— Il y en a qui aiment ça, murmura-t-il en se penchant de nouveau. Regardez-moi. Regardez ici. Restez comme ça, ordonna-t-il.

Les paupières lourdes, elle ferma à moitié les yeux et laissa son esprit vagabonder au-delà de ses plaies. Il l'enveloppa dans une courtepointe, concentra ses pensées sur l'âtre et alluma le feu.

Puis il alla rassembler ses potions dans son laboratoire.

Il la maintint dans un état de transe superficiel pendant qu'il la soignait. Il ne voulait pas qu'elle gigotât comme une jouvencelle quand il posait la main sur elle. Ça faisait une éternité qu'il n'avait pas touché une femme, peau contre peau.

Dans ses rêves, elle s'était allongée sous lui et s'était montrée fougueuse. Il l'avait embrassée et il avait senti qu'elle se donnait, se cambrait, emportée par le plaisir jusqu'à l'extase. Et son corps l'avait réclamée.

Maintenant elle se trouvait devant lui, blessée et glacée.

Maintenant elle était là, mais elle ne savait pas pourquoi. Elle ne le connaissait pas.

Le désespoir et le désir mettaient ses nerfs à rude épreuve.

— Madame, qui êtes-vous ?
— Kayleen Brennan.
— D'où venez-vous ?
— De Boston.
— C'est en Amérique ?
— Oui, sourit-elle.
— Pourquoi êtes-vous ici ?
— Je ne sais pas. Où sommes-nous ?
— Nulle part. Vraiment nulle part.

Elle tendit la main vers son visage et toucha sa joue.

— Pourquoi êtes-vous triste ?

Bouleversé, il lui prit la main et embrassa sa paume.

— Kayleen. Vous ont-ils envoyée ici pour me faire connaître la joie, avant de me l'enlever de nouveau ?
— Qui ça, « ils » ?

En proie à la colère, il releva la tête. Il préféra s'éloigner et se tourner vers le feu.

Il aurait pu intensifier son état de transe, la plonger dans le monde onirique. Dans le monde des rêves, elle se souviendrait de leur histoire et de ce qu'elle savait. Et elle lui dirait tout. Mais s'il n'y avait rien en elle, alors il ne survivrait pas. Du moins pas sans perdre la raison.

Il prit une profonde inspiration.

— J'aurai ma semaine, promit-il. Je l'aurai avant qu'elle ne s'achève. Cela, je ne le perdrai pas. Je n'y renoncerai pas. Vous ne me briserez pas de cette façon. Même avec elle, vous ne briserez pas Flynn.

Quand il se retourna, il avait retrouvé son assurance et sa détermination.

— Les sept jours et les sept nuits sont à moi et elle aussi. Ce qui reste ici au dernier coup de minuit de la dernière nuit reste ici. C'est la loi. Elle m'appartient maintenant.

Le tonnerre éclata comme un coup de canon. L'ignorant, il marcha jusqu'au lit.

— Réveillez-vous, ordonna-t-il.

Quand ses yeux s'ouvrirent, son regard était clair. Alors qu'elle se redressait, il ouvrit les portes d'une armoire sculptée massive et choisit un long peignoir en velours bleu roi.

— Ça devrait vous aller. Habillez-vous et descendez. Vous devez avoir faim, dit-il en lançant le peignoir au pied du lit.

— Merci, mais...

— Nous discuterons quand vous aurez soupé.

— Oui, mais je veux...

Frustrée, elle siffla tandis qu'il sortait et fermait la porte dans un petit claquement désagréable.

Les bonnes manières n'étaient pas de mise dans cette demeure. Elle se passa la main dans les cheveux, surprise qu'ils soient secs. Impossible. Ils dégoulinaient quand il l'avait portée dans la chambre un instant plus tôt.

Elle se peigna avec les doigts en fronçant les sourcils. Manifestement, elle se trompait. Ils devaient être presque secs. L'accident l'avait secouée et son esprit était encore confus. C'était pour cela que ses souvenirs étaient flous.

Elle avait probablement besoin d'aller à l'hôpital, de faire des radios. En réalité, c'était une idée saugrenue puisqu'elle se sentait très bien. Elle était même en pleine forme.

Elle leva les bras pour vérifier son état. Aucune douleur, aucun tiraillement. Elle tapota prudemment son coude. N'avait-elle pas une longue plaie profonde quelques instants auparavant ? Elle était à peine sensible à présent.

Bon, elle avait eu de la chance. Et maintenant, comme elle était affamée, elle allait accepter le repas de l'excentrique Flynn. Après cela, elle aurait certainement l'esprit plus clair et elle saurait quoi faire.

Satisfaite, elle rejeta les couvertures et étouffa un cri. Elle était entièrement nue.

Mais où étaient passés ses vêtements ? Elle se souvenait de la manière dont il lui avait arraché son pull et ensuite... *La barbe*. Elle posa une main tremblante sur sa tempe. Pourquoi n'arrivait-elle pas à se rappeler ? Terrifiée, elle l'avait repoussé et ensuite... ensuite, elle s'était retrouvée enveloppée dans une couverture, dans une pièce réchauffée par un feu de cheminée et il lui avait ordonné de s'habiller et de descendre dîner.

Avant toute chose, si elle avait des trous de mémoire, elle devait se rendre à l'hôpital.

Elle saisit le peignoir et passa le tissu épais sur sa joue en gémissant. C'était doux comme un vêtement de princesse. Ou de déesse. Mais sûrement pas le genre de vêtement que Kayleen Brennan de Boston enfilerait tous les jours pour dîner.

« Ça devrait vous aller », avait-il dit. Amusée, elle glissa les bras dans les manches et apprécia la chaleur du tissu luxueux sur sa peau.

En se retournant, elle surprit son reflet dans une psyché. Ses cheveux cascadaient sur les épaules du peignoir qui la recouvrait entièrement et se terminait par une bande de dentelle dorée qui flottait autour de ses chevilles.

Je ne me ressemble pas, songea-t-elle. *J'ai l'air de sortir d'un conte de fées.* Se sentant ridicule, elle se détourna du miroir.

Le lit à baldaquin était également en velours. Sur la coiffeuse, certainement une Charles II en parfait état, étaient posés un ensemble de brosses à cheveux en argent incrustées de lapis-lazuli ainsi que des flacons de parfum anciens en opale et en jade. Des roses, aussi fraîches que la rosée et aussi blanches que la neige, dépassaient d'un vase en cristal.

Une chambre de conte de fées. Parfaitement adaptée à l'éclairage à la bougie et au feu qui brûlait dans la cheminée. Dans l'angle, il y avait un bureau de l'époque de la reine Anne. Les fenêtres hautes étaient ornées de rideaux en dentelle et en velours et de jolies aquarelles représentaient des collines et des prairies. De charmants tapis aux couleurs passées recouvraient le parquet massif.

Si elle avait pu faire apparaître la chambre idéale, elle aurait été identique à celle-ci.

Il avait peut-être de mauvaises manières, mais il avait des goûts impeccables. Ou sa femme, se corrigea-t-elle. Car visiblement, c'était la chambre d'une femme.

Convaincue qu'il s'agissait d'une idée rassurante, elle ignora son petit pincement au cœur et satisfit sa curiosité en ouvrant la bouteille d'opale.

N'était-ce pas étonnant ? se dit-elle après avoir reniflé le liquide. Elle contenait son parfum préféré.

3

Flynn but un whisky sec avant de s'occuper du repas. Il lui fit l'effet d'un coup de poing.

Par chance, il y avait certaines choses sur lesquelles un homme pouvait toujours compter.

Il allait nourrir cette femme – qui lui appartenait sans l'ombre d'un doute – puis il la dorloterait. Il la mettrait à l'aise, puisqu'un homme était censé veiller au confort d'une femme, puis il lui expliquerait la suite.

Mais tout d'abord, il allait vérifier si elle avait recouvrés ses forces.

Un feu brûlait dans la cheminée de la vaste salle à manger. La table était mise – de la porcelaine anglaise, des couverts en argent massif, des brassées de roses odorantes, de fines bougies blanches d'une extrême délicatesse et des verres en cristal à l'éclat précieux.

Puis il ferma les yeux, tendit les paumes devant lui et commença à emplir les plats des mets qui lui plairaient le plus.

Kayleen était si adorable. Il voulait lui rendre sa bonne mine. Entendre son rire.

Il la voulait.

Donc il en serait ainsi.

Il recula pour examiner son ouvrage. Fier de lui, il sortit de la salle à manger pour l'accueillir au pied de l'escalier.

Pendant qu'elle descendait vers lui, son cœur tressaillait dans sa poitrine.
— *Speirbhean.*
Kayleen hésita.
— Pardon ?
— Vous êtes belle. Vous devriez apprendre le gaélique, dit-il en la prenant par la main pour la guider dans le couloir. Je vous l'enseignerai.
— Je vous remercie mais je ne pense pas que ce soit nécessaire. J'aimerais aussi vous remercier pour votre accueil et je me demandais si je pouvais utiliser votre téléphone.
Ce petit détail pratique venait de lui traverser l'esprit.
— Je n'ai pas le téléphone. La robe vous plaît ?
— Pas le téléphone ? Eh bien, l'un de vos voisins pourra peut-être me prêter le sien ?
— Je n'ai pas de voisins.
— Au village le plus proche, dit-elle, la gorge serrée par la panique.
— Il n'y a pas de village. Pourquoi vous tourmenter, Kayleen ? Vous êtes au chaud, au sec et en sécurité.
— Sûrement mais... comment connaissez-vous mon nom ?
— Vous me l'avez dit.
— Je ne m'en souviens pas. Je ne me rappelle pas comment je...
— Vous n'avez aucune raison de vous inquiéter. Vous vous sentirez mieux après avoir mangé.
Elle commençait à trouver qu'elle avait plusieurs raisons de s'inquiéter. Le bien-être qu'elle avait ressenti à l'étage, dans cette charmante chambre, s'évaporait rapidement. Mais lorsqu'elle entra dans la salle à manger, elle demeura interdite.
La table était assez grande pour accueillir cinquante convives et il y avait suffisamment de nourriture pour tous les satisfaire.

Des saladiers, des plats, des soupières et des assiettes étaient alignés d'un bout à l'autre du long plateau en chêne. Des fruits, du poisson, de la viande, de la soupe, tout un jardin de légumes, un océan de pâtes.

— D'où...

Elle s'efforça de retrouver le contrôle de sa voix.

— D'où vient tout ça ?

Il soupira. Il pensait l'émerveiller et au lieu de ça, elle était scandalisée. Les hommes pouvaient également compter sur cette vérité éternelle – les femmes étaient une énigme.

— Veuillez vous asseoir. Et mangez.

Malgré l'affolement sourd qui grondait en elle, elle répondit d'un ton calme et ferme.

— Je veux savoir d'où provient toute cette nourriture. Je veux savoir s'il y a quelqu'un d'autre ici. Où est votre femme ?

— Je ne suis pas marié.

— Ne me prenez pas pour une imbécile.

Elle se tourna vers lui, suffisamment forte sur ses jambes et assez en colère pour oser l'affronter.

— Si vous n'êtes pas marié, il y a certainement une femme dans votre vie.

— Oui. Vous.

— Ne... ne vous approchez pas. (Elle saisit un couteau sur la table et l'en menaça.) Ne vous approchez pas. J'ignore ce qui se passe et je ne veux pas le savoir. Je vais sortir d'ici et m'en aller.

— Non.

Il marcha vers elle et cueillit soigneusement la rose qu'elle tenait désormais dans la main.

— Vous allez vous asseoir et manger.

— Je suis dans le coma. J'ai eu un accident, je me suis cogné la tête. J'ai des hallucinations, dit-elle, son regard allant de la rose blanche à sa main vide.

— Tout cela est réel. Personne ne connaît mieux que moi la limite entre le réel et l'imaginaire. Asseyez-vous.

Il indiqua une chaise et, comme elle ne bougeait pas, il bougonna.

— N'ai-je pas dit que je ne vous ferais pas de mal ? Le mensonge et la maltraitance ne figurent pas sur la liste de mes péchés. Tenez. (Il tendit la main et fit apparaître un couteau.) Prenez ça et sentez-vous libre d'en faire usage si je ne tiens pas parole.

— Vous êtes...

Le couteau était concret dans sa main. *Une illusion*, se dit-elle. *Mes yeux me jouent des tours*.

— Vous êtes un magicien.

— En effet.

Il eut un grand sourire fugace et lumineux comme un éclair. Il était beau mais son sourire était dévastateur. La joie l'illuminait.

— C'est bien ce que je suis, exactement. Prenez place, Kayleen, et partagez mon repas. Mon jeûne a trop duré.

Elle recula prudemment d'un pas.

— C'est trop.

Pensant qu'elle faisait allusion à la nourriture, il examina la table d'un air interrogateur.

— Vous avez peut-être raison. Je me suis laissé emporter.

Il étudia la présentation, hocha la tête puis dessina un arc avec sa main.

La moitié de la nourriture disparut.

Le couteau tomba des doigts engourdis de Kayleen. Ses yeux roulèrent en arrière.

— Oh, non ! se récria-t-il, aussi agacé qu'inquiet.

Au moins, cette fois, il eut la présence d'esprit de la rattraper avant qu'elle ne heurte le sol. Il l'installa sur une chaise, la secoua doucement, puis la regarda reprendre ses esprits.

— Vous n'avez pas compris, finalement.
— Compris quoi ?
— Je vais devoir vous expliquer. (Il prit une assiette et la remplit pour elle.) Vous devez manger sinon vous allez tomber malade. Vos blessures guériront plus rapidement si vous reprenez des forces.

Il posa l'assiette devant elle et remplit la sienne.

— Que connaissez-vous à la magie, Kayleen Brennan de Boston ?
— C'est amusant à regarder.
— Parfois.

Elle allait manger parce qu'elle se sentait faiblir.

— Et c'est une illusion.
— Parfois.

Il prit une première bouchée – un rôti cuit à point – et gémit de plaisir. La première fois qu'il s'était incarné pour sa semaine de liberté, il s'était tellement empiffré qu'il avait été malade une journée entière. Et ça en valait la peine. Mais depuis il avait appris à prendre son temps, à savourer chaque bouchée.

— Et maintenant, vous souvenez-vous comment vous êtes arrivée ici ?
— Il pleuvait.
— Oui et il pleut toujours.
— J'allais...
— Comment vous déplaciez-vous ?
— Pardon ? (Elle prit sa fourchette et goûta au poisson sans réfléchir.) Je conduisais... je conduisais, répéta-t-elle dans un regain d'excitation. Bien sûr. J'étais en voiture et j'étais perdue. L'orage. Je venais de... (Elle se tut et fouilla sa mémoire.) Dublin. J'étais à Dublin. Je suis en vacances. Oui, c'est ça. Je suis en vacances et j'étais partie pour découvrir la campagne. Je me suis perdue. Je ne sais pas comment. Je roulais sur un petit chemin qui traversait la forêt et il y avait une tempête. Je ne voyais rien. Ensuite, je...

Quand elle croisa son regard, le soulagement disparut de ses yeux.

— Je vous ai vu. Je vous ai vu sous l'orage, chuchota-t-elle.

— Vraiment ?

— Vous étiez sous la pluie. Vous avez prononcé mon nom. Comment connaissiez-vous mon nom avant que nous nous rencontrions ?

Elle n'avait guère que picoré, toutefois un peu de vin pouvait l'aider à accepter la suite. Il lui en servit un verre qu'il lui tendit.

— J'ai rêvé de vous, Kayleen. J'ai commencé à rêver de vous avant que vous ne veniez au monde. Et je rêvais de vous quand vous étiez perdue dans ma forêt. Et quand je me suis réveillé, vous frappiez à ma porte. Vous ne rêvez jamais de moi, Kayleen ?

— Je ne comprends pas ce que vous dites. Il y avait un orage. J'étais perdue. La foudre est tombée tout près de moi et il y avait un cerf. Un cerf blanc sur la route. J'ai braqué pour l'éviter et j'ai heurté un obstacle. Un arbre, je crois. Je dois souffrir d'une commotion et mon imagination me joue des tours.

Il se rembrunit.

— Un cerf blanc. Votre voiture est rentrée dans un arbre ? Ils n'avaient pas besoin de vous faire de mal. Ils n'ont pas le droit de vous faire ça, marmonna-t-il.

— De qui parlez-vous ?

Il repoussa son assiette.

— Mes geôliers. Ces maudits Gardiens.

— Je dois vérifier l'état de ma voiture, dit-elle calmement.

Il n'était pas seulement excentrique. Il était déséquilibré.

— Merci beaucoup de m'avoir secourue.

— Si vous souhaitez vérifier l'état de votre voiture, nous le ferons. Demain matin. Je ne vois pas l'intérêt de sortir en pleine nuit sous l'orage. (Il posa fermement la main sur la sienne avant qu'elle ne se lève.) Vous vous dites que je n'ai pas toute ma raison. Eh bien, ce n'est pas le cas, bien que j'aie frôlé la folie une fois ou deux. Regardez-moi, *leannana*. Ne suis-je rien pour vous ?

— Je ne sais pas.

C'est ce qui l'empêchait de s'enfuir. Quand il la regardait, comme en cet instant, elle sentait un lien entre eux. Pas un attachement forcé, mais une connexion. Elle était liée à lui de son plein gré.

— Je ne comprends pas de quoi vous parlez, ni ce qui m'arrive.

— Nous allons nous asseoir près du feu et je vous expliquerai tout.

Il se leva et lui tendit la main. Comme elle refusait de la prendre, il parut irrité.

— Voulez-vous emporter le couteau ?

Elle regarda l'objet.

— Oui.

Il prit la bouteille et les verres de vin et ouvrit la marche.

Installé devant la cheminée, les pieds posés au bord de l'âtre, il savourait son vin et l'odeur de la femme qui restait sur ses gardes à son côté.

— Je suis né dans la magie. Ça arrive. D'autres acquièrent ce talent au terme d'un long apprentissage. Mais quand on naît magicien, on doit contrôler son art au lieu de l'apprendre.

— Donc votre père était magicien.

— Non, il était tailleur. La magie ne se transmet pas systématiquement de père en fils. Elle doit simplement être dans le sang.

Il se tut par crainte de faire une autre bourde. Il était préférable qu'il en sache plus long sur elle.

— Que faites-vous à Boston ?

— Je suis antiquaire. Chez nous, c'est de famille. Mes oncles, mon grand-père et ainsi de suite. À Boston, les Brennan exercent cette profession depuis près d'un siècle.

— Près d'un siècle ? Extrêmement long, ironisa-t-il.

— Pour un Européen, j'imagine que ce n'est pas si long mais l'Amérique est une jeune nation. Vous avez des pièces magnifiques chez vous.

— Je collectionne tout ce qui me séduit.

— Vous avez des goûts très éclectiques. Je n'ai jamais vu un tel mélange de styles et d'époques réuni sous le même toit.

Il regarda autour de lui en réfléchissant. Il n'y avait jamais pensé mais il n'avait jamais eu personne à qui plaire avant ce jour.

— Vous n'aimez pas ?

Elle sourit, consciente que ça semblait important pour lui.

— Si, beaucoup. Dans mon métier, je vois souvent des pièces belles et intéressantes et je trouve regrettable qu'aussi peu de gens les entassent au hasard, pour créer leur propre style au lieu de s'en tenir à un agencement rigide. Personne ne pourra vous accuser de banalité.

— Non, c'est certain.

Elle allait ramener ses pieds sous ses fesses, mais elle se retint. Que lui arrivait-il ? Elle se détendait, participait à une conversation légère avec un homme probablement fou. Elle coula un regard vers le couteau puis se tourna de nouveau vers lui. Il l'observait d'un air pensif.

— Je me demande si vous pourriez vous en servir. Il y a deux sortes de personnes dans le monde. Celles qui se battent et celles qui s'enfuient. À quelle catégorie appartenez-vous, Kayleen ?

— Je n'ai jamais eu à choisir entre l'une ou l'autre.

— Soit c'est heureux, soit c'est ennuyeux. J'hésite. Pour ma part, j'aime me battre, ajouta-t-il avec un petit sourire. L'un de mes nombreux défauts. En fait, me battre à mains nues me manque. Tellement de choses me manquent.

— Pourquoi ? D'où vient cette nostalgie ?

— C'est précisément là où je veux en venir. Le pourquoi. *Mavourneen*, vous demandez-vous si je suis toqué ?

— Oui, admit-elle avant de se figer.

— Je ne suis pas fou, même si je préférerais parfois sombrer dans la démence. Ils savent que j'ai un esprit fort. Selon eux, c'est une partie du problème et l'une des raisons de la sentence qu'ils ont prononcée à mon encontre.

— Eux ?

Ses doigts se rapprochèrent du manche du couteau. Elle se promit de ne pas hésiter à l'utiliser. Elle s'en servirait si nécessaire, même s'il avait cet air horriblement triste et seul.

— Les Gardiens. Les anciens et les révérés qui gardent et développent la magie. Et ils le font depuis le Temps de l'Attente, quand le monde n'était rien de plus que les cieux prenant leur premier souffle.

— Des dieux ? demanda-t-elle prudemment.

Le regard perdu dans les flammes, il ruminait.

— On peut le voir de cette façon. Je suis né de la magie et quand j'ai été assez grand, j'ai quitté ma famille pour travailler. Pour guérir et aider. Même pour divertir. Certains d'entre nous ont l'art de rendre la magie amusante.

— Comme scier une femme en deux.

Il la regarda avec un mélange d'amusement et d'exaspération.

— C'est de l'illusion, Kayleen.

— D'accord.

— Je parle de magie, pas de simulacre. Certains prophétisent, d'autres voyagent et étudient pour entretenir la magie. D'autres consacrent leur talent à guérir le corps et l'âme. Certains choisissent de gagner leur vie en donnant des spectacles. Certains servent un maître digne d'estime, comme Merlin et Arthur. Chacun choisit sa voie. Et si personne ne doit choisir de faire le mal ou d'en abuser, tout est réel.

Il sortit une longue chaîne de sous sa chemise et lui tendit le pendentif à la pierre laiteuse.

— Une pierre de lune. Et les mots gravés autour sont mon nom et mon titre. *Draiodoir.* Magicien.

— Elle est belle.

Incapable de résister, elle prit le pendentif dans sa main. Elle sentit une vague de chaleur, comme le passage d'une comète, traverser son corps de ses doigts à ses orteils.

— Mon Dieu !

Avant qu'elle n'ait pu la lâcher, Flynn referma sa main autour de la sienne.

— Le pouvoir, murmura-t-il. On peut le sentir. Presque le goûter. C'est attrayant. Et on peut en venir à croire que rien n'est impossible. Regardez-moi, Kayleen.

Fascinée, elle le regardait déjà. *Tu es là*, pensa-t-elle une fois de plus. *Te voilà enfin*.

— Je pourrais vous avoir maintenant. Vous vous allongeriez volontiers avec moi, comme dans les rêves. Sans peur. Sans questions.

— Oui.

Son besoin sauvage et désespéré malmenait son sang-froid. Ses doigts se resserrèrent autour de sa main.

— Je veux plus. Qu'est-ce qui me donne envie de plus alors que je ne sais pas ce qu'il y a en vous ? Eh bien, nous avons le temps de trouver la réponse. Pour l'instant, je vais vous raconter une histoire. Un jeune magicien a quitté sa famille. Il a voyagé et étudié. Il a aidé et guéri les autres. Il était fier de son travail, de lui-même. Certains le trouvaient trop fier.

Il réfléchit un instant, car durant son dernier rêve, il s'était demandé s'il n'y avait pas une part de vérité dans cette opinion.

— Son don était immense et il était connu dans son monde. Il n'en était pas moins un homme, avec des besoins d'homme, des désirs d'homme, des défauts d'homme. Aimeriez-vous un homme parfait, Kayleen ?

— Je vous veux.

— *Leannana*. (Il se pencha, embrassa ses phalanges.) Cet homme, ce magicien, a vu le monde. Il a lu ses livres, écouté sa musique. Il allait et venait comme bon lui semblait, faisait ce qu'il voulait. Il lui arrivait peut-être d'être insouciant et s'il ne faisait de mal à personne, il ne tenait pas compte des règles et des avertissements qu'on lui donnait. Son pouvoir était si fort qu'il se croyait au-dessus des règles.

— Tout le monde a besoin de règles. Elles font de nous des êtres civilisés.

Son ton guindé l'amusa. Même envoûtée, elle gardait un esprit fort, volontaire.

— Vous croyez ? Nous en discuterons une autre fois. Mais pour l'instant, laissez-moi poursuivre mon récit, je vous prie. Il a rencontré une femme. Sa beauté était éblouissante, ses manières douces. Il la croyait innocente car c'était un romantique.

— Vous l'aimiez ?

— Oui, je l'aimais. J'aimais la jeune femme innocente au visage d'ange que je voyais quand je la regardais. Je lui ai demandé sa main, car c'était une vie entière que je voulais partager avec elle, pas une seule nuit. Et elle a pleuré. De jolies larmes sur ses joues veloutées. Elle m'a dit qu'elle ne pouvait pas être à moi, même si son cœur l'était déjà. Car un homme, riche et cruel, l'avait achetée à son père. Son destin était scellé.

— Vous ne pouviez pas accepter ça.

Il se réjouit qu'elle le soutienne sur ce point essentiel.

— C'est ce que vous pensez, vous aussi. Non, comment aurais-je pu accepter qu'elle épouse un homme qu'elle n'aimait pas ? Qu'elle soit vendue comme un cheval au marché ? J'ai promis de m'enfuir avec elle et elle a pleuré de plus belle. J'ai envisagé de proposer à son père le double de la somme qu'il avait reçue et elle a sangloté sur mon épaule. Ce n'était pas possible car l'homme tuerait son pauvre père, l'enverrait en prison, ou lui réserverait un triste sort. Tant que cet homme serait fortuné et influent, ses proches souffriraient. Même le cœur brisé, elle ne supportait pas de leur causer du chagrin.

Kayleen secoua la tête et fronça les sourcils.

— Je suis désolée mais ça n'a aucun sens. Si l'argent était rendu et que son père fût riche, il pouvait se protéger et il avait la loi pour se...

— Le cœur n'obéit pas à ce genre de raisonnement, l'interrompit-il avec impatience.

À l'époque, s'il avait eu la présence d'esprit nécessaire, au lieu de céder à la colère, il en serait venu aux mêmes conclusions.

— La sauver a été ma première pensée et la dernière. La protéger et peut-être, ce faisant, l'amener à m'aimer davantage. J'allais priver cet homme de sa fortune et de son influence. Lorsque j'en ai fait le serment à ma bien-aimée, ses yeux ont brillé, des diamants de larmes. J'allais le dépouiller de ses biens et les déposer à ses pieds. Elle vivrait comme une reine et je prendrais soin d'elle jusqu'à la fin de ma vie.

— Mais voler...

— Voulez-vous bien m'écouter sans m'interrompre ? dit-il avec exaspération.

Elle redressa le menton avec une pointe de ressentiment.

— Bien sûr. Je vous demande pardon.

— J'ai fait tout cela, hélé le vent, puisé dans la lune, embrasé le feu froid. J'ai fait tout cela et je l'ai fait librement par amour pour elle. L'homme s'est réveillé gelé sur la couche d'un fermier, pas dans son beau manoir. Il était en haillons au lieu de porter des vêtements de nuit chauds. J'ai dérobé sa vie, sans verser la moindre goutte de sang. Après cela, je me suis tenu dans les ténèbres rougeoyantes de l'aube, triomphant.

Il s'absorba un instant dans le silence avant de reprendre d'une voix émue.

— Les Gardiens m'ont recouvert d'un bouclier de cristal. Malgré mes malédictions, mes protestations et mes cris, ils m'ont retenu prisonnier. J'ai alors invoqué le cœur et l'innocence de ma jeune demoiselle pour justifier mes crimes. En retour, ils m'ont montré son vrai visage. Ma bien-aimée riait en montant dans une charrue pleine de l'or que j'avais amassé pour elle et tombait dans les bras de l'amoureux avec lequel elle avait comploté la ruine de l'homme qu'elle détestait. Et également la mienne.

— Mais vous l'aimiez.

— Je l'aimais, mais pour les Gardiens, l'amour n'est pas une excuse. Ils m'ont donné le choix. Ou bien ils me privaient de mon pouvoir, me prenaient ce qui coulait dans mes veines et faisaient de moi un simple humain, ou bien je conservais mon don et ils me condamnaient à vivre seul, entre deux mondes, sans compagnie, sans contact humain, sans les plaisirs du monde que j'avais trahi, selon eux.

— C'est cruel. Impitoyable.

— C'est ce que j'ai dit mais ils n'ont rien voulu entendre. J'ai choisi la deuxième solution, afin qu'ils ne me privent pas de mon don. Je ne voulais pas renier mon droit de naissance. J'ai vécu ici, depuis la nuit de la trahison, cinq fois cent ans. Je ne bénéficie que d'une semaine d'existence tous les cent ans. Je suis un homme, Kayleen.

Sans lâcher sa main, il se leva et l'invita à le suivre.

— Je le suis, murmura-t-il tandis qu'il glissait sa main libre dans ses cheveux et les saisissait dans son poing.

Il baissa la tête jusqu'à effleurer ses lèvres puis marqua une pause. Le son de son souffle court, son expiration, le faisait frissonner. Elle tremblait sous sa main et il sentit le cœur de Kayleen s'emballer.

— Tendrement cette fois. Tendrement.

Ses lèvres, aussi légères qu'un murmure, effleurèrent les siennes. Il goûtait leur saveur comme une première gorgée de vin. Il but lentement. Même quand elle entrouvrit les lèvres pour l'accueillir, il prit son temps. Il savoura la texture de sa bouche, le glissement fluide de leurs langues, l'imperceptible frottement des dents.

Son corps adorable et parfait s'emboîtait dans le sien. La chaleur de la pierre de lune qu'ils tenaient dans leurs mains se diffusait comme un rayon de soleil et elle se mit à pulser.

Même en la dégustant lentement, il était enivré. Quand il s'écarta, elle soupira d'une manière bouleversante.

— *A ghra.*

Vulnérable, impatient, il appuya son front contre le sien. Il libéra le pendentif en soupirant à son tour. Le regard aimant, tendre et troublé de Kayleen s'éclaircit. Avant que le charme ne fût achevé, il l'embrassa une dernière fois.

— Rêve, dit-il.

4

Elle se réveilla dans une pièce baignée de soleil, enveloppée dans le parfum entêtant des roses. Le feu somnolait dans l'âtre et un oreiller de soie était glissé sous sa tête.

Elle roula sur le côté pour profiter du confort du lit. Puis elle se redressa d'un bond.

Mon Dieu, c'était réellement arrivé. Et par tous les saints, elle était de nouveau nue.

L'avait-il droguée, hypnotisée, enivrée ? Pour quelle autre raison aurait-elle dormi comme un bébé, nue, dans la maison d'un fou ?

D'instinct, elle tira sur le drap pour se couvrir et vit la rose solitaire.

Un homme fou mais incroyablement attentionné, charmant, romantique, se dit-elle en prenant la rose sans réfléchir.

L'histoire qu'il lui avait racontée – la magie, la trahison et les cinq siècles de punition. Il y croyait dur comme fer. Elle expira lentement. Elle aussi y croyait. Elle avait cru chaque mot de son histoire. *Sur le moment*. Au lieu de la trouver étrange, elle avait éprouvé du chagrin et de la colère. *Ensuite...*

Il l'avait embrassée, elle s'en souvenait. Stupéfaite par son comportement, elle toucha ses lèvres. Quand il l'avait embrassée, elle s'était sentie comme une glace onctueuse qu'on léchait. Pis encore, elle avait désiré qu'il l'embrasse. *Et beaucoup plus*.

Et peut-être, se dit-elle en ramenant les couvertures sous son menton, *y a-t-il eu beaucoup plus que ça*.

Après réflexion, elle se leva sans bruit, décidée à s'enfuir rapidement. Pour cela, il lui fallait des vêtements.

Sur la pointe des pieds, elle marcha jusqu'à la penderie, serrant les dents quand la porte s'ouvrit en grinçant. Elle reçut un choc devant la quantité de vêtements aux couleurs somptueuses : un étalage de soie et de velours, de satin et de dentelle. Des créations superbes. Le genre de tenues qui la faisaient rêver mais qu'elle n'achèterait jamais. Pas pratiques, trop frivoles.

Mais tellement sublimes.

Agacée par sa propre stupidité, elle secoua la tête et s'empara de son pantalon fonctionnel, de son pull déchiré… qui n'était plus déchiré. Ahurie, elle le retourna, chercha l'accroc dans la manche. *Plus rien*.

Elle n'avait pas imaginé cet accroc. C'était impossible. Tremblante, elle l'enfila et mit son pantalon. Ses vêtements étaient impeccables, sans aucune salissure.

Elle plongea dans la penderie, repoussa les pantoufles et les bottines et trouva ses simples mocassins noirs à talons plats. Ils auraient dû être usés, recouverts de boue séchée. Le gauche aurait dû être éraflé sur le côté, là où elle l'avait abîmé en butant contre une commode le mois dernier, dans sa boutique.

Or les chaussures étaient comme neuves.

Elle y réfléchirait plus tard. Dans l'immédiat, elle devait partir d'ici, loin de lui. Loin de tout ce qui lui arrivait et qu'elle ne comprenait pas.

Ses genoux se cognaient l'un contre l'autre tandis qu'elle marchait sans bruit vers la porte. Elle l'ouvrit et risqua un regard dans le couloir. Elle vit de luxueux tapis sur un sol de toute beauté, des peintures et des tapisseries au mur, des portes, toutes fermées. Aucun signe de Flynn.

Elle sortit aussi vite que ses jambes le lui permettaient. Étourdie de soulagement, elle dévala l'escalier, piqua un sprint jusqu'à la porte et l'ouvrit à deux mains.

Et alors qu'elle la franchissait en trombe, elle se heurta à Flynn.

— Bonjour.

Il la prit par les épaules pour l'aider à garder l'équilibre en se disant combien ce serait charmant qu'elle coure vers lui au lieu de le fuir.

— La pluie semble s'être calmée.

— J'étais... je voulais juste... J'aimerais aller jeter un coup d'œil à ma voiture.

— Bien entendu. Je vous conseille d'attendre que le brouillard soit levé. Voulez-vous prendre le petit déjeuner ?

Elle se força à sourire.

— Non, non. J'aimerais voir si la voiture est endommagée. Je vais aller vérifier ça et... je vous tiens informé.

— Je vous y emmène.

— Non, ce ne sera pas nécessaire.

Il se retourna et siffla. Il lui prit la main, ignorant le fait qu'elle tirait sur son bras pour lui échapper et l'entraîna jusqu'au bas des marches.

Un cheval blanc jaillit de la brume au galop, l'archétype du cheval de bataille avec sa crinière dans le vent et sa bride argentée qui cliquetait. Kayleen poussa un petit cri alors qu'il fonçait vers eux, ses jambes puissantes déchirant la brume, sa tête magnifique se balançant de droite à gauche.

Il s'arrêta à quelques centimètres de Flynn, souffla puis frotta ses naseaux sur le torse de son maître.

Flynn enlaça l'encolure de l'étalon en riant. Avec une joie de petit garçon qui étreint son chien. Il parla au cheval à voix basse, le flattant en gaélique.

Avec un grand sourire, Flynn leva la main et fit tourner son poignet. Dans sa paume vide apparut une pomme rouge brillante.

— Non, je n'oublie jamais. Tiens, mon joli, dit-il au cheval qui mordilla la pomme dans sa main. Il s'appelle Dilis. Ça signifie « fidèle » et ça lui va bien.

Avec une grâce athlétique, Flynn se hissa en selle et tendit la main à Kayleen.

— C'est très gentil et il est très beau mais je ne sais pas monter à cheval. Je vais juste...

Elle ravala la suite de sa phrase lorsque Flynn se pencha pour l'attraper par le bras et l'installer devant lui en amazone, comme si elle ne pesait pas plus lourd qu'une plume.

— Je suis un bon cavalier, l'assura-t-il en donnant un petit coup de talon à Dilis.

Le cheval se cabra et le cri de Kayleen se mêla au rire de Flynn pendant que la bête fabuleuse frappait l'air de ses sabots. Ils bondirent en avant et s'envolèrent en direction de la forêt.

Elle ne pouvait rien faire d'autre que s'accrocher. Elle noua les bras autour de Flynn et enfouit son visage dans son torse. C'était fou, complètement fou. Elle n'était qu'une femme ordinaire qui menait une vie ordinaire. Comment pouvait-elle galoper à travers une forêt irlandaise sur un grand cheval blanc, blottie contre un homme qui affirmait être un magicien du XVIe siècle ?

Il fallait que ça cesse et vite.

Elle leva la tête, décidée à lui ordonner d'arrêter son cheval, de la laisser descendre et partir. Mais elle se borna à le regarder. À travers les branches recourbées des arbres, les rayons du soleil pointaient comme des doigts lumineux. L'air scintillait telles des perles polies.

Sous elle, le cheval galopait avec aisance à un rythme soutenu. Et son cavalier était l'homme le plus splendide qu'elle eût jamais vu.

Ses cheveux noirs volaient dans le vent et ses yeux étincelaient. Et ce halo de tristesse qui le suivait partout et qui le rendait étrangement attirant avait disparu. Son visage exprimait de la joie, de l'exaltation, du plaisir et une certaine supériorité. Un arc-en-ciel de sentiments forts. Et tandis qu'elle le contemplait, son cœur s'emballa comme les sabots du cheval.

— Oh, mon Dieu !

Il n'était pas possible de tomber amoureuse d'un étranger. Dans le monde réel, ça n'arrivait pas.

Vulnérable, elle laissa sa tête retomber, contre son torse. Mais il était peut-être temps d'admettre, ou du moins d'envisager, qu'elle ait pu quitter le monde réel la veille au soir, au moment où elle s'était trompée de route.

Dilis ralentit au petit trot et s'arrêta. Quand Kayleen leva la tête, elle croisa le regard de Flynn. Cette fois, il lut clairement dans ses yeux. Poussé par le plaisir, il se pencha vers elle. Elle posa la main sur ses lèvres.

— Non, ne faites pas ça. S'il vous plaît.

Il hocha la tête d'un geste sec.

— Comme vous voudrez. (Il descendit de cheval et l'aida à mettre pied à terre.) Votre moyen de transport est moins fiable que le mien.

La voiture avait violemment percuté un chêne. Bien entendu, le chêne avait gagné la bataille. Le capot embouti était replié comme un accordéon et le pare-brise n'était plus qu'un tableau de fêlures surréalistes. L'airbag s'était gonflé, lui sauvant certainement la vie. Elle roulait trop vite pour les conditions climatiques. *Vraiment trop vite*, se souvenait-elle.

Mais comment avait-elle pu rouler sur ce chemin ?

C'était le plus étonnant. Il n'y avait pas de route à proprement parler. La voiture se trouvait sur un sentier forestier impraticable pour un véhicule à quatre roues. Il n'y avait pas d'espace entre les arbres touffus, les ronces et les vignes sauvages aux fleurs improbables. Et quand elle tourna lentement sur elle-même, elle ne vit aucune route à partir de laquelle elle aurait pu se faufiler dans la végétation sous la pluie, dans le noir.

Elle ne repéra aucune trace de pneus dans le sol détrempé. Aucune empreinte de son passage ; seulement l'épave qui marquait la fin de son voyage.

Frigorifiée, elle serra les bras autour d'elle. Son pull n'était pas déchiré. Prudemment, elle remonta la manche. À l'endroit où elle avait été blessée, sa peau était lisse et blanche.

Elle regarda Flynn, aussi silencieux que son cheval qui mâchouillait oisivement l'herbe. Il y avait de la colère dans ses yeux et une impatience qui produisait des étincelles.

Elle ne manquait pas de caractère, elle non plus, si on lui cherchait des noises. Et elle était à bout de patience.

— Quel est cet endroit ? demanda-t-elle en marchant vers lui. Et qui êtes-vous réellement ? Comment avez-vous fait ça ? Comment diable puis-je être là alors que je n'ai pas pu rouler jusqu'ici ? Cette voiture... (Elle l'indiqua d'un geste.) C'est impossible. Comment suis-je arrivée jusqu'à vous ?

Son bras retomba mollement contre son flanc.

— Vous savez que je vous ai dit la vérité, hier soir.

Elle le savait. Maintenant que sa colère se dissipait, elle le savait.

— J'ai besoin de m'asseoir.

— Le sol est mouillé. Attendez.

Il lui prit le bras avant qu'elle ne se laisse choir à terre. Avec délicatesse, il la fit asseoir sur une chaise à haut dossier rembourré d'un épais coussin de velours.

Elle commença à rire et, enfouissant le visage dans les mains, se mit à trembler.

— Merci. Merci beaucoup. J'ai perdu la tête. Complètement perdu la boule.

— Vous n'avez pas perdu la tête mais ça nous aiderait énormément si vous aviez l'esprit un petit peu plus ouvert.

Elle baissa les mains. Elle n'était pas de nature hystérique et ne le serait jamais. Elle ne le craignait plus. Malgré sa beauté sauvage et son charme immense, il ne lui avait fait aucun mal. En fait, il s'était même plutôt bien occupé d'elle.

Mais les faits n'étaient pas le vrai problème. Autre chose la troublait. Elle ne pouvait pas être là et pourtant elle était là. Il ne pouvait pas exister, mais il existait. Elle ressentait bel et bien toutes ces émotions, mais tout cela n'avait aucun sens.

Un conte, songea-t-elle en prenant une longue inspiration.

— Je ne crois pas aux contes de fées.

— C'est très triste. Pourquoi n'y croyez-vous pas ? Croyez-vous qu'un monde sans magie puisse exister ? D'où viennent la couleur, la beauté ? Où sont les miracles ?

— Je l'ignore. Je n'ai pas de réponses. Soit je fais un rêve très complexe, soit je suis assise dans les bois sur une... (elle se leva pour examiner le siège) sur une chaise en marqueterie. Hollandaise, du début du XVIIIe siècle, je crois. Très jolie. Oui, bon. (Elle se rassit.) Je suis assise sur cette belle chaise dans une forêt, au milieu de la brume, après être venue ici sur un magnifique cheval, après avoir passé la nuit dans un château...

— Ce n'est pas un château. C'est plutôt un manoir.

— Peu importe, avec un homme qui affirme avoir plus de cinq cents ans.

— Cinq cent vingt-huit ans, pour être précis.

— Vraiment ? Vous ne faites pas votre âge. Un magicien de cinq cent vingt-huit ans qui collectionne les distributeurs à bonbons.

— Des petits objets très astucieux.

— Et je ne sais pas comment tout cela est possible, mais pourtant j'y crois. Je crois à tout cela. Parce que continuer à nier ce que je vois de mes yeux me semble moins sensé que d'y croire.

Il lui adressa un grand sourire.

— Voilà. Je savais que vous étiez une femme sensée.

— Oh, oui, très sensée, très équilibrée. Alors je dois croire ce que je vois, même si c'est irrationnel.

— Si ce qui est rationnel existe, ce qui est irrationnel doit aussi exister. Il y a un équilibre en toutes choses, Kayleen.

Elle regarda autour d'elle.

— Eh bien, je crois à l'équilibre.

L'air scintillait, elle le sentait sur son visage. Elle sentait l'odeur forte et sombre des bois. Elle entendait les oiseaux pépier. Elle était là où elle était et lui aussi.

— Donc je suis assise sur cette jolie chaise, dans une forêt enchantée et je bavarde avec un magicien âgé de cinq cent vingt-huit ans. Et, comme si ce n'était pas assez fou, pour couronner le tout, je suis amoureuse de lui.

Son sourire détendu s'évanouit. L'émotion qui le submergea était chaude et complexe, si pleine d'épaisseurs et de sinuosités qu'il n'arrivait plus à respirer.

— Je vous ai attendue, siècle après siècle, rêve après rêve, à travers ces petites fenêtres de vie qui sont autant de la torture qu'un trésor. Viendrez-vous ouvertement à moi maintenant, Kayleen ?

Elle se leva et foula le sol moussu de la forêt.

— Je ne sais pas comment je peux éprouver cela. Je sais seulement que je le ressens.

Il l'étreignit et put enfin l'embrasser avec passion, possessivité. Quand elle se plaqua contre lui, enroulant les bras autour de son cou, il l'embrassa dans un regain de fougue et d'exigence. Il s'emplissait d'elle.

Kayleen était prise de vertige et elle s'en délectait. Personne ne l'avait jamais désirée – du moins pas de cette façon. Personne ne l'avait jamais touchée comme ça. Ni eu besoin d'elle. Le désir embrasait ses veines. La logique, la raison et le bon sens semblaient bien risibles à présent.

Elle avait la magie. Quel besoin avait-elle de faire appel à la raison ?

— Mienne, murmura-t-il au bord de ses lèvres.

Il le répéta plusieurs fois tout en semant des baisers sur son visage, sur sa gorge. Puis la tête rejetée en arrière, il le cria.

— Elle m'appartient, pour l'éternité. Je la déclare mienne, comme j'en ai le droit.

Quand il la souleva de terre, un éclair transperça le ciel. Le monde se mit à trembler.

À cheval, ils traversèrent la forêt. Il lui montra un ruisseau dans lequel des poissons dorés nageaient entre des rochers d'argent. Une cascade se déversait dans un bassin à l'eau aussi claire que du verre bleu.

Il s'arrêta pour cueillir des fleurs sauvages et les tresser dans ses cheveux. Et lorsqu'il l'embrassait, c'était avec tendresse.

Ses humeurs étaient aussi magiques que toute sa personne et tout aussi inexplicables. Il la courtisait, la faisait rire en faisant apparaître des colifichets du nulle part et peignait des arcs-en-ciel dans le ciel.

Elle sentait le vent sur ses joues, humait le parfum des fleurs et de l'humidité. Son cœur était animé d'une musique. Les contes de fées étaient réels. Toutes ces années, elle leur avait tourné le dos, rejetant le bonheur éternel qui faisait rêver sa mère, mais sa propre magie l'attendait.

Rien ne serait plus jamais comme avant.

L'avait-elle su d'une manière ou d'une autre ? En son for intérieur, savait-elle que cette vie l'attendait, que cet homme n'attendait que son réveil ?

Ils marchaient ou chevauchaient pendant que les oiseaux unissaient leurs chants autour d'eux et que le brouillard se dispersait ; un magnifique après-midi s'annonçait.

Au bord du bassin, il installa un pique-nique, servit du vin de sa main ouverte pour l'amuser. Il lui toucha les cheveux, la joue, les épaules des dizaines de fois, comme si chaque geste visait autant à le rassurer qu'à la séduire.

Elle n'avait jamais vécu d'histoire d'amour. Elle n'en avait jamais pris le temps. À présent, une vie entière d'amour, de joie anticipée pouvait être contenue dans cette journée idéale.

Il avait des connaissances dans tous les domaines. L'histoire, la culture, l'art, la littérature, les sciences. Avec exaltation, elle découvrit que l'homme qui possédait son cœur la séduisait également sur le plan intellectuel. Il savait la faire rire, l'étonner, susciter son désir. Et à son côté, elle était dans un état de contentement qu'elle n'aurait jamais cru possible.

Si c'était un rêve, se dit-elle tandis qu'ils reprenaient leur monture à l'approche du crépuscule, elle espérait ne jamais se réveiller.

5

Une journée parfaite méritait de se poursuivre par une nuit parfaite. Elle avait pensé, et même espéré, qu'au retour de leur promenade il l'emmènerait dans la chambre.

Mais il l'avait seulement embrassée de cette manière excitante qui la rendait vulnérable, nerveuse et lui avait suggéré d'aller se changer pour la soirée.

Elle était montée dans sa chambre en se demandant avec appréhension comment une femme devait se préparer, après la journée la plus splendide de sa vie, pour la soirée la plus inoubliable. Elle était certaine d'une chose. Trop réfléchir n'était pas bon. Si elle s'autorisait à formuler ses pensées, les doutes s'installeraient. Des doutes sur tout ce qui s'était passé – et sur ce qui pouvait s'ensuivre.

Pour une fois, elle allait simplement vivre. Simplement être.

La salle de bains adjacente à sa chambre était l'emblème du luxe moderne. Quitter la pièce meublée d'antiquités et décorée d'épais velours pour plonger dans cette abondance de céramique et de verre était comme changer de monde.

N'était-ce pas ce qu'elle avait fait ? Elle remplit la grande baignoire, ajouta des huiles, laissa les jets la détendre tandis qu'elle s'enfonçait dans l'eau jusqu'au menton.

Des pots au couvercle d'argent étaient alignés sur le long rebord blanc. Elle prit de la crème pour adoucir sa peau et se regarda dans la vitre embuée. C'était ainsi que les femmes se préparaient pour leur amoureux depuis des siècles. Elles se parfumaient et hydrataient leurs corps pour les mains d'un homme. Pour la bouche d'un homme.

Une magie toute féminine.

Elle n'allait pas céder à la peur, ni laisser l'anxiété assombrir son plaisir.

Dans la penderie, elle trouva un long peignoir de soie de la couleur d'une prune mûre. D'une douceur sensuelle, il avait un décolleté plongeant. Elle glissa ses pieds dans des pantoufles argentées et se tourna vers le miroir.

Non, se dit-elle au dernier instant. Elle ne voulait pas se voir dans un miroir. Elle voulait voir son reflet dans les yeux de Flynn.

Nerveux et maladroit, il se sentait comme un jeune homme. À son époque, il était habile avec les dames. Bien sûr, en cinq siècles, tout homme pouvait perdre la main sur certains plans mais il avait eu ses rêves pour entretenir son savoir-faire.

Mais même dans ses rêves, il n'en demandait pas tant. Comment aurait-il pu l'imaginer ? se demanda-t-il en voyant Kayleen descendre l'escalier. Ses rêves étaient ternes en comparaison du pouvoir qu'elle exerçait sur lui.

Il lui tendit la main, redoutant presque qu'elle la traverse et le laisse seul avec son désir exacerbé.

— Vous êtes la plus belle femme que j'aie jamais rencontrée.

Elle noua leurs doigts.

— Ce soir, tout est beau.

Elle s'avança et, confuse, le vit reculer.

— Je pensais... acceptez-vous de danser avec moi, Kayleen ?

La pièce s'emplit de musique. Des centaines de bougies s'allumèrent. La lumière tamisée devint dorée et les fleurs qu'elle vit éclore le long des murs transformèrent le vestibule en jardin.

— J'aimerais beaucoup, répondit-elle en se blottissant dans ses bras.

Ils valsèrent dans la grande salle, entre les flammes vacillantes des bougies et dans le parfum des roses qui les entouraient. Les portes et les fenêtres s'ouvrirent, laissant apparaître l'éclat de la lune et des étoiles et entrer la fragrance de la nuit.

Enchantée, Kayleen rejeta la tête en arrière et tournoya dans ses bras.

— C'est merveilleux ! Tout est merveilleux. Où avez-vous appris à valser alors que la valse n'existait pas à votre époque ?

— Je l'ai observée dans mes rêves. J'y vois le monde suivre son cours et je prends ce qui me plaît. J'ai dansé avec vous dans mes rêves, Kayleen. Vous ne vous en souvenez pas ?

— Non, je ne rêve pas. Ou si je rêve, je ne m'en souviens jamais. Mais ça, je ne l'oublierai pas. Jamais, répondit-elle en souriant.

— Vous êtes heureuse.

— Je n'ai jamais été aussi heureuse.

Sa main glissa sur son épaule, remonta dans son cou et se posa sur sa joue. Le bleu de ses yeux s'intensifia. Ils devinrent rêveurs.

— Flynn.

— Du vin. Vous voulez du vin, dit-il alors que son ventre se serrait d'excitation.

Ils se figèrent, la musique résonnant toujours.

— Non, je ne veux pas de vin.

— Dîner, alors.

Elle prit sa nuque dans sa main.

— Non, je ne veux pas dîner non plus, murmura-t-elle en rapprochant sa bouche. Je vous veux, vous. Seulement vous, souffla-t-elle.

Alors qu'il avait prévu de la séduire, c'était elle qui le charmait.

— Je ne veux pas vous presser.

— J'ai tellement attendu, sans le savoir. Il n'y a pas eu d'autre homme. Maintenant, je pense que c'était impossible parce que vous étiez là. Montrez-moi comment c'est d'appartenir à un homme.

— Aucune femme n'a compté pour moi. Il y a des ombres autour de vous, Kayleen. Ceci est réel, dit-il.

Il la porta dans ses bras comme une princesse et traversa la salle illuminée par les bougies, au son de la musique. Il la mena dans le grand escalier. Et même si elle sentait son corps et les battements de son cœur, elle avait l'impression de flotter.

— C'est ici que je rêve de vous la nuit.

Il l'emmena dans sa chambre. Le lit était recouvert de soie rouge et de pétales de roses blanches ; les bougies et le feu dans la cheminée étaient allumés.

— Et c'est ici que je vais vous aimer pour la première fois. Sentir votre peau nue.

Il la posa sur ses pieds.

— Je ne vais pas vous faire mal, je le promets. Je ne vous donnerai que du plaisir.

— Je n'ai pas peur.

— Alors unissez-vous à moi.

Il prit son visage entre ses mains et l'embrassa chastement.

Ses rêves étaient chargés de désir inassouvi, d'échos de sensations. En cet instant, alors que les brumes s'écartaient, il y avait tellement plus.

Avec une délicatesse infinie, il l'embrassa plus profondément. Ses mains l'explorèrent, chaudes et avides, tendres et patientes. Elle était douce et attirante. Quand elle tremblait, il l'apaisait, murmurant son nom et des promesses. Il baissa la robe sur ses épaules, sema des baisers sur leur courbe. Sa saveur et son parfum le ravissaient.

— Laissez-moi vous contempler, adorable Kayleen.

Ses lèvres descendirent le long de sa gorge pendant qu'il enlevait sa robe. Quand le tissu retomba sur ses pieds, il s'écarta pour la scruter longuement.

Elle n'était pas intimidée. L'afflux de chaleur qui rosissait ses joues était seulement dû à l'impatience. Des frissons délicieux la parcoururent lorsque ses yeux se plongèrent dans les siens.

Il caressa l'arrondi de sa poitrine, les laissa l'un et l'autre absorber la sensation. Quand ses doigts plongèrent en elle, elle frémit sous sa main.

Malhabile, elle déboutonna sa chemise. Et quand elle le toucha, elle se sentit libérée.

— *A ghra*.

Il la prit dans ses bras et, perdu dans une vague de besoins impétueux, il l'embrassa passionnément. Ses mains la parcouraient avidement, la saisissaient, la recherchaient davantage. Puis elle cria son nom.

C'était trop rapide, trop fort. Il luttait contre son sang qui tambourinait, ralentissait ses gestes, l'enchaînait à un besoin bestial. Quand il la souleva de nouveau pour l'allonger sur le lit, il l'embrassa longuement, lentement et tendrement.

C'était de cela que parlaient les poètes, se dit Kayleen. C'était pour cela qu'un homme et une femme pouvaient faire fi de la raison, pour avoir la chance d'aimer.

Cette chaleur, le plaisir procuré par un autre corps. Ce cadeau du cœur et tous les soupirs et les secrets offerts par l'être cher.

Il honora sa promesse et lui donna beaucoup de plaisir. Il la submergeait par vagues lentes. Elle aurait pu s'y baigner pour l'éternité.

Elle se laissait goûter, toucher et cela tempéra son impatience. Il la savourait en prenant son temps, en se raccrochant à sa beauté.

Quand les flammes qui la consumaient s'échauffèrent, elle les accueillit. Les jolis nuages qui l'enveloppaient douillettement s'amenuisèrent. Elle se laissa tomber. Dans sa chute, elle poussa un cri triomphant tandis que son cœur explosait.

Elle l'entendit gémir, entendit ses murmures accélérés, une incantation tandis qu'il s'élevait au-dessus d'elle. À la lueur des bougies et malgré son trouble, elle discerna son visage, ses yeux. Si verts maintenant qu'ils étaient comme des pierres précieuses. Submergée par son amour, elle posa la main sur sa joue et murmura son nom.

— Regarde-moi. Oui, moi. Seulement du plaisir.

Sa respiration lui déchirait les poumons. Son corps le suppliait de le libérer.

Il prit son innocence, la pénétra et lui donna du plaisir. Quand elle s'ouvrit à lui et s'éleva avec lui, ses yeux s'emplirent de délice et d'étonnement. Et d'un amour aussi vital que l'oxygène.

Et cette fois, quand elle succomba, il plongea avec elle.

Son corps chatoyait. Elle était certaine que si elle regardait dans le miroir, il serait doré. Elle lui appartenait, se dit-elle en promenant paresseusement la main dans son dos. Il était si beau. Fort, ferme et lisse.

Son cœur martelait encore contre le sien. Être sous le poids d'un homme que l'on aimait et dont le cœur battait pour vous était fantastique.

Peut-être était-ce pour cela que sa mère continuait de chercher, de prendre des risques. Pour cet unique moment de béatitude. L'amour changeait tout.

J'aime. Je suis aimée en retour. Elle se répétait ces phrases dans sa tête. Elle était aimée. Ce n'était pas important qu'il ne l'ait pas dit, ou pas de cette façon précise. Il ne pouvait pas la regarder comme il la regardait, la toucher comme il la touchait, sans l'aimer.

Une femme ne changeait pas de vie, ne se mettait pas à croire aux envoûtements et aux contes de fées après des années de déni, sans recevoir l'amour éternel.

Flynn l'aimait. C'était tout ce qu'elle avait besoin de savoir.

— Pourquoi es-tu soucieuse ?

Elle cligna des yeux le temps de se concentrer sur sa question.

— Quoi ?

— Je sens ton inquiétude, dit-il en fouillant son regard.

— Non, seulement tout est différent maintenant. Il m'arrive tellement de choses en si peu de temps. Mais ce n'est pas de l'inquiétude.

Le sourire aux lèvres, elle passa les mains dans ses cheveux.

— Je veux que tu sois heureuse, Kayleen.

— Je sais. Je sais.

N'était-ce pas la définition de l'amour ? Elle le prit dans ses bras en riant.

— Je le suis. Je suis ridiculement heureuse.

— La vie manque trop souvent de ridicule. Changeons ça.

Il la fit asseoir en même temps que lui sur des roses satinées.

Un large sourire se dessina sur son visage, et la pierre de son pendentif devint plus lumineuse. Il serra les poings et déplia les doigts.

En un clin d'œil, le lit fut couvert de plateaux de nourriture et de bouteilles de vin. Elle sursauta, se demandant si elle s'y habituerait un jour. La tête inclinée sur le côté, elle tendit un verre.

— Je préférerais du champagne, si c'est possible.

— Très bien.

Elle regarda son verre se remplir d'alcool pétillant. Elle trinqua en riant et le vida d'un trait.

6

Toute sa vie, Kayleen avait été raisonnable. Enfant, elle rangeait sa chambre sans qu'on le lui rappelle, elle travaillait bien à l'école et s'acquittait de ses corvées en temps voulu. Adulte, elle n'était jamais en retard à un rendez-vous, dépensait sagement son argent et dirigeait les affaires familiales avec efficacité et sérieux.

Avec le recul, elle se voyait comme la personne la plus assommante du monde.

Comment aurait-elle pu deviner qu'il y avait autant de liberté dans les actes soi-disant ridicules, impulsifs ou insensés ?

Allongée sur Flynn, sur le lit de fleurs veloutées, elle lui fit part de ses réflexions.

— Tu n'as pas pu être assommante.

— Mais si, je l'étais.

Elle leva la tête de son torse. Entièrement nue, son sourire révélait ses fossettes et elle portait des fleurs dans les cheveux.

— J'étais la reine de la vie ennuyeuse. Je réglais mon réveil à six heures tous les matins, même quand je n'avais pas à me lever pour aller travailler. Je mettais même le réveil à sonner quand j'étais en vacances.

— C'est parce que tu ne voulais rien manquer.

— Non, je ne voulais pas rompre la discipline. Tous les jours, je me rendais au travail à pied, qu'il pleuve ou qu'il fasse beau, en prenant toujours le même chemin. Bien sûr, avant de partir, je faisais mon lit et je prenais un petit déjeuner équilibré.

Elle glissa le long de son corps, ponctuant ses mots de petits baisers sur ses épaules et son torse.

— J'arrivais à la boutique précisément trente minutes avant l'ouverture pour m'occuper de la paperasse, des paiements et des présentations à actualiser. Trente minutes pour un déjeuner correct, quinze minutes, exactement, à quatre heures pour une tasse de thé, puis je fermais la boutique et rentrais à la maison à pied par le même trajet.

Elle remonta vers son cou.

— Je regardais les informations pendant le dîner. C'est important de suivre l'actualité. Puis je lisais un chapitre d'un bon livre avant de dormir. Sauf le mercredi. Le mercredi, je me lâchais, je regardais un film enrichissant. Et durant ma demi-journée de congé, j'allais faire la morale à ma mère.

Bien que sa jolie bouche fût source de distraction, il l'écoutait attentivement, sensible à la tonalité de sa voix.

— Tu fais la morale à ta mère ?

Elle lui mordilla l'oreille.

— Oh, oui ! Ma ravissante mère frivole. Je n'imagine pas à quel point j'ai dû l'énerver. Elle s'est mariée trois fois, fiancée six fois, au moins. Ça n'a jamais duré et elle a le cœur brisé pendant au moins une heure et demie.

Kayleen releva la tête en riant.

— Mais je ne lui reproche pas seulement de réussir à tourner la page sans se départir de son optimisme. Elle oublie de payer ses factures, rate des rendez-vous, ne sait jamais quelle heure il est et cherche constamment ses clés. Elle est merveilleuse.

— Tu l'aimes beaucoup.

Dans un soupir, elle reposa la tête sur son torse.

— Oui, beaucoup. Très jeune, j'ai décidé que je devais prendre soin d'elle. C'était après son deuxième mari.

Il passa les doigts dans sa chevelure piquée de fleurs.

— As-tu perdu ton père ?

— Non, mais on peut dire qu'il nous a perdues. Il nous a quittées quand j'avais six ans. Je suppose que l'on peut le qualifier de frivole, lui aussi. Pour moi, ce n'était qu'une motivation supplémentaire pour être l'opposé. Il n'a jamais trouvé sa place dans les affaires de la famille. Ni dans le mariage, ni dans son rôle de père. Je me souviens à peine de lui.

Silencieux, il lui caressait les cheveux. Mais il commençait à s'inquiéter pour elle.

— Tu étais heureuse, dans cette vie ?

— Je n'étais pas malheureuse. La boutique est essentielle pour moi et peut-être d'autant plus qu'elle importait peu aux yeux de mon père. Il a rejeté la tradition, la responsabilité de la perpétrer avec la même insouciance qu'il a rejeté sa femme et sa fille.

— Il vous a fait du mal.

— Au début. Ensuite je ne l'ai plus laissé m'atteindre.

Flynn se demandait si un tel détachement était possible, ou s'il ne s'agissait que d'une façade de plus.

— Je pensais qu'il n'y avait qu'une seule façon de faire correctement les choses. Si on fait tout ce qu'il faut, les gens ne partent pas. Et l'on sait exactement de quoi demain sera fait. Mon oncle et mon grand-père m'ont peu à peu confié la direction du magasin parce que c'était mon truc et ils en étaient fiers. Ma mère m'a laissée tout gérer à la maison parce qu'elle est trop débonnaire pour s'opposer à ma volonté.

Elle soupira de nouveau et se blottit contre lui.

— Elle va encore se marier le mois prochain et elle est tout excitée. Si je suis venue ici en vacances, c'est en partie pour m'éloigner de ses projets interminables pour un bonheur éternel de plus. J'ai dû la vexer, en partant comme ça. Mais ç'aurait été pire si j'étais restée et que j'eusse dit tout ce que je pensais.

— Tu n'aimes pas l'homme qu'elle va épouser ?

— Non, il est très bien. Les fiancés de ma mère sont toujours très bien. C'est amusant, depuis que je suis ici, je ne me suis pas du tout inquiétée pour elle. J'imagine qu'elle s'en sort très bien sans moi sur son dos. Je ne doute pas que tout roule à la boutique et que le monde continue à tourner. C'est étrange de prendre conscience que je ne suis pas du tout indispensable.

Il l'enlaça et les fit rouler pour la contempler, allongé sur elle.

— Tu l'es pour moi. Tu m'es vitale.

— C'est la chose la plus merveilleuse que l'on m'ait jamais dite. (C'était mieux que tous les « je t'aime » du monde, se dit-elle.) Je ne sais pas quelle heure il est, ni même quel jour nous sommes. Je n'ai pas besoin de le savoir. Je n'ai jamais mangé au lit, hormis quand j'étais malade. Jamais dansé dans une forêt au clair de lune, jamais fait l'amour dans un lit de fleurs. Je n'ai jamais connu la véritable liberté.

— Heureuse, Kayleen. Tu es heureuse.

Il l'embrassa avec une note désespérée.

— Je t'aime, Flynn. Comment pourrais-je être plus heureuse ?

Il voulait qu'elle continue à l'aimer. Qu'elle reste heureuse. Il souhaitait la garder belle et nue, baignant dans les plaisirs.

Plus que tout, il voulait la garder.

Les heures filaient, les jours se succédaient à une telle vitesse qu'il perdait lui aussi la notion du temps.

Pour l'un comme pour l'autre, en quoi le temps importait-il maintenant ?

Il pouvait lui donner tout ce qu'elle voulait ici. Absolument tout. Que pouvait-elle regretter de sa vie d'avant ? Elle était ordinaire et assommante. Ne l'avait-elle pas dit elle-même ? Il allait veiller à ce que rien ne lui manque. Et à ce que rapidement, elle n'y pense même plus. Leur vie serait idyllique.

Il lui apprit à monter à cheval et elle se montra intrépide, contrairement à leur première chevauchée durant laquelle elle s'était accrochée à lui, terrorisée quand il l'avait hissée sur Dilis la première fois. Il rationalisait le changement en se disant qu'elle avait des facilités pour apprendre. Il n'avait pas modifié sa nature ni sa volonté.

Altérer la personnalité dépassait ses pouvoirs et aurait violé la règle la plus élémentaire de la magie.

Quand elle s'enfonçait au galop dans la forêt dans un éclat de rire, il se disait qu'il n'autorisait son esprit à la suivre que pour la protéger. Pourtant, il savait au fond de lui que si elle s'écartait du centre de son univers, il la ramènerait vers lui.

Il avait ce droit, se dit-il en serrant les poings. Il la possédait. Ce qu'il revendiquait durant son emprisonnement lui appartenait définitivement.

La tête rejetée en arrière, il lança un regard noir vers le ciel.

— C'est la loi. C'est *ta* loi. Elle est venue me trouver. Par les droits de la magie, par la loi de cet endroit, elle est à moi. Aucun pouvoir ne peut me la prendre.

Quand le ciel s'obscurcit, que l'éclair transperça les contours sombres des nuages, Flynn se tenait droit dans le vent sifflant, les pieds plantés dans le sol dans une position de défi. Le vent souleva ses cheveux autour de son visage et ses yeux vert émeraude s'éclaircirent. Et le pouvoir qui était à lui, dont on ne pouvait pas le priver, rutilait autour de lui comme de l'argent.

En esprit, il vit Kayleen à califourchon sur le cheval blanc. Elle jeta un regard anxieux à la tempête qui se préparait et frissonna dans le vent frais. Elle fit demi-tour et galopa vers lui.

Elle riait encore lorsqu'elle surgit des bois.

— C'était merveilleux !

Imprudente, elle leva les bras en l'air, si bien que Flynn dut agripper le licou de Dilis pour le maintenir en place.

— Je veux faire du cheval tous les jours. Quelles sensations fabuleuses !

Les sensations, se dit-il, pris de culpabilité. Cela, il ne pourrait pas le lui offrir beaucoup plus longtemps.

— Viens, ma chérie, dit-il en lui tendant les bras. Nous allons installer Dilis à l'écurie pour la nuit. Une tempête s'annonce.

Elle appréciait également l'orage. Le vent, la pluie, le tonnerre. Cela l'électrisait et la plongeait dans un état d'excitation permanent. Quand Flynn prépara l'âtre pour allumer un feu d'un geste de la main, ses yeux dansaient.

— Je suppose que tu ne peux pas m'apprendre à faire ça ?

Il la regarda avec un sourire imperceptible, haussant à peine les sourcils.

— Non, je ne peux pas. Mais tu as tes pouvoirs magiques bien à toi, Kayleen.

— Vraiment ?

— Ils me lient à toi comme je n'ai jamais été lié à personne. Mais en compensation, je te donnerai tout ce que tu me demanderas tant que c'est en mon pouvoir.

— Tout ?

Elle le regarda par en dessous avec un petit sourire. Ces mimiques séduisantes lui venaient avec une facilité déconcertante.

— Quelle offre ! Je vais devoir réfléchir soigneusement avant de prendre une décision.

Elle parcourut la pièce, passant le doigt sur le dossier du canapé, la table vernie.

— Je peux aussi demander le soleil et la lune, par exemple ?

Elle était de plus en plus belle d'heure en heure.

— Comme ça ?

Il tendit les mains. Un collier de perles blanches lumineuses avec un fermoir en diamants pendait entre ses doigts.

Émerveillée, elle rit.

— Ce n'est pas un mauvais exemple. Elles sont magnifiques, Flynn. Mais je n'ai pas demandé des diamants ni des perles.

— Je te les donne librement. Pour le plaisir de te voir les porter.

Surprise par le plaisir qu'elles suscitaient en elle, elle prit les perles et les laissa retomber comme des rayons de lune entre ses doigts.

— Je n'ai jamais porté de perles. Elles me donnent l'impression d'être une reine.

Lorsqu'elle les enroula autour de son cou, le fermoir en diamants irradiait.

— D'où viennent-elles ? Les enregistres-tu en mémoire pour les faire apparaître d'un coup ? *Pouf !*

— Pouf ? répéta-t-il, préférant penser qu'elle n'essayait pas de l'insulter. Plus ou moins. Elles existent et je les déplace d'un endroit à un autre. D'ici à là. Quel que soit l'objet, il n'a pas de volonté propre, je peux le faire venir et le garder. Rien qui ait un cœur ou une âme ne peut être pris. Mais le reste... ces saphirs. Je pense que ce sont les pierres qui t'iront le mieux.

Le temps d'un clignement de paupière de Kayleen, une chaîne de perles noires fixées par des saphirs brillants apparut autour de son cou.

— Oh ! Je ne m'habituerai jamais à... les déplacer ? Tu veux dire, les prendre à quelqu'un ?

— Mmm.

Il se tourna pour remplir les verres de vin.

— Mais...

Elle regarda autour d'elle en se mordant la lèvre. Les somptueuses antiquités, les appareils électroniques modernes – qui fonctionnaient sans électricité –, les sublimes vases Ming, les tableaux pop art excentriques.

Cette pièce aurait été quasiment vide s'il n'avait pas été banni.

— Flynn ? D'où vient tout ça ? Ta télévision, ton piano, le mobilier, les tapis et les œuvres d'art ? La nourriture et le vin ?

— De différents endroits.

Elle lui prit son verre des mains.

— Comment ça marche ? Tu dupliques les objets ? Tu les copies ?

— Peut-être, si j'ai la tête à ça. Cette méthode exige plus de temps et d'efforts. Il faut connaître les entrailles, pour ainsi dire, la composition et toutes sortes de sujets scientifiques pour obtenir un parfait résultat. C'est de loin plus facile de simplement les transporter.

— Mais si tu les transportes, si tu les prends d'un endroit pour les apporter ici, c'est du vol.

— Je ne suis pas un voleur. Je suis un magicien. Les lois sont différentes pour nous.

La patience était l'une des grandes qualités de Kayleen.

— À l'origine, n'as-tu pas été puni pour avoir pris quelque chose qui ne t'appartenait pas ?

— C'était totalement différent. J'ai changé une vie pour le bénéfice d'autrui. Et j'ai peut-être été un peu… irréfléchi. Je ne méritais pas pour autant une condamnation aussi sévère.

— Comment sais-tu quelles vies tu as changées en déplaçant ce collier de perles ? Ou n'importe lequel de ces objets ? Quand tu prends le bien d'un autre, cela provoque un changement, non ? Et dans le fond, c'est simplement du vol. (Non sans regret, elle passa les perles au-dessus de sa tête.) Tu dois les remettre à leur place.

Insulté, il posa bruyamment son verre.

— C'est hors de question. Tu refuses mon cadeau ?

— Oui, s'il appartient à quelqu'un d'autre. Flynn, je suis négociante. Que ressentirais-je si un matin, en ouvrant mon magasin, je le trouvais vide ? Je serais dévastée. Je le ressentirais comme un viol. Sans parler des différents tracas qui en découleraient. Je devrais faire une déclaration à la police, à l'assurance. Une enquête serait ouverte et…

— Ces problèmes n'existent pas ici. Tu ne peux pas appliquer ta logique ordinaire à la magie. Seule la magie dicte les lois.

— Le droit s'applique partout, Flynn, et même la magie ne peut pas faire bon marché de la justice. Ce sont peut-être des objets de famille. Peut-être que quelqu'un y tient énormément, au-delà de leur valeur matérielle. Je ne peux pas les accepter.

Elle posa les perles lumineuses sur la table.

— Tu n'as aucune connaissance de ce qui me gouverne. Aucun droit de questionner ce qui m'anime. Ton monde ignore tout du mien, siècle après siècle, accumulant ses pâles épaisseurs de raison et de déni. Tu viens ici et en quelques jours, tu te permets de juger ce qui échappe à ta compréhension ?

Sa colère faisait trembler les murs.

— Ce n'est pas toi que je juge, Flynn, mais tes actions.

Un vent froid soufflait dans la pièce. Il fouetta son visage, souleva ses cheveux. Le ventre serré, elle redressa le menton et poursuivit.

— Le pouvoir ne te prive pas de ta responsabilité humaine. Il devrait s'y ajouter. Je suis surprise que tu n'aies pas appris cela avec tout le temps que tu as eu pour réfléchir.

Les yeux de Flynn lançaient des éclairs. Il tendit les bras, faisant éclater le bruit et la lumière dans la pièce. Kayleen recula en chancelant, mais réussit à retrouver l'équilibre et à ravaler un cri. Quand l'air s'éclaircit de nouveau, ils se trouvaient seuls dans un espace vide.

— Voilà ce que j'aurais si je vivais selon tes règles. Rien. Aucun confort, aucune humanité. Seulement des pièces vides, dans lesquelles résonnent des échos inertes. J'ai supporté cinq siècles de solitude et je devrais me soucier de ce que ressentent ceux dont la vie ne dure qu'un instant quand je les prive d'une lampe ou d'une peinture ?

— Oui.

Dans un éclat de petites flammes dorées, il disparut sous ses yeux.

Qu'avait-elle fait ? Paniquée, elle faillit crier son nom puis elle se rendit compte qu'il n'entendrait que ce qu'il déciderait d'entendre.

Elle l'avait rejeté, songea-t-elle tristement en tombant assise sur le sol nu. Elle l'avait chassé avec ses principes rigides sur le bien et le mal, ses règles de conduite inflexibles de la même façon qu'elle avait tenu tellement de personnes à distance dans sa vie.

Elle lui avait fait la morale, admit-elle dans un soupir. À cet homme incroyable au don magnifique.

Elle avait agité son doigt sous son nez comme quand elle réprimandait sa mère. Elle avait endossé le rôle de l'adulte face à un enfant, une fois de plus.

Même la magie ne semblait pas réussir à chasser ce défaut irritant. Même l'amour ne l'avait pas vaincu.

Maintenant elle était seule dans une pièce vide. *Seule, comme depuis si longtemps*. Flynn pensait avoir le monopole de la solitude, pensa-t-elle en riant jaune. Elle faisait carrière dans ce domaine.

Elle posa la tête sur ses genoux ramenés contre sa poitrine. Pire que tout, même en cet instant, alors qu'elle était triste, en colère et qu'elle avait le cœur lourd, elle était certaine d'avoir raison.

Cette certitude ne lui était pas d'un grand réconfort.

7

Il lui fallut des heures pour apaiser son courroux. Il marchait de long en large, enrageait, broyait du noir. Quand sa colère passa, il se mit à bouder, mais il s'en serait fallu de peu pour qu'il retombât dans la colère.

Elle l'avait froissé. Quand il fut assez calme pour s'en rendre compte, il reçut un choc. Elle l'avait blessé intimement. Elle avait rejeté son don, mis son sens moral en question et critiqué ses pouvoirs. En quelques phrases.

À son époque, un tel affront de la part d'une simple femme aurait…

Il jura et se remit à faire les cent pas. Il avait changé d'époque et s'il avait appris à s'adapter à quelque chose, c'était aux changements de comportements et de sensibilités. À l'heure actuelle, les femmes tenaient tête aux hommes et à travers ses lectures et ses visionnages, il avait fini par être convaincu qu'elles en avaient le droit.

Les vieilles manières lui étaient presque devenues étrangères. N'avait-il pas adopté la technologie et les progrès ? Ne s'était-il pas amusé des bizarreries sociales et vestimentaires, à mesure qu'elles naissaient et évoluaient ? Et il avait puisé dans chaque changement ce qui l'attirait le plus, ce qui lui convenait le mieux.

C'était un homme cultivé. Déjà en son temps, il était instruit et voyageait beaucoup. Et depuis cette époque, il avait étudié. Les sciences, l'histoire, l'électronique, l'ingénierie, l'art, la musique, la littérature, la politique. Il avait très peu laissé son esprit se reposer durant cinq cents ans.

En réalité, il avait rarement l'occasion d'utiliser autre chose que son esprit.

Alors il s'en servait encore pour ressasser leur dispute.

Elle ne comprenait pas. La magie ne répondait pas aux lois de son monde ; elle était indépendante. Elle existait et c'était tout. Assurément, aucun magicien consciencieux ne nuisait délibérément à autrui. Il n'avait fait que piocher quelques éléments issus de la technologie, de l'art et du confort à différentes périodes. Pourquoi aurait-il vécu dans une minable grotte ?

Du vol ? Drôle d'idée !

Il s'assit sur une chaise, dans son atelier, pour ruminer plus longuement.

Les magiciens n'agissaient pas dans l'esprit de voler. Ils déplaçaient la matière d'un endroit à l'autre depuis la nuit des temps. Et qu'étaient les bijoux, sinon de jolis amas de matière ?

Il soupira. Du point de vue de Kayleen, il supposait qu'ils étaient beaucoup plus que ça. Et il avait voulu qu'elle leur accordât de la valeur, qu'elle fût émerveillée et subjuguée et qu'elle l'adorât pour ce cadeau.

De la même façon qu'il avait voulu émerveiller et subjuguer la femme qui l'avait trahi. Ou, pour être honnête, la femme qui l'avait poussé à se trahir lui-même ainsi que son art. Cette femme avide avait volé ce qu'il lui avait offert, ce qu'il avait pris ailleurs et l'avait laissé seul.

Qu'avait fait Kayleen ? Avait-elle succombé à l'attrait des pierres et de la richesse ? S'était-elle laissé séduire pour ses cadeaux ?

Pas le moins du monde. Elle les lui avait renvoyés au visage.

Elle lui avait présenté ce qui était bon et juste selon elle. Elle l'avait affronté. Cette image le fit sourire. Il ne s'était pas attendu à cette réaction, il pouvait l'admettre. Elle l'avait regardé dans les yeux, avait dit ce qu'elle avait à dire et s'y était tenue.

Quelle femme ! Sa Kayleen était forte et honnête. Ce n'était pas une jolie potiche accrochée au bras d'un homme mais une partenaire qui le soutiendrait fièrement. C'était merveilleux car elle ne représentait pas un plaisir superficiel qui ne dure qu'un temps. Il désirerait cette femme pour l'éternité.

Il se leva et scruta son bureau. Une femme, c'était tout ce qu'il lui restait. Il n'avait plus qu'à trouver le moyen de faire la paix.

Kayleen envisagea de pleurer un bon coup, mais ça ne lui ressemblait pas. Au lieu de ça, elle entreprit de fouiller la cuisine, ce qui n'était pas une tâche aisée. Durant ses recherches, elle découvrit que Flynn n'avait vidé qu'une seule pièce. Les autres parties de la maison regorgeaient d'objets éclectiques et fascinants.

Une fois calmée, elle prépara le thé dans une cuisine équipée d'un réfrigérateur de restaurant, d'un four à micro-ondes et d'une cheminée en pierre au lieu d'un réchaud. Il lui fallut un temps considérable pour faire un feu capable de chauffer de l'eau dans une casserole en cuivre. Mais cela la fit sourire.

Finalement, comment lui reprocher de vouloir s'entourer d'objets jolis et intéressants ? Cet homme avait besoin de se servir de son esprit, de se divertir, de se lancer des défis. N'était-elle pas tombée amoureuse de lui précisément pour cette raison ?

Elle porta le thé dans la bibliothèque remplie de milliers de livres, de parchemins et de manuscrits.

Ses profonds fauteuils en cuir rembourrés, son ordinateur dernier cri.

Elle pouvait allumer un feu et suffisamment de bougies pour lire. Prendre un thé et profiter du calme.

Agenouillée devant l'âtre, elle tenta d'allumer le petit bois mais ne réussit qu'à roussir les brindilles. Elle arrangea les bûches, se planta une épine dans le pouce et fit une nouvelle tentative.

Elle créa une flamme hésitante et énormément de fumée, que le vent lui renvoya joyeusement au visage. Elle souffla pour la chasser, suça son pouce meurtri, puis s'assit sur ses talons pour réfléchir posément.

Soudain les flammes jaillirent, apportant de la chaleur. Elle serra les dents et se retint de se retourner.

— Je peux le faire toute seule, merci.

— Comme tu voudras.

Du feu, il ne resta plus que de la fumée. Elle toussa, l'écarta en agitant la main puis se leva.

— Il fait assez chaud. Pas besoin d'un feu.

Il marcha vers elle et lui prit la main.

— Je dirais qu'il fait un froid surnaturel. Tu t'es blessée.

— Ce n'est qu'une écharde. Ne fais pas ça, dit-elle alors qu'il portait son pouce à ses lèvres.

— Avoir une forte personnalité et avoir l'esprit de contradiction, ce sont deux choses différentes. (Il embrassa son pouce et la douleur passa.) Mais je note que tu sais arrondir les angles quand il s'agit de goûter aux plaisirs d'une tasse de thé, d'un livre et d'un fauteuil confortable.

— Je ne vais pas rester debout dans une pièce vide, à me tordre les mains en attendant que ta crise passe.

Il haussa les sourcils.

— C'est déconcertant, non ? Le vide.

Elle dégagea sa main.

— En effet. Et je ne saisis pas pleinement tout ce que tu as vécu. Je n'ai pas non plus le droit de critiquer la façon dont tu as compensé. Mais...

— La loi est la loi. Cet endroit et ces objets étaient tout ce que j'avais quand je suis arrivé ici. Je pouvais l'emplir d'objets, de tout ce qui me plaisait. C'est ce que j'ai fait. Je ne vais pas m'excuser pour ça.

— Je ne te demande pas d'excuses.

— Non, tu veux tout autre chose.

Il ouvrit les mains et les luxueux colliers de perles brillèrent dans ses paumes.

— Flynn, ne me demande pas de les prendre.

— Je te le demande. Je te fais ce cadeau, Kayleen. Ce sont des répliques et elles n'appartiennent à personne d'autre qu'à moi. Jusqu'à ce qu'elles t'appartiennent.

Lorsqu'il lui mit le collier, elle sentit sa gorge se serrer.

— Tu les as faites pour moi ?

— Je suis peut-être devenu fainéant avec le temps. Il m'aurait fallu plus de temps pour les faire apparaître mais cela m'a rappelé le plaisir du façonnage.

— Elles sont plus belles que les autres. Et beaucoup plus précieuses.

— Tiens, une larme, murmura-t-il en recueillant du bout du doigt celle qui coulait sur sa joue. Si c'est une larme de joie, elle brillera. Si elle est née du chagrin, elle se changera en cendres. Regarde.

La larme scintillait sur son doigt. Elle étincela avant de se solidifier en diamant de la forme d'une larme.

— C'est le cadeau que tu me fais.

Glissant la main sous sa chemise, il délogea son pendentif et passa la main dessus. La goutte précieuse luisait à présent sous la pierre de lune.

— Je la porterai sur mon cœur. Pour toujours.

Elle lui sauta au cou.

— Tu m'as manqué !

— J'ai laissé la mauvaise humeur nous voler des heures précieuses.

— Moi aussi. Nous avons eu notre première dispute. Je m'en réjouis. Nous n'aurons plus à revivre ça.

— Nous en vivrons d'autres, peut-être ?

Elle l'embrassa sur la joue.

— Il faudra bien. Il y a tant de zones d'incompréhension entre nous. Et même lorsque nous nous comprendrons, nous ne serons pas toujours d'accord.

— Ma raisonnable Kayleen. Non, ne te renfrogne pas, dit-il en lui relevant le menton. J'aime ta façon de penser. Elle me stimule.

— Je t'ai agacé.

— Sur le moment.

Il la contourna et alluma le feu et les bougies.

— Et puis je me suis demandé si la vie serait agréable si tu étais docile et que tu disais oui à tout ce que je dis ou fais. « Oui, Flynn, mon chéri. » « Tout à fait, mon beau Flynn », dirais-tu.

— Vraiment ?

— Mais alors la lueur de défi dans tes yeux et la manière dont tu pinces les lèvres me manqueraient. Elle me donne envie de… (Il mordilla sa lèvre.) Mais c'est un autre genre de stimulation. Je suis disposé à me disputer avec toi tant que tu es prête à te réconcilier avec moi.

— Je suis disposée à te voir taper du pied et éclater de colère…

— Je n'ai pas tapé du pied.

— C'est une image. Tant que tu reviens vers moi. (Elle posa la tête sur son épaule, ferma les yeux.) La tempête est passée. On voit le clair de lune par la fenêtre, murmura-t-elle.

Il la porta dans ses bras.

— C'est vrai. Je sais comment célébrer notre première dispute. Aimerais-tu voler, ma douce ?

demanda-t-il en refermant la main de Kayleen sur son pendentif.

— Voler ? Mais...

Elle s'éleva dans l'air, dans la nuit. L'air tournoya autour d'elle, puis sembla se liquéfier si bien qu'elle eut l'impression de traverser une mer sombre. La pierre pulsait dans sa main. Elle poussa un cri de surprise, puis de plaisir, tendant la main comme si elle pouvait cueillir l'une des étoiles qui scintillaient autour d'elle.

Intrépide, même en cet instant, se dit Flynn. Ou peut-être rattrapait-elle le temps qu'elle avait perdu durant sa vie trop morne ? Quand elle tourna la tête vers lui, ses yeux étaient plus étincelants que des gemmes et même plus étincelants que les étoiles et il la fit tant tournoyer dans ses bras qu'elle eut le tournis.

Dans un éclat de rire, ils atterrirent en roulant sur eux-mêmes dans l'épais coussin d'herbe, sur la rive de sa cascade bleue.

— Oh, c'était formidable ! Pouvons-nous recommencer ?

— Bientôt. Tiens. Tu n'as pas dîné.

Il leva la main et une pêche juteuse se balança au bout de ses doigts.

— Je n'avais pas faim.

Charmée, elle prit le fruit et apprécia son goût sucré.

— Toutes ces étoiles, murmura-t-elle en s'allongeant pour les contempler. Nous avons réellement volé tout là-haut ?

— C'est une sorte de manipulation du temps, de l'espace et de la matière. C'est magique. C'est suffisant, non ?

— Plus que ça. Le monde entier est magique à présent.

— Mais tu as froid, dit-il en remarquant qu'elle frissonnait.

— Juste un peu.

La température se réchauffait déjà. Il se pencha pour l'embrasser.

— Je l'avoue. J'ai volé un peu de chaleur à droite à gauche. Mais je ne pense pas que ça manquera à quiconque. Je ne veux pas que tu prennes froid.

— Est-ce que ça pourra toujours être comme ça ?

Il eut un pincement au cœur.

— Ce sera ce que nous en ferons. Tu regrettes ta vie d'avant ?

Comme elle baissait les yeux, il ne parvint pas à déchiffrer son expression.

— Non. Et toi ? Les gens que tu connaissais ? Ta famille ?

— Ils ont disparu depuis longtemps.

Elle s'assit et lui tendit la pêche.

— Était-ce difficile ? Savoir que tu ne pourrais jamais les revoir, ni leur parler, ni même leur dire où tu étais ?

— J'ai oublié.

C'était son premier mensonge. Il se souvenait qu'il avait cru mourir de chagrin.

— Je suis désolée. Ça te fait de la peine, dit-elle en posant la main sur son épaule.

— Moins qu'avant. (Il se leva.) Tout cela est derrière moi et la peine s'estompe. C'est cela l'illusion et c'est tout ce qui est réel. Tout ce qui compte. Tout ce qui importe est ici.

— Flynn.

Elle se leva dans l'espoir de le réconforter, mais lorsqu'il pivota vers elle, ses yeux étaient enflammés. Son désir lui coupa le souffle.

— Je te veux. Dans mille ans, je te voudrai encore. Cela me suffit. Est-ce suffisant pour toi aussi ?

Elle lui tendit les mains.

— Je suis là. Et je t'aime. Je n'aurais jamais rêvé d'avoir autant.

— Je peux te donner davantage. Il te reste un vœu à faire.

— J'attendrai d'avoir besoin de plus pour le formuler. (Elle prit son visage entre ses mains.) Je n'avais jamais touché un homme de cette façon. Avec de l'amour et du désir. Flynn, crois-tu que je ne mesure pas combien c'est merveilleux parce que c'est la première fois que je ressens cela ? La première fois que j'éprouve cela pour un homme ? J'ai vu ma mère rechercher cet amour toute sa vie, être prête à risquer une peine de cœur pour la chance – rien que la chance – de sentir ce que je ressens en ce moment. Elle est la personne la plus importante pour moi, en dehors du monde que tu as créé. Et je sais qu'elle serait heureuse de savoir que je l'ai trouvé auprès de toi.

— Quand tu formuleras ton vœu, je retournerai ciel et terre pour te combler. J'en fais le serment.

Elle sourit.

— J'ai tout ce que mon cœur désire. Dis-moi ce que le tien désire.

— Pas ce soir. Ce soir, j'ai des projets pour lesquels il n'est pas nécessaire de parler.

— Ah, oui ? Et quels sont-ils ?

— Eh bien, pour commencer...

Il leva la main et, du bout du doigt, il traça une ligne verticale entre eux. Elle se retrouva nue.

8

— Oh ! Tu aurais pu me prévenir, dit-elle en se couvrant instinctivement.

— Je vais te baigner dans le clair de lune et te revêtir de la lueur des étoiles.

Elle sentit une pression douce mais insistante sur ses mains. Ses bras s'abaissèrent et s'écartèrent comme s'ils étaient attachés par une cordelette de soie.

— Flynn.

— Laisse-moi te toucher. T'exciter.

La couvant du regard, il se rapprocha, ses doigts parcourant sa gorge, l'arrondi de ses seins. Il mordilla ses lèvres.

— Laisse-moi te posséder.

Quelque chose s'immisça dans son esprit et son corps en même temps. Un serpentin de chaleur les reliait l'un à l'autre. Cette sensation, soudaine et vive, la transperça. Elle gémit, n'ayant pas le souffle nécessaire pour crier.

Il l'avait à peine touchée.

— Comment peux-tu... comment puis-je...

— Je veux t'en montrer davantage cette fois.

Ses mains étaient sur elle à présent, ses gestes impatients et brusques. Sa peau était douce, parfumée. Sous le clair de lune, elle luisait tant que dès qu'il la touchait, la chaleur se diffusait sur sa peau, comme une éclosion de roses sur la soie.

— Je veux en prendre plus cette fois.

Pour la seconde fois, ils volèrent ensemble. Sans que ses pieds quittent le sol, elle tournoya dans les airs. Un tour rapide qui lui donnait le vertige. Il l'embrassait avec une fougue dévorante. Elle ne pouvait rien faire d'autre que le laisser attiser leur désir. Et sa ferveur effaçait sa raison au point qu'elle désirait seulement être consumée.

Abandonnée aux sensations, elle laissa sa tête retomber en arrière, murmurant son nom comme un chant tandis qu'il l'aimait.

Leurs esprits s'unissaient, enflammant chaque petit cri. Elle se donna à lui sous la lune, submergée par le plaisir et frissonnant sous sa chaleur.

Sa passion pour elle était telle que ses doigts laissaient des empreintes dorées sur sa peau humide, des traces qui pulsaient et l'attachaient, comme des rubans de plaisir.

Quand il l'embrassait, une saveur intense et douce se diffusait entre eux. Sans cesser de la boire, il les souleva du sol.

Libérée de ses liens, elle l'enlaça, ses ongles grattant le vide en essayant de se retenir à lui. Elle était chaude et mouillée contre lui et ses hanches se tendaient comme pour le supplier.

Il se guida en elle d'une poussée désespérée. À mesure qu'il la pénétrait, elle répondait d'un même battement impatient, laissant le côté animal de Flynn se libérer.

Il n'avait plus qu'elle à l'esprit et cet appétit bestial qu'ils partageaient. Un cri victorieux résonna dans la forêt lorsque cette faim les engloutit tous deux.

Allongée, elle avait les membres en coton. Elle était si exténuée qu'elle n'aurait pas fait un geste si une horde de chevaux sauvages avait galopé dans sa direction.

À en croire la façon dont Flynn s'était écroulé sur elle et restait étendu sans bouger, elle se dit qu'il était aussi engourdi qu'elle.

— Je suis vraiment désolée, soupira-t-elle.
— Désolée ?

Sa main survola l'herbe pour recouvrir la sienne.

— Mmm. Désolée pour les femmes qui ne t'ont pas comme amant.

Il répondit d'un petit rire.

— Généreux de ta part, *mavoureen*. Je préfère me vanter d'être le seul homme qui ait le bonheur de te posséder.

— J'ai vu des étoiles. Pas celles du ciel.

— Moi aussi. Tu es la seule à m'avoir donné des étoiles.

Il se décala, pressant ses lèvres sur le côté de son sein avant de lever la tête.

— Et tu attises mon appétit aussi, pour toutes sortes de raisons succulentes.

— Je suppose que cela signifie que tu veux dîner et que nous devons rentrer.

— Nous n'avons aucune obligation, si ce n'est de faire ce qui nous plaît. Que voudrais-tu ?

— Maintenant ? De l'eau m'irait très bien. Je n'ai jamais eu aussi soif.

La tête inclinée, il sourit largement.

— De l'eau, alors ? Je peux t'en donner, autant que tu veux.

Il la prit dans ses bras et les fit rouler dans l'herbe. Elle poussa un cri et il éclata de rire tandis qu'ils dévalaient la berge. Ils retombèrent dans l'eau en projetant des éclaboussures.

Pour Kayleen, c'était miraculeux qu'ils aient autant de choses en commun. Malgré les circonstances et toutes leurs différences, c'était incroyable qu'ils trouvent autant de sujets de conversation.

Mais Flynn n'était pas resté sans rien faire pendant cinq siècles. Comme elle, il avait développé un goût prononcé pour l'art, même si son objectif n'était que la quête de la beauté. Toute sa vie durant, elle avait côtoyé des artisans et des esthètes – s'immergeant dans l'histoire d'une table, la fonction sociale d'une tabatière en émail ou le patrimoine symbolisé par un plateau. Elle tenait aux quelques pièces qu'elle s'était autorisé à collectionner, non seulement parce qu'elles étaient belles mais aussi parce qu'elles représentaient une continuité.

Ils avaient apprécié les mêmes livres et les mêmes films, bien que lui les eût découverts dans le seul but de passer un bon moment.

Il l'écoutait, posait des questions sur les différentes périodes de sa vie, désireux d'obtenir tous les détails, tous les événements et les choses qu'elle avait vus ou vécus mais qu'elle avait oubliés depuis longtemps.

Personne ne s'était jamais autant intéressé à elle, à qui elle était, à ce qu'elle pensait ou ressentait. S'il n'était pas d'accord avec elle sur un point, il l'amenait doucement à débattre, ou la taquinait pour l'inviter à explorer son côté plus léger auquel elle lâchait rarement la bride.

Elle semblait avoir le même effet sur lui et savait comment le sortir délicatement de ses silences maussades, ou bien le laisser tranquille le temps qu'il retrouve sa bonne humeur.

Mais dès qu'elle évoquait l'avenir, il se murait de nouveau dans le silence. Aussi décida-t-elle de ne plus aborder le sujet. Elle n'avait pas besoin de savoir. Que lui avait apporté sa manie de tout planifier sinon une vie monotone ? Quoi qu'il arrive au terme des sept jours – mais pourquoi n'arrivait-elle pas à se souvenir du jour précis ? –, elle s'en satisferait.

Pour l'heure, chaque instant était précieux.

Il lui avait tant donné. Souriant, elle parcourait la maison, effleurant les perles exquises qu'elle n'avait pas enlevées depuis qu'il les lui avait passées autour du cou. Elle ne pensait pas à tous ces cadeaux, se dit-elle, bien qu'elle les chérît, mais à leur histoire d'amour, à toutes ces possibilités qu'il avait ouvertes en elle et surtout à ce sentiment de clarté dans sa vie.

Elle n'avait jamais eu une vision aussi claire des choses.

L'amour répondait à toutes les questions.

Que pouvait-elle lui offrir en échange ? Des cadeaux ? Elle n'avait rien. Ses maigres possessions étaient dans la voiture abandonnée dans les bois. Là-bas, il y avait si peu de la femme qu'elle était devenue et qui n'avait pas fini de se transformer.

Elle voulait faire quelque chose pour lui. Quelque chose qui le fasse sourire.

De la nourriture. Enchantée par cette idée, elle retourna précipitamment dans la cuisine. Elle n'avait jamais vu personne prendre autant de plaisir à croquer dans une pomme que Flynn.

Bien sûr, comme il n'y avait pas de réchaud, elle ne savait pas comment elle pouvait cuisiner, mais… En entrant dans la cuisine, elle resta interdite.

Un magnifique réchaud s'y trouvait à présent. Blanc et rutilant. Elle n'avait fait que marmonner qu'elle avait dû faire bouillir de l'eau pour le thé sur un feu et – *hop !* – il avait fait apparaître un réchaud.

Bien, se dit-elle en remontant ses manches. Elle allait voir ce qu'elle pouvait en tirer.

Dans son laboratoire, Flynn observait le monde à travers la fenêtre. Il avait prévu de se concentrer sur l'appartement de Kayleen afin de reproduire certaines de ses affaires. Il savait ce que ça faisait d'être privé de ses possessions, de tous les objets auxquels on tenait.

Il se perdit un instant dans l'appartement de Boston, déplaçant son esprit de pièce en pièce, étudiant la manière dont elle avait agencé le mobilier et les livres sur les étagères, notant les couleurs qu'elle préférait.

Il admirait l'ordre qui y régnait. Chaque chose avait sa place et tout était aménagé avec goût. Vivre dans son fatras avait-il mis à mal son besoin d'ordre ?

Il allait lui poser la question. Ils pouvaient procéder à quelques ajustements. Mais pourquoi ne vivait-elle pas dans un environnement plus coloré ? Et ses vêtements dans l'armoire... ils convenaient plus à une vieille fille. Non, ce mot n'était plus d'usage. Des tenues neutres, loin des étoffes riches et des couleurs éclatantes qui seyaient si bien à sa Kayleen.

Elle voulait certainement ses photographies, ce charmant miroir de trumeaux et cette lampe. Il commença à mémoriser leur forme et leurs dimensions, les teintes et les textures. Il était si concentré qu'il ne vit sa vision changer qu'au moment où une femme la traversa.

Les mains serrées l'une contre l'autre, elle errait dans l'appartement. Une femme charmante. Plus petite que Kayleen, avec des seins et des hanches plus rebondis, mais avec le même teint. Ses courts cheveux noirs caressaient ses joues quand elle bougeait.

Subjugué, il ouvrit plus largement la fenêtre et l'entendit parler.

— Oh, mon bébé, où es-tu ? Pourquoi n'as-tu pas téléphoné ? Ça fait presque une semaine. Pourquoi n'arrivons-nous pas à te trouver ? Oh, Kayleen. (Elle prit une photo sur une table et la pressa sur son cœur.) J'espère que tu vas bien.

La photo sur son sein, elle se laissa tomber dans un fauteuil et se mit à pleurer.

Flynn referma sèchement la fenêtre et se détourna.

Il ne se laisserait pas émouvoir.

Le temps était presque écoulé. Dans un peu plus de vingt-quatre heures, il n'aurait plus le choix. Plus personne n'aurait le choix.

Il ferma son esprit au chagrin d'une mère. Mais il ne parvint pas totalement à fermer son cœur.

Il quitta la pièce de mauvaise humeur. Il allait sortir, se calmer en marchant. Peut-être sifflerait-il Dilis pour aller faire un tour. Mais il entendit un chant.

C'était la première fois qu'il l'entendait chanter. Une jolie voix, assurément, mais c'est surtout la joie qu'elle exprimait qui l'attira vers la cuisine.

Aux fourneaux, elle touillait le contenu d'une grosse casserole de cuivre qui sentait merveilleusement bon.

Ça faisait très longtemps qu'il n'était pas entré dans une cuisine pendant que quelqu'un cuisinait. C'était tellement incroyable qu'il préféra s'en assurer.

— Kayleen, que fais-tu ?

Surprise, elle laissa tomber sa cuillère dans la marmite.

— Oh, non, Flynn ! Tu m'as fait peur. Regarde, j'ai perdu ma cuillère dans la sauce.

— La sauce ?

— Je prépare des spaghettis. Tu as une collection inhabituelle d'ingrédients dans ta cuisine. Du beurre de cacahuète, des harengs au vinaigre, assez de chocolat pour nourrir toute une école élémentaire pendant un mois. Mais j'ai réussi à dénicher des herbes aromatiques et de belles tomates bien mûres. Comme il y a dix kilos de spaghettis, c'est la meilleure idée qui me soit venue.

— Kayleen, tu cuisines pour moi ?

— Je sais que ça doit te sembler idiot puisque tu peux faire surgir un repas cinq étoiles sans te fatiguer. Mais je dois te dire que je suis très bonne cuisinière. J'ai pris des cours. Je n'ai jamais préparé ma sauce dans ce genre de marmite mais ça devrait être bon.

— La marmite ne convient pas ?

— Oh, eh bien, je me débrouillerais mieux avec mes ustensiles mais je pense avoir réussi. Tu avais des tas de légumes dans ton potager alors je...

— Donne-moi un petit moment, tu veux bien ? J'ai besoin d'un peu de temps.

Sans la laisser répondre, il disparut.

— Bon.

Elle secoua la tête et essaya de repêcher sa cuillère.

Elle avait de nouveau les choses en main et elle avait réglé la chaleur de manière à maintenir la sauce à bonne température, quand un tintement la surprit. Sa cuillère retomba dans la sauce.

— Oh, bon sang !

Elle se retourna et vacilla devant la pile de marmites et de casseroles entassées sur le plan de travail, à côté d'elle.

— Je les ai répliquées, précisa Flynn avec un grand sourire. Ça m'a pris un peu de temps mais je tenais à éviter une dispute. Sinon tu ne m'aurais pas nourri.

— Mes casseroles !

Elle les étreignit avec enthousiasme comme une mère retrouvant ses enfants perdus. Et avec davantage d'enthousiasme que lorsqu'il lui avait offert des bijoux, elle brandit chaque poêle et chaque couvercle en les examinant. Parce qu'ils étaient à elle. Ils lui appartenaient. Ils venaient de son monde.

Il eut le cœur lourd.

— Ça va être bon, dit-elle en ordonnant la vaisselle et en sélectionnant les ustensiles appropriés. Je sais que pour toi, ce doit être une perte de temps et d'énergie, dit-elle en transférant la sauce. Mais cuisiner est une sorte d'art. Certainement un métier. J'ai l'habitude d'être occupée. C'est merveilleux de prendre quelques jours de repos, mais je deviendrais folle sans rien faire pendant trop longtemps. Maintenant je peux cuisiner.

Pendant que la sauce mijotait dans sa marmite du XXIe siècle, elle lava l'ancienne marmite dans l'évier.

— Mes talents vont t'étonner, ajouta-t-elle avec un petit rire en le regardant par-dessus son épaule.

— Tu m'émerveilles déjà.

— Attends de voir. Je me disais, pendant que je préparais tout ça, que je pourrais passer des semaines, des mois en vérité, à tout organiser ici. Ne pas avoir de règle stricte est une chose mais le désordre, c'en est une autre. Tu pourrais appliquer un système de catalogage à ta bibliothèque. Et dans certaines pièces tout est empilé sens dessus dessous. Tu ne dois même pas savoir tout ce que tu as. Tu aurais besoin de dresser une liste de tes œuvres d'art, de tes antiquités, de ta musique. Tu as la collection la plus complète de jouets anciens que j'aie jamais vue. Quand nous aurons des enfants...

Sans terminer sa phrase, elle remua les mains dans l'eau savonneuse. *Des enfants*. Pouvaient-ils avoir des enfants ? Quelles étaient les règles ? Pouvait-elle être déjà enceinte ? Ils n'avaient pas pris de précautions. Elle n'avait pas été prudente, se rendit-elle compte en pinçant les lèvres.

Comment savoir ce qu'il avait fait ?

D'un mouvement de tête, elle rejeta ses cheveux en arrière et rinça activement la casserole.

— Écoute-moi parler ! Moi et mes vieilles habitudes. Des listes et des projets et des procédures. Le seul plan dont nous ayons besoin pour l'instant, c'est de déterminer la sauce à préparer pour la salade.

— Kayleen.

— Non, non, c'est moi qui fais tout. Occupe-toi le temps que tout soit prêt.

Mais elle avait perçu le chagrin, le regret dans sa voix. Consciente d'avoir eu ses réponses, elle reprit.

— Tout devrait être prêt dans une heure. Allez, sors d'ici.

Elle se retourna en souriant et le chassa d'un geste. Mais l'émotion était perceptible dans sa voix.

— Je vais soigner Dilis.

— Très bien.

Il quitta la pièce mais attendit non loin. Quand une larme roula sur la joue de Kayleen, il la fit venir dans sa paume. Elle se changea en cendres.

9

Il lui apporta des fleurs pour la table et ils dégustèrent leur repas à la lumière des bougies.

Il la touchait souvent, de simples caresses sur le dos de sa main. Des dizaines de souvenirs sensuels à préserver pour un temps infini à se languir d'elle.

Il la faisait rire et il entreposa également ce son dans sa mémoire. Il lui posait des questions uniquement pour entendre sa voix et toutes ses modulations.

À la fin du repas, il l'emmena en promenade, rien que pour voir les reflets de la lune dans ses cheveux.

Tard dans la nuit, il lui fit l'amour avec toute la tendresse dont il était capable. Et il savait que c'était la toute dernière fois.

Après l'avoir envoyée dans les profondeurs des rêves agréables, il la regarda dormir. Il était résigné et acceptait son sort.

Elle rêva mais ses rêves n'étaient pas plaisants. Perdue dans la forêt, elle était engloutie par la brume qui voilait les arbres et dissimulait le sentier. La lumière perçait à travers les feuillages, faisant scintiller des gouttelettes de rosée comme des gemmes. Des pierres qui fondaient au contact de sa main, la laissant vide.

Elle entendait des bruits – des pas, des voix et même de la musique, mais ils semblaient résonner sous l'eau. Des sons atténués qui restaient sans substance. Elle avait beau tout faire pour trouver leur origine, elle ne parvenait pas à s'en rapprocher.

Les formes des arbres étaient floues, la couleur des fleurs estompée. Quand elle essayait de crier, sa voix n'allait pas plus loin que ses oreilles.

Elle se mit à courir, craignant de s'égarer définitivement et d'être seule. Il lui suffisait de trouver le chemin pour sortir des bois. Et pour le rejoindre. Prise de panique, elle tenta de déchirer le brouillard, le griffant avec ses doigts, le battant avec ses poings.

Mais ses mains passaient au travers et le voile restait intact.

Finalement, à travers ce brouillard, elle distingua l'ombre à peine visible de la maison. Les flèches de ses tourelles, le tracé incertain de ses remparts qui ressemblait à de la cire dans l'air épais. Elle courut dans cette direction en sanglotant de soulagement. Avec joie, elle le vit près des portes massives.

Elle courait vers lui à présent, tendant les bras pour l'étreindre, ses lèvres se préparant à recevoir son baiser.

Quand ses bras le traversèrent, elle comprit qu'il était le brouillard.

Tout comme elle.

Elle se réveilla en larmes et le chercha à tâtons dans le lit, mais il était froid et vide. Elle frissonna, malgré le feu qui dansait joyeusement dans l'âtre. Ce n'était qu'un rêve. Rien de plus. Mais elle avait froid et elle se leva pour s'envelopper dans l'épaisse robe de chambre bleue.

Où était Flynn ? Ils se réveillaient toujours ensemble, presque comme s'ils étaient calés sur le même rythme. Elle regarda par la fenêtre tout en réchauffant ses mains devant la cheminée. Le soleil était déjà haut dans le ciel, raison pour laquelle elle ne s'était pas réveillée dans ses bras.

Elle avait dormi toute la matinée. *Incroyable*, se dit-elle en riant. Dormir toute la matinée, rêver toute la nuit. Voilà qui ne lui ressemblait pas du tout.

Ça ne lui ressemblait pas, se répéta-t-elle alors que ses mains se figeaient. Ses rêves. Elle ne se souvenait jamais de ses rêves, pas même de bribes. Pourtant, elle se rappelait précisément celui-ci, dans les moindres détails, presque comme si elle l'avait réellement vécu.

C'était parce qu'elle était détendue, se rassura-t-elle. Parce que son esprit était apaisé et ouvert. Les gens ne disaient-ils pas que certains rêves étaient très réalistes ? Elle n'y avait pas cru avant ce jour.

Si les siens devaient être aussi angoissants et déchirants, elle préférait éviter de s'en souvenir.

Mais c'était fini et une belle journée s'annonçait. Le brouillard ne recouvrait pas les arbres. Les fleurs, vibrantes de couleurs franches, prenaient un bain de soleil. Sans les nuages qui s'amoncelaient si souvent dans le ciel irlandais, le ciel dégagé était d'un bleu intense.

Elle allait cueillir des fleurs et les tresser dans la crinière de Dilis. Flynn allait lui donner une autre leçon d'équitation. Plus tard, elle commencerait peut-être à ranger la bibliothèque. Elle allait passer un bon moment à se plonger dans les livres, à les explorer et à les organiser. Mais elle n'allait pas se montrer obsessionnelle. Elle ne retomberait plus dans ce piège. Leur agencement serait un moment de plaisir plus qu'une responsabilité.

Elle ouvrit les fenêtres en grand et se pencha pour respirer l'air délicatement parfumé.

— J'ai tellement changé. J'aime la personne que je suis devenue. Je peux être amie avec elle, murmura-t-elle.

Elle ferma les yeux, pressant les paupières.

— Maman, j'aimerais tellement te le dire. Je suis tellement amoureuse. Il me rend tellement heureuse. J'aimerais que tu le saches et aussi te dire que je comprends maintenant. Je regrette de ne pas pouvoir le partager avec toi.

Elle recula en soupirant et laissa la fenêtre ouverte.

Il s'obligeait à s'occuper. C'était la seule manière de survivre à cette journée. Dans son esprit, dans son cœur, il lui avait dit au revoir la veille au soir. Il avait déjà renoncé à elle.

Il n'avait pas d'autre choix que d'accepter de la perdre.

Il aurait pu la garder auprès de lui, l'entraîner dans les longues journées, les nuits interminables du rêve suivant. Il aurait moins souffert de solitude. Et au bout du compte, elle serait là à chacune de ces courtes semaines. Pour qu'il la touche et se sente exister.

Le besoin d'elle, le désir de l'avoir auprès de lui, était la force la plus puissante à sa connaissance. Hormis une.

Celle de l'amour.

Pas seulement pour la beauté satinée des rêves qu'ils avaient partagés mais pour les chagrins et les joies qui naissent d'un cœur qui bat.

Il ne la priverait pas de sa vie. Il ne lui volerait pas ce qu'elle avait connu, ni son avenir. Comment avait-il pu imaginer le contraire ? Avait-il vraiment cru que ses propres besoins, les plus égoïstes de tous, étaient plus importants que les besoins les plus essentiels de Kayleen ?

Vivre. Sentir la chaleur et le froid, la faim, la soif, le plaisir et la douleur.

Se voir changer avec le temps. Serrer la main d'un homme, enlacer un être cher. Faire des enfants et les regarder grandir.

Malgré tout son pouvoir, tout son savoir, il ne pouvait rien lui donner de tout cela. La liberté était le seul cadeau qu'il puisse encore lui faire.

Pour se réconforter, il enfouit le visage dans le cou de Dilis, respira l'odeur de cheval et de paille, de blé et de cuir. Comment se faisait-il qu'il oublie chaque fois la torture des dernières heures ? La souffrance physique de savoir que tout s'achevait de nouveau.

Une fin de plus.

— Tu as toujours été libre. Tu sais que je n'ai aucun droit d'exiger que tu restes, si tu choisis de partir.

Il releva la tête, caressa le chanfrein de l'étalon et le regarda dans les yeux.

— Veille sur elle durant vos promenades. Et si tu vas au-delà, je ne t'en tiendrai pas rigueur.

Il recula en inspirant. Il avait encore des choses à faire et la matinée passait vite.

Quand il eut terminé, après le dernier sortilège, la fine couverture d'oubli s'étalant déjà en bordure de sa prison, il vit Kayleen dans ses pensées.

Elle marchait dans le jardin, en direction de la lisière de la forêt. Elle le cherchait en criant son nom. La douleur qui lui transperça le cœur faillit le faire tomber à genoux.

Finalement, il n'était pas prêt. Poings serrés, il s'efforça de retrouver son sang-froid. Résigné mais pas prêt. Comment pourrait-il vivre sans elle ?

— Elle vivra sans moi. C'est ce que je veux. Nous allons en finir à présent, rapidement et proprement, déclara-t-il à haute voix.

Il ne pouvait pas la chasser, ni la renvoyer dans son monde et dans sa vie. Mais il pouvait l'éloigner de lui et l'amener à choisir de s'en aller.

Prenant les rênes de Dilis pour le simple réconfort que lui procurait ce geste, il marcha pour la dernière fois sous sa forme humaine, pour un siècle entier, et traversa les bois vers sa demeure.

Elle entendit le harnais cliqueter et le bruit des sabots. Soulagée, elle se tourna en direction du bruit et hâta le pas en voyant Flynn surgir entre les arbres.

— Je me demandais où tu étais.

Lorsqu'elle se jeta à son cou, il la laissa faire. Elle l'embrassa joyeusement et il savoura le goût de ses lèvres.

— J'avais des choses à faire. C'est une belle journée pour ça et pour ton voyage, dit-il.

Et ces mots lui coupèrent la gorge comme des échardes de verre.

— Mon voyage.

— Précisément.

Il lui donna une petite tape sur l'épaule avant de régler les étriers de Dilis.

— J'ai déblayé le chemin pour t'éviter tout obstacle. Tu trouveras facilement ta route. Tu es pleine de ressources.

— Ma route ? Vers où ?

Il lui jeta un regard avec un sourire détaché.

— Loin d'ici, évidemment. Il est l'heure que tu partes.

— Que je parte ?

— Voilà, ça devrait aller.

Il se tourna face à elle. Il dut concentrer tous ses efforts pour y parvenir.

— Dilis t'emmènera aussi loin que tu en as besoin. Je t'aurais bien accompagnée mais il me reste beaucoup de choses à faire. J'ai vu l'un de ces petits téléphones de poche dans ta voiture. Des objets fascinants. Je dois me souvenir de m'en procurer un pour l'étudier. Tu devrais pouvoir l'utiliser une fois la frontière franchie.

— Je ne comprends pas ce que tu dis. Je ne vais nulle part.

Comment aurait-elle pu le comprendre alors qu'elle avait l'esprit engourdi et que son cœur avait cessé de battre ?

— Kayleen, ma chérie, bien sûr que tu pars. (Il lui tapota la joue.) Non pas que je n'aie pas été ravi de t'avoir ici. Je ne me souviens pas de m'être aussi bien diverti.

— Di... diverti ?

— Mmm, mon Dieu, tu es vraiment délicieuse, murmura-t-il avant de lui mordiller la lèvre. Peut-être que nous pourrions prendre le temps de...

Ses mains la survolaient, pressant ses seins de manière aguichante.

— Arrête !

Elle recula en titubant et buta durement contre Dilis qui s'agitait.

— Un divertissement ? C'est tout que j'étais pour toi ? Un moyen de passer le temps ?

— Nous l'avons agréablement passé, n'est-ce pas ? Ah, ma douce, j'ai donné autant de plaisir que j'en ai reçu. Tu ne peux pas le nier. Mais nous avons l'un et l'autre une vie, non ?

— Je t'aime.

Elle le tuait.

— Je remercie le ciel pour le cœur des femmes, dit-il avec un petit rire. Quelle générosité ! (Il haussa les sourcils, leva les yeux au ciel.) Ne fais pas une scène. Ne gâche pas le moment des adieux. Nous avons bien profité l'un de l'autre mais c'est fini. Comment croyais-tu que ça se terminerait ? Ce n'était qu'une parenthèse dans le temps, Kayleen. Maintenant, ne sois pas bornée.

— Tu ne m'aimes pas. Tu ne veux pas de moi.

— Je t'ai bien assez aimée. (Il lui fit un clin d'œil.) Et désirée abondamment.

Comme elle avait les larmes aux yeux, il leva les mains d'un geste exaspéré.

— Pour l'amour du ciel, j'ai apporté de la magie et du romantisme dans une vie que tu as toi-même qualifiée de monotone. J'y ai mis un peu d'éclat.

Il souleva les perles du bout du doigt.

— Je ne t'ai jamais demandé de bijoux. Je n'ai jamais rien voulu d'autre que toi.

— Tu les as pourtant pris, non ? De la même manière qu'une autre a un jour accepté mes diamants. Crois-tu qu'après qu'une femme m'a condamné à rester prisonnier de cet endroit je souhaiterais en avoir une autre autrement que pour m'amuser un peu ?

— Je ne suis pas comme elle. Tu ne peux pas croire...

— Les femmes sont toutes les mêmes, assena-t-il avec rudesse. Et je t'ai offert de belles vacances et des souvenirs que tu emporteras. Tu pourrais au moins être reconnaissante et partir quand je te le demande. Je n'ai plus de temps à t'accorder et aucune patience pour sécher tes larmes et te câliner. Allez, pars.

Il la souleva et la jeta presque en selle.

— Tu as dit que tu ne me ferais pas de mal.

Elle passa les perles par-dessus sa tête et les lança à ses pieds. Elle le dévisagea et ne vit que la dureté et la brutalité du début mais plus aucune tendresse.

— Tu as menti.

— Tu t'es fait du mal à toi-même en imaginant des choses. Retourne dans ton monde insipide. Tu n'as pas ta place dans le mien.

Il frappa violemment le flanc de Dilis. Le cheval se cabra puis s'élança en avant.

Quand elle eut disparu, engloutie par la forêt, Flynn tomba à genoux et pleura sa perte.

10

Elle aurait préféré éprouver de la colère. De l'amertume. N'importe quel sentiment capable de dominer l'atroce douleur. Elle asséchait même ses larmes, écrasait la rage ou le chagrin avant même que ces sentiments ne se forment pleinement.

Tout n'avait été que mensonge. La magie n'était rien d'autre qu'une supercherie.

Au final, l'amour n'avait pas été la réponse. L'amour l'avait seulement rendue sotte.

N'était-ce pas la preuve qu'elle avait raison depuis le début ? Son dédain envers les fins heureuses dont sa mère lui rebattait les oreilles était le fruit de la raison et non de l'entêtement. Les contes de fées n'existaient pas, ni l'amour plus fort que tout, ni les grandes histoires d'amour éternel.

S'autoriser à y croire, ne serait-ce que pendant quelques jours, l'avait anéantie.

Toutefois, comment aurait-elle pu s'en empêcher ? Ne traversait-elle pas la forêt sur un cheval blanc ? C'était un fait indéniable. Si elle avait donné son cœur à la mauvaise personne, elle ne pouvait pas nier tout ce qu'elle avait vu, fait et expérimenté. Logique comme elle était, comment avait-elle pu croire qu'elle pouvait rendre l'ancienne Kayleen heureuse en la remplaçant par cette personnalité magnifique ?

Comment avait-il pu lui donner autant, lui montrer autant, si elle n'était pour lui qu'un amusement temporaire ? Non, quelque chose n'allait pas. Pourquoi n'arrivait-elle pas à réfléchir ?

Dilis marchait patiemment entre les arbres pendant qu'elle réfléchissait. Tout s'était passé trop vite. Ce revirement s'était produit en un claquement de doigts, la laissant confuse et impuissante. À présent, elle s'efforçait de faire le tri, d'analyser. Mais au bout d'un court instant, ses pensées s'éparpillaient et s'embrouillaient de nouveau.

Sa voiture intacte brillait sous le soleil qui filtrait à travers les arbres. Elle était bien garée sur un sentier étroit qui traversait la forêt, suivant un tracé comme tiré au cordeau.

Il avait dégagé le chemin, avait-il dit. Sur ce point, il avait tenu parole. Elle mit pied à terre et fit lentement le tour du véhicule. *Pas d'éraflure. Attentionné de sa part.* Cela lui éviterait de remplir tout un tas de paperasses avec l'agence de location.

Et il avait également déblayé ce chemin. Mais pourquoi avait-il pris la peine de régler un problème aussi terre à terre ?

Curieuse, elle ouvrit la portière et se glissa derrière le volant. Quand elle tourna la clé de contact, le moteur démarra immédiatement en ronronnant.

Il tournait encore mieux qu'au moment où elle l'avait louée. Et pour couronner le tout, le réservoir d'essence était plein.

— Flynn, tu tenais tellement à ce que je sorte de ta vie que tu as pris la peine de m'éviter tous les tracas ? Pourquoi as-tu été aussi cruel à la fin ? Pourquoi as-tu fait autant d'efforts pour que je te haïsse ?

Il ne lui avait donné aucune raison de rester et toutes les raisons rationnelles de partir.

Dans un soupir, elle descendit de voiture pour dire au revoir à Dilis. Elle prit le temps de caresser sa robe soyeuse, frottant son visage dans son cou. Elle tapota ses flancs.

— Va le retrouver à présent, murmura-t-elle.

Elle se retourna aussitôt pour s'épargner la peine de voir le cheval s'éloigner.

Désireuse d'avoir un souvenir tangible de leur semaine, elle cueillit un petit bouquet de fleurs sauvages, tressa leurs tiges et les piqua dans ses cheveux sans se soucier de paraître ridicule.

Elle remonta en voiture et s'éloigna.

Le soleil tendait ses rayons entre les arbres, éclairant le petit chemin. Lorsqu'elle jeta un regard dans le rétroviseur, elle vit le sentier scintiller, puis disparaître derrière elle dans un chaos de mousse, de pierres et de ronces. Bientôt, seul le silence habiterait ces bois et il n'y aurait aucune trace de ses promenades avec son amoureux.

Mais elle n'oublierait jamais la manière dont il la regardait, dont il embrassait la paume de sa main. Son expression quand il lui apportait des fleurs et les éparpillait dans ses cheveux.

Ses yeux qui se réchauffaient quand il riait, ou dans ses élans de passion quand... *Ses yeux*. De quelle couleur étaient ses yeux ? Prise d'un léger vertige, elle arrêta la voiture et se massa les tempes.

Elle ne parvenait pas à retrouver son visage dans sa mémoire, ou du moins pas clairement. Comment était-il possible qu'elle ne connaisse pas la couleur de ses yeux ? Pourquoi n'arrivait-elle pas à se rappeler la tonalité de sa voix ?

Elle sortit de la voiture et fit quelques pas en titubant. Que lui arrivait-il ? Elle avait quitté Dublin en voiture et roulait vers un bed and breakfast. Elle avait pris le mauvais embranchement. *Un orage. Mais qu'est-ce qui...*

Sans réfléchir, elle fit un autre pas sur le chemin de nouveau envahi par la végétation. Et ses souvenirs redevinrent aussi clairs que de l'eau de roche.

Le souffle court, elle se retourna, regarda la voiture, le chemin dégagé droit devant, le passage infranchissable à l'arrière.

— Les yeux de Flynn sont verts, dit-elle.

Son visage lui revint avec netteté à l'esprit. Et lorsqu'elle refit un autre pas hésitant vers sa voiture, son souvenir se brouilla. Cette fois, elle recula rapidement de plusieurs pas.

— Tu voulais que je t'oublie. Pourquoi ? Si ça ne compte pas, quelle importance que je me souvienne de toi ou pas ? Qu'est-ce que ça change que tu me brises le cœur ?

Tremblante, elle s'assit à même le sol. Et elle entreprit de faire ce pour quoi elle était douée : exercer son esprit logique.

Flynn était assis comme durant la nuit où tout avait commencé. Dans un fauteuil devant la cheminée, en haut de la tour. Il avait observé les flammes jusqu'à ce que Kayleen monte en voiture. Après cela, il n'avait pas pu le supporter et avait troublé la vision à l'aide d'un écran de fumée.

À présent, prisonnier du chagrin, il perdait la notion du temps. Il savait que la journée s'écoulait. Les rayons du soleil raccourcissaient et la lumière faiblissait.

Elle avait dû passer de l'autre côté et l'oublier. C'était mieux ainsi. Bien sûr, elle allait connaître un moment de confusion. Ce trou dans le temps n'aurait jamais d'explication. Mais elle tournerait la page.

Dans un an ou deux, ou vingt, il regarderait peut-être à nouveau dans les flammes pour vérifier si elle allait bien. Mais il ne lui ouvrirait jamais son esprit dans ses rêves, car cela le tourmenterait de manière insupportable.

Elle serait un peu différente après ce qu'ils avaient vécu ensemble. Plus ouverte à la nouveauté, à la magie de la vie. Il regarda le collier de perles qui scintillait à la lumière du feu mourant. Au moins, c'était un cadeau qu'elle n'avait pas pu lancer à ses pieds.

Les perles enroulées autour de ses doigts, il prit son visage entre ses mains. Il était impatient d'en arriver au moment où la peine ne toucherait plus que son esprit, où chacun de ses sens ne serait plus aiguisé au point qu'il pût encore sentir son odeur. Ce doux parfum qui murmurait dans l'air.

— Que vienne cette maudite nuit, marmonna-t-il en rejetant la tête en arrière.

Les yeux ronds, il se leva d'un bond en chancelant. Elle se tenait à un mètre de lui. Ses cheveux emmêlés, ses vêtements déchirés. Ses mains et son visage égratignés.

— Quelle est cette ruse ?
— J'exige que tu réalises mon vœu. Tu me l'as promis.
— Qu'as-tu fait ?

Il s'élança vers elle et la prit durement par les bras.

— Tu es blessée ? Regarde-toi ! Tes mains sont écorchées, tu saignes.
— Tu as mis des ronces sur mon chemin.

Quand elle le bouscula, il était tellement sous le choc qu'elle parvint à le faire reculer de deux bons pas.

— Espèce d'ordure ! Il m'a fallu des heures pour les franchir.
— Les franchir, répéta-t-il en relevant la tête, comme si elle l'avait giflé. Tu dois partir. Vite ! Pars ! Quelle heure est-il ?

Il la poussa hors de la pièce et comme elle résistait, il finit par la traîner.

— Je ne partirai pas. Pas avant que tu n'aies exaucé mon vœu.
— Je te dis que tu vas partir !

Terrifié, il la jeta sur son épaule et se mit à courir. Pendant qu'elle se débattait et l'insultait, il s'envola.

La nuit tombait. Le temps semblait s'être accéléré. Il s'enfonça autant que possible dans la forêt. Les murs de sa prison sifflaient autour de lui. Sa peur pour elle lui collait à la peau.

— Là. Ta voiture est droit devant. Prends-la et disparais.

— Pourquoi ? Pour que je m'éloigne et oublie tout ? Pour que je t'oublie ? Tu m'aurais volé mes souvenirs ?

Il la prit par les épaules et la secoua.

— Je n'ai pas le temps de me chamailler avec toi. Le temps presse. Si tu es toujours là après le dernier coup de minuit, tu seras coincée ici. Cent ans s'écouleront avant que tu ne puisses de nouveau partir.

— Qu'est-ce que ça peut te faire ? C'est une grande maison. Une grande forêt. Je ne te dérangerai pas.

— Tu ne comprends pas. Pars. C'est chez moi ici et je ne veux pas de toi.

— Tu trembles, Flynn. Qu'est-ce qui t'effraie ?

— Je n'ai pas peur, je suis en colère. Tu as abusé de mon hospitalité. Tu te trouves sur une propriété privée sans y être autorisée.

— Appelle la police. Appelle tes Gardiens. Ou... pourquoi ne m'expédies-tu pas à l'extérieur, comme tu fais disparaître tout ce que tu veux ? Mais tu ne peux pas, c'est ça ?

— Si je le pouvais, tu ne serais déjà plus là.

Il la tira sur quelques pas en direction de la voiture, puis jura quand des étincelles et de la fumée montèrent du sol devant ses bottines. Il avait atteint les limites de sa prison.

— Tu es un magicien puissant mais tu ne peux pas te débarrasser de moi. Tu ne pouvais pas m'amener ici et tu ne peux pas m'envoyer au loin. La magie ne suffit pas parce que j'ai un cœur et une âme. J'ai une volonté propre. Alors tu as essayé de me chasser avec des mots déplaisants. Des mots cruels et inconsidérés.

Tu croyais que je ne verrais pas clair dans ton jeu ? Tu n'as pas pensé que je comprendrais tout ? Tu as oublié à qui tu avais affaire.

Il lui prit les mains et les pressa d'un air désespéré.

— Kayleen. Fais ce que je te demande, s'il te plaît.

— Un divertissement. Quel bobard ! Tu m'aimes, dit-elle.

— Évidemment, je t'aime.

Il la secoua plus fort et son cri résonna dans la forêt.

— C'est bien ça le problème. Et si tu tiens à moi, fais ce que je dis et tout de suite.

Elle éclata en sanglots et se jeta à son cou.

— Tu m'aimes. Je le savais. Je t'en veux tellement. Je suis tellement amoureuse de toi.

Il brûlait d'envie de l'enlacer et de la retenir. Il s'obligea à la repousser pour la tenir à bout de bras.

— Écoute-moi, Kayleen. Ouvre les yeux et sois raisonnable. Je n'ai pas le droit de t'aimer. Ne dis rien ! lança-t-il alors qu'elle allait protester. Tu te souviens de ce que j'ai dit sur cet endroit, sur moi ? Sens-tu mes mains sur toi, Kayleen ?

— Oui, elles tremblent.

— Après minuit, une seconde passée minuit, tu ne les sentiras plus, ni mes mains ni rien d'autre. Aucun contact. Tu cueilleras une fleur mais tu ne sentiras pas leur tige ni leurs pétales. Leur parfum échappera à ton odorat. Sens-tu ton cœur battre ? Battre dans ta poitrine ? Tu ne le sentiras plus. Vivre sans exister est pire que mourir. Jour après jour, décennie après décennie, tout se videra de substance. Il n'y aura plus rien d'autre que ce qui est dans ton esprit. Et, *a ghra*, tu n'as même pas de pouvoirs magiques pour te distraire et préserver ton bon sens. Tu seras perdue, à peine plus qu'un fantôme.

— Je sais.

Comme dans le rêve. Un brouillard dans le brouillard.

— Ce n'est pas tout. Il ne peut pas y avoir d'enfants. Durant la période de veille, rien ne peut croître en toi. Aucun changement ne peut s'opérer en toi ni à travers toi. Tu n'auras pas de famille, pas de réconfort. Pas de choix. C'est mon bannissement. Ce ne sera pas le tien.

En dépit de son appréhension naissante, elle le regardait fixement.

— Tu réaliseras mon vœu.

Il jura en levant les mains.

— Tu vas me torturer jusqu'au bout. Très bien, que désires-tu ?

— Rester.

— Non.

— Tu avais promis !

— Je ne tiens pas ma promesse. Que peut-il m'arriver de plus ?

— Je resterai malgré tout. Tu ne peux pas m'en empêcher.

Néanmoins, il avait une solution pour la sauver. Un moyen définitif. Il la prit dans ses bras et la berça.

— Tu as gagné. Tu as la tête dure. Je t'aime, Kayleen. Je t'ai aimée en rêve quand je n'avais pas d'autre vie que les songes. Je t'aime maintenant. Ça me tuait de te faire du mal.

— Je veux être avec toi, que ce soit pour un jour ou pour mille ans. Nous rêverons ensemble jusqu'à ce que nous puissions de nouveau vivre ensemble.

Il l'embrassa profondément, avec une fougue enivrante qui lui fit tourner la tête et embrouilla sa vision. La joie enveloppa doucement son cœur.

Quand elle soupira, il s'écarta d'elle.

— Cinq cents ans. Et je n'ai aimé qu'une seule fois. Seulement toi, dit-il tranquillement.

— Flynn.

Elle voulut marcher vers lui mais entre eux, l'air semblait durcir et former un écran.

— Qu'est-ce que c'est ? Qu'as-tu fait ?

Les poings serrés, elle le poussa de toutes ses forces.

— Le choix me revient. Je ne te condamnerai pas à être enfermée dans ma prison, Kayleen. Aucun pouvoir ne peut m'influencer.

— Je ne partirai pas, répéta-t-elle en tapant du poing sur l'écran.

— Je le sais et je le comprends également. J'aurais dû le comprendre plus tôt. Je ne te laisserai jamais, moi non plus. *Manim astheee hu*, « mon âme est en toi ». Tu m'as apporté un cadeau, Kayleen. De l'amour librement donné.

Le vent se leva. Un son lent et triste éclata de nulle part, comme une horloge sonnant l'heure.

— Je te donne un cadeau en échange. Une vie à vivre. J'ai le choix et il m'a été offert il y a longtemps. Cinq fois cent ans.

Elle se lança contre l'écran et la martela de ses poings.

— Que fais-tu... Non ! Non, tu ne peux pas faire ça. Tu vas mourir. Tu as cinq cents ans. Tu ne peux pas vivre sans tes pouvoirs.

— J'en ai le droit. C'est mon choix.

Combien de coups avaient déjà sonné ?

— Ne fais pas ça. Je m'en vais, je te le promets.

— Il n'y a plus assez de temps. Mes pouvoirs, dit-il en levant les bras. Mon sang, ma vie. Pour elle.

Un éclair transperça le ciel et frappa le sol entre eux, comme une comète.

— Par inconscience, par fierté et par arrogance, je renonce à mes dons, à mes talents et à mon droit de naissance. Et par amour, je les rejette.

Leurs regards se croisèrent dans le vent et la lumière alors que l'horloge sonnait de nouveau.

— Par amour, je les offre de mon plein gré. Qu'elle oublie tout, car il n'est pas utile qu'elle souffre.

Il serra les poings, croisa les bras sur sa poitrine. Il tenait bon alors que le monde se déchaînait autour de lui.

— Maintenant.

L'horloge sonna le douzième coup de minuit.

Le monde se figea. Le ciel s'éclaircit et les étoiles scintillèrent de nouveau. Les arbres se dressaient comme des silhouettes sculptées dans l'obscurité. Dans le silence, seuls les pleurs de Kayleen résonnaient.

— Suis-je en train de rêver ? chuchota Flynn.

Il tendit prudemment la main, ouvrit et referma le poing. Il sentait le mouvement de ses doigts. L'air remua au passage d'une brise légère. Une chouette hulula.

— Je suis.

Flynn tomba à genoux à côté de Kayleen, ses yeux brillants d'émerveillement.

— Je suis.

Elle le serra dans ses bras et respira son odeur.

— Flynn ! Tu es réel. Tu es vivant.

— Je suis restauré. Libéré. Les Gardiens, dit-il, la tête sur son épaule.

À bout de souffle, il essayait de faire le tri dans ses pensées. Il s'écarta d'elle, prit son visage entre ses mains. Un visage ferme et chaud. Celui de la femme qui lui appartenait.

— Tu es libre.

Elle pressa les mains sur les siennes. Ses larmes miroitaient comme des diamants en tombant sur le sol, entre eux.

— Tu es vivant ! Tu es ici.

— Les Gardiens ont dit que je m'étais racheté. J'ai reçu de l'amour et j'ai placé la personne que j'aime avant moi. L'amour. (Il pressa ses lèvres sur son front.) Ils m'ont dit que c'était le pouvoir magique le plus simple et le plus puissant. Il m'a fallu très longtemps pour l'apprendre.

— Moi aussi. Nous nous sommes sauvés mutuellement, tu ne crois pas ?

— Nous nous aimons. *Manim ashteee hu*, répéta-t-il. Ce sont les mots que je te donne. (Il ouvrit la main sur le collier de perles.) Acceptes-tu ce cadeau comme un symbole de nos fiançailles ? Acceptes-tu de les prendre et de m'épouser ?

— Je le veux.

Il l'aida à se relever.

— Nous ne tarderons pas, car je respecte grandement le temps et je veille à ne pas le gaspiller. Regarde ce que tu as fait. (Il effleura sa joue éraflée.) Tu t'es mise dans un sale état.

— Ce n'est pas très romantique.

— Je vais t'inonder de romantisme, mais d'abord, je dois soigner ces plaies.

Il la souleva pour la porter dans ses bras.

— Ma mère va t'adorer.

Il préférait marcher pour profiter pleinement de l'instant.

— Je l'espère bien. Tu crois que je vais me plaire à Boston ?

Elle enroula une mèche de ses cheveux autour de son doigt.

— Sans doute. Un spécialiste en antiquités serait utile dans mon entreprise familiale.

— Est-ce vrai ? Ah, un travail ! Tu imagines ? Je vais y réfléchir surtout si tu envisages d'ouvrir une succursale en Irlande et qu'un certain couple marié follement épris peut partager son temps entre ici et là-bas, pour ainsi dire.

— C'est exactement le projet que j'ai en tête.

Dans un éclat de rire, ils tournoyèrent en s'embrassant. Ils s'élancèrent dans les airs et volèrent vers leur demeure et l'amour éternel.

Du même auteur
aux Éditions J'ai lu

Les illusionnistes (n° 3608)
Un secret trop précieux (n° 3932)
Ennemies (n° 4080)
L'impossible mensonge (n° 4275)
Meurtres au Montana (n° 4374)
Question de choix (n° 5053)
La rivale (n° 5438)
Ce soir et à jamais (n° 5532)
Comme une ombre dans la nuit (n° 6224)
La villa (n° 6449)
Par une nuit sans mémoire (n° 6640)
La fortune des Sullivan (n° 6664)
Bayou (n° 7394)
Un dangereux secret (n° 7808)
Les diamants du passé (n° 8058)
Les lumières du Nord (n° 8162)
Coup de cœur (n° 8332)
Douce revanche (n° 8638)
Les feux de la vengeance (n° 8822)
Le refuge de l'ange (n° 9067)
Si tu m'abandonnes (n° 9136)
La maison aux souvenirs (n° 9497)
Les collines de la chance (n° 9595)
Si je te retrouvais (n° 9966)
Un cœur en flammes (n° 10363)
Une femme dans la tourmente (n° 10381)
Maléfice (n° 10399)
L'ultime refuge (n° 10464)
Et vos péchés seront pardonnés (n° 10579)
Une femme sous la menace (n° 10745)
Le cercle brisé (n° 10856)
L'emprise du vice (n° 10978)
Un cœur naufragé (n° 11126)
Le collectionneur (n° 11500)
Le menteur (n° 11823)

LIEUTENANT EVE DALLAS

Lieutenant Eve Dallas (n° 4428)
Crimes pour l'exemple (n° 4454)
Au bénéfice du crime (n° 4481)
Crimes en cascade (n° 4711)
Cérémonie du crime (n° 4756)
Au cœur du crime (n° 4918)
Les bijoux du crime (n° 5981)
Conspiration du crime (n° 6027)
Candidat au crime (n° 6855)
Témoin du crime (n° 7323)
La loi du crime (n° 7334)
Au nom du crime (n° 7393)
Fascination du crime (n° 7575)

Réunion du crime (n° 7606)
Pureté du crime (n° 7797)
Portrait du crime (n° 7953)
Imitation du crime (n° 8024)
Division du crime (n° 8128)
Visions du crime (n° 8172)
Sauvée du crime (n° 8259)
Aux sources du crime (n° 8441)
Souvenir du crime (n° 8471)
Naissance du crime (n° 8583)
Candeur du crime (n° 8685)
L'art du crime (n° 8871)
Scandale du crime (n° 9037)
L'autel du crime (n° 9183)
Promesses du crime (n° 9370)
Filiation du crime (n° 9496)
Fantaisie du crime (n° 9703)
Addiction au crime (n° 9853)
Perfidie du crime (n° 10096)
Crimes de New York à Dallas (n° 10271)
Célébrité du crime (n° 10489)
Démence du crime (n° 10687)
Préméditation du crime (n° 10838)
Insolence du crime (n° 11041)
De crime en crime (n° 11217)
Crime en fête (n° 11429)
Obsession du crime (n° 11546)
Crimes par trois (n° 11614)
Crimes sans fin (n° 11615)
Pour l'amour du crime (n° 11672)

Crime de minuit (numérique)
Interlude du crime (numérique)
Hanté par le crime (numérique)
L'éternité du crime (numérique)
Crime rituel (numérique)
Mémoire du crime (numérique)

LES TROIS SŒURS

Maggie la rebelle (n° 4102)
Douce Brianna (n° 4147)
Shannon apprivoisée (n° 4371)

TROIS RÊVES

Orgueilleuse Margo (n° 4560)
Kate l'indomptable (n° 4584)
La blessure de Laura (n° 4585)

LES FRÈRES QUINN

Dans l'océan de tes yeux (n° 5106)
Sables mouvants (n° 5215)
À l'abri des tempêtes (n° 5306)
Les rivages de l'amour (n° 6444)

MAGIE IRLANDAISE

Les joyaux du soleil (n° 6144)
Les larmes de la lune (n° 6232)
Le cœur de la mer (n° 6357)

L'ÎLE DES TROIS SŒURS

Nell (n° 6533)
Ripley (n° 6654)
Mia (n° 8693)

LES TROIS CLÉS

La quête de Malory (n° 7535)
La quête de Dana (n° 7617)
La quête de Zoé (n° 7855)

LE SECRET DES FLEURS

Le dahlia bleu (n° 8388)
La rose noire (n° 8389)
Le lys pourpre (n° 8390)

LE CERCLE BLANC

La croix de Morrigan (n° 8905)
La danse des dieux (n° 8980)
La vallée du silence (n° 9014)

LE CYCLE DES SEPT

Le serment (n° 9211)
Le rituel (n° 9270)
La Pierre Païenne (n° 9317)

QUATRE SAISONS DE FIANÇAILLES

Rêves en blanc (n° 10095)
Rêves en bleu (n° 10173)
Rêves en rose (n° 10211)
Rêves dorés (n° 10296)

L'HÔTEL DES SOUVENIRS

Un parfum de chèvrefeuille (n° 10958)
Comme par magie (n° 11051)
Sous le charme (n° 11209)

LES HÉRITIERS DE SORCHA

À l'aube du grand amour (n° 11109)
À l'heure où les cœurs s'éveillent (n° 11406)
Au crépuscule des amants (n° 11562)

LES ÉTOILES DE LA FORTUNE

Sasha (n° 11738)

EN GRAND FORMAT
LES HÉRITIERS DE SORCHA

À l'aube du grand amour
À l'heure où les cœurs s'éveillent
Au crépuscule des amants

LES ÉTOILES DE LA FORTUNE

Sasha
Annika
Riley

Intégrales

Affaires de cœurs
L'île des trois sœurs
Le cercle blanc
Le cycle des sept
Le secret des fleurs
Les frères Quinn
Les trois sœurs
Magie irlandaise
Quatre saisons de fiançailles

11840

Composition
NORD COMPO

*Achevé d'imprimer en Espagne
par CPI (Barcelone)
le 27 février 2018*

Dépôt légal : juin 2017
EAN 9782290147061
OTP L21EPLN002135B002

ÉDITIONS J'AI LU
87, quai Panhard-et-Levassor, 75013 Paris

Diffusion France et étranger : Flammarion